# 编 委 会

**顾问：**

李润田　王才安　孙培新　王文金　张秉义　关爱和　娄源功

**编委会主任：**

卢克平　宋纯鹏　张锁江

**编委会副主任：**

谭　贞　张宝明　季　波　许绍康　孙君健　孙功奇　杨朝阳
王学路　冯淑霞　傅声雷　张立新

**编委会委员：(按姓氏拼音排序)**

蔡　军　程遂营　丁翼虎　冯淑霞　傅声雷　洪　浩　桓占伟
姬志闯　季　波　孔令刚　李永鑫　卢克平　苗长虹　祁琛云
任东景　宋丙涛　宋纯鹏　孙功奇　孙君健　谭　贞　王鹏飞
王思琦　王性玉　王学路　武新军　席卫权　许绍康　杨朝军
杨朝阳　杨光辉　杨国安　于华龙　展　龙　张宝明　张大超
张立新　张锁江

**丛书主编：**

孙君健

**执行主编：**

展　龙　杨国安　桓占伟

**副主编：**

丁翼虎　孔令刚

"夷门传薪学人传"丛书

丛书主编 孙君健
执行主编 展龙 杨国安 桓占伟

夷门传薪学人传

# 任访秋

李向阳 著

河南大学出版社
HENAN UNIVERSITY PRESS
·郑州·

图书在版编目(CIP)数据

任访秋／李向阳著. -- 郑州：河南大学出版社，2022.8
("夷门传薪学人传"丛书／孙君健主编)
ISBN 978-7-5649-5260-0

Ⅰ.①任… Ⅱ.①李… Ⅲ.①任访秋-传记 Ⅳ.①K825.46

中国版本图书馆 CIP 数据核字(2022)第 138534 号

夷门传薪学人传　任访秋
YIMEN CHUANXIN XUEREN ZHUAN　REN FANGQIU

| 责任编辑 | 时　娇 |
|---|---|
| 责任校对 | 马元珍 |
| 封面设计 | 翟淼淼 |
| 出版发行 | 河南大学出版社 |
| 地　址 | 郑州市郑东新区商务外环中华大厦 2401 号 |
| 邮编：450046　　电话：0371-86059701(营销部) |||
| 网址：hupress.henu.edu.cn |||
| 排　版 | 河南大学出版社设计排版部 |
| 印　刷 | 河南瑞之光印刷股份有限公司 |
| 版　次 | 2022 年 8 月第 1 版　　印　次　2022 年 8 月第 1 次印刷 |
| 开　本 | 889 mm×1194 mm 1/32　　印　张　7.875 |
| 字　数 | 186 千字　　　　　　　　定　价　32.00 元 |

版权所有·侵权必究
本书如有印装质量问题，请与河南大学出版社营销部联系调换。

# 述往事思来者根在夷门
## （总序）

夷门,是一个比开封还古老的名字。

夷门是战国魏都城的东门,因城门修在夷山之上,故名。

夷门最早的故事与魏公子无忌有关。无忌为战国时期魏国第五任君主魏昭王的小儿子。魏昭王去世后,无忌同父异母的哥哥圉继承王位,是为安釐王。安釐王封无忌于信陵（今宁陵）,是为信陵君。信陵君的第一个故事是养士辅政。其时,魏国在与秦国的对抗中,处在不利地位。信陵君仿效齐之孟尝君、赵之平原君、楚之春申君的辅政方法,养士三千,诸侯因此不敢加兵于魏十余年。七十岁的夷门看守人侯嬴与屠夫朱亥,均为信陵君礼贤下士所交好友。信陵君的第二个故事是窃符救赵。公元前257年,秦围赵都城邯郸,赵王的弟弟平原君求救于魏。魏王派晋鄙率兵十万,到达邺地。但迫于秦威,止步不前。信陵君听取侯嬴之计,窃取虎符,与朱亥前往邺地。在晋鄙对虎符有疑时,朱亥椎杀晋鄙。信陵君率兵救了赵国。侯嬴在信陵君到达邺地时,自刎于夷门。

窃符救赵的故事发生一百余年后,司马迁寻访战国争雄的史迹,来到夷门。对千金一诺、侠义热血故事颇有兴趣的司马迁,在《史记·魏公子列传》中做了上述精彩描述,扣人心弦犹如小说家言。信陵君事迹很多，司马迁只记礼士与救赵；信陵君在魏养士三千，详写的只有侯嬴与朱亥。传记的结尾，意犹未尽，作者再次称赞信陵君不耻下交的礼士精神："吾过大梁之墟，求问其所谓夷门。夷门者，城之东门也。天下诸公子亦有喜士者矣，然信陵君之接岩穴隐者，不耻下交，有以也。名冠诸侯，不虚耳。"仁而谦恭，礼贤下士，成就大业。这是夷门叙事的第一重启示。

公元前99年，司马迁为李陵事获罪，受腐刑，因著书事业而隐忍苟活。受刑的第二年，朋友任安写信询问情况，司马迁写下了传诵千古的《报任安书》，完整描画了一个知识人最高最完美的理想："近自托于无能之辞，网罗天下放失旧闻，考之行事，稽其成败兴坏之理，……凡百三十篇。亦欲以究天人之际，通古今之变，成一家之言。"据此话推定，《史记》已大致完成。今传《史记》有《太史公自序》，其有感于自己身世，而追述中国历史中圣贤发愤著述的传统："昔西伯拘羑里，演《周易》；孔子厄陈、蔡，作《春秋》；屈原放逐，著《离骚》；左丘失明，厥有《国语》；孙子膑脚，而论兵法；不韦迁蜀，世传《吕览》；韩非囚秦，《说难》《孤愤》；《诗》三百篇，大抵圣贤发愤之所为作也。此人皆意有所郁结，不得通其道也，故述往事，思来者。"这种圣贤发愤著述的传统，是司马迁完成《史记》的支撑力量，也化为以立言为志的中国士人生生不息的精神资源。"究天人之际，通古今之变，成一家之言"与"述往事，思来者"，共同成为读书人立言著述的最高理想。身为记述唐尧以来中国历史的史官司马迁，历史上却没有留下他本人卒年的记载。近代王国维考证，司马迁大约卒于汉武帝末年。勤奋于"述往事,思来者"之业,究天地之际,通古今之变,成一家之言,燃烧自我之身,不计身后之名。这是夷门叙事的第二重启示。

公元960年,北宋政权以开封为都城建立,从而创造了继唐代后又一个统一王朝的辉煌时代。此时距司马迁《史记》成书,已过去千年。夷门不在,夷山依旧。夷山之上,北宋皇祐元年(1049年)建起了开宝寺塔。塔体外立面均为褐色琉璃砖,浑似铁铸,民间俗称"铁塔"。1912年,铁塔南麓,建立了一所大学——河南留学欧美预备学校(今河南大学前身)。河南大学的学生均以"铁塔牌"自称。铁塔成为这所大学毕业生最早的logo(标签)。当年椎杀晋鄙的朱亥,因窃符救赵之功,被授相印,其封地原名聚仙镇,在北宋末,改称朱仙镇。岳飞抗金,取得朱仙镇大捷,也终没有挽救北宋王朝的命运。北宋的成功,在文治而不在武功。20世纪40年代,陈寅恪为邓广铭《宋史职官志考正》作序,有"华夏民族之文化,历数千载之演进,造极于赵宋之世"的称赞。一个以唐史研究见长的史学家,推重赵宋文化,绝非偶然。赵宋时期城与市合一,不需要再像《木兰辞》所言那样"东市买骏马,西市买鞍鞯"。城与市合一的开封,勾栏瓦肆林立,充满着人间烟火气。唐宋以来实行的科举制度,使寒族子弟也可以像世家子弟一样,通过个人的努力,通达社会与文化上层。读书人生气聚集之时,赵宋时期出现了士大夫阶层。士大夫具有超越特定族群、特定利益阶层的历史眼光和宽阔胸怀。祖籍大梁的北宋大儒张载不失时机提出的"为天地立心,为生民立命,为往圣继绝学,为万世开太平"的"横渠四句",成为新兴士大夫群体理想抱负的经典表达。士大夫群体的思想文化创造力活力四射，宋代理学家、史学家、文学家、音乐家、书法家、艺术家层出不穷，群星灿烂，造诣均达极高水平。宋代理学家将儒释道合一，重建儒学体系。新的儒学体系高扬道德的旗帜，以修齐治平调节士人人生期待，以伦理纲常整饬社会秩序。陈寅恪称赞欧阳修晚年所撰《五代史》的功劳在"贬斥势利，尊崇气节，遂一匡五代之浇漓，返之淳正。故天水一朝之文化，竟为我民族遗留之瑰宝。孰谓空文于治道学术无裨益耶？"五四运动过后二十余年，在抗战的炮火中，陈寅恪坚信造极于赵宋之世的华夏文化，本根未死，终必复振。理想、信念、毅力、气节，是读书人的禀赋；立心、立命、继绝学、开太平，为读书人的价值与责任。以治道学术服务国家人民，乃读书的正途与根本。这是夷门叙事的第三重启示。

北宋时期的国子监所在地位于现在的龙亭一带。明代这里辟为周王府。清初，河南贡院一度迁至辉县百泉，清顺治十六年（1659年）河南贡院在周王府旧址修建。因地势低洼积水，雍正九年（1731年）河南贡院迁至夷山南隅。1841年黄河发水，拆河南贡院房舍防洪，第二年重修，新建号舍万余间。1900年的庚子事变，北京用于国家会试的贡院被毁，河南贡院因房舍完好、交通便利，而在1903、1904年成为科举会试所在地。1905年废除科举，河南贡院就成为上千年科举制度的终结地。1912年，河南有识之士在河南贡院的校舍上创办河南留学欧美预备学校，1923年改建为中州大学，1930年易名省立河南大学。因此，从这套丛书的一个人物林伯襄1912年担任河南留学欧美预备学校的校长开始，河南大学叙事便与夷门叙事有了交集，夷门叙事所体现出的精神基因便在河南大学传承延展。与时俱进，百折不挠，在国家、民族站起来、富起来、强起来的百年沧桑中，河南大学以振兴教育、培养人才服务于民族自立、国家复兴和区域发展，成为中原大地高等教育的一棵参天大树。参天地之化，养浩然正气，育万千桃李，以教育报国。此为夷门叙事的第四重启示。

在河南大学迎来110周年校庆之际，学校编写出版"夷门传薪学人传"丛书，嘱我为序。在准备出版的二十多种学人传中，有在河南大学发展的重要节点上做出了重大贡献的主政者，绝大多数是在学校发展的不同时期在学术进步、人才培养方面成绩突出的教授。名人有言："大学者，非谓有大楼之谓也，有大师之谓也。"这些学者教授就是河南大学的大师。河南大学建立110年来，对国家、对民族的贡献，大部分是通过一代又一代心系桑梓、植根教育的千千万万教育工作者实现的，上述学者教授是千千万万教育工作者的代表。在河南大学这所百年名校中，"究天人之际，通古今之变，成一家之言"的学术创新是他们完成的；"为天地立心，为生民立命，为往圣继绝学，为万世开太平"的学术理想是他们实践的；"参天地之化，养浩然正气，育万千桃李，以教育报国"的百年辉煌是他们参与创造的。这是河南大学110年校庆要编辑出版"夷门传薪学人传"丛书的唯一理由。

有形夷门在司马迁生活的时期已经颓毁，而无形的夷门，留在司马迁的《史记》中，留在宋儒的横渠四句中，留在科举旧地与新式教育的交接中，留在河南大学生生不息的生命意志中。

在河南大学建校110年之际，河南大学的注册地移至郑州，但河南大学的办学精神，已经融入河南大学的基因与血脉之中。河南大学从留学欧美预备学校的成立，到今天的"双一流"建设，何尝不是河南有识之士与黄河儿女的"发愤"之作！国家兴亡，匹夫有责，读书人更有责。司马迁"发愤"，"述往事，思来者"而著"史家之绝唱，无韵之离骚"；河南大学"发愤"，"述往事，思来者"而有发展进步的大手笔、大思路。让我们为之共同奋斗。

放眼寰宇的河南大学，根在夷门。

关爱和

2022年7月

（作者为河南大学教授、博士生导师，中国近代文学学会会长。曾任河南大学校长、党委书记。）

# 目 录

## 第一章 九一人生,沧桑岁月 … 1
第一节 1909—1929:父课经史,六载一师 … 1
第二节 1929—1939:求学京师,任教洛师 … 10
第三节 1940—1977:缘结潭头,数历坎廪 … 20
第四节 1978—2000:晚而益奋,昼夜不舍 … 30

## 第二章 学贯古今,著述等身 … 42
第一节 胸罗全史,气象万千——古典文学研究 … 42
第二节 亲炙硕学,渊源"五四"——现代文学研究 … 57
第三节 树大根深,水到渠成——近代文学研究 … 72

## 第三章 理论视野,学术精神 … 86
第一节 求真明变,还其本来 … 86
第二节 立足五四,探源晚清 … 99
第三节 唯物史观,与时俱进 … 112
第四节 心系家国,为学致用 … 123

## 第四章 高山景行,止于至善 … 130
第一节 日月之纪,凝为心史 … 130
第二节 耄耋忆往,感旧成集 … 146
第三节 师生情重,薪尽火传 … 163

第五章　自述他述,金针度人 …………………… 174
　　第一节　八十回首,治学三期 …………………… 174
　　第二节　从同适斋,到不舍斋 …………………… 193
后记 …………………………………………………… 241

# 第一章 九一人生,沧桑岁月

## 第一节 1909—1929:父课经史,六载一师

清宣统元年八月,公元1909年10月,任访秋出生在河南省南召县梁沟村。村子规模不大,坐东向西,四面都是陂陀的丘陵。村后是山坡,村前有两条小河,其中较宽的一条河水清浅,是村中妇女浆洗衣物,儿童捕鱼捉蟹、洗澡嬉戏的场所。村南楸木茂盛,枝叶扶疏,高大葱茏。任访秋家的大门前,有几亩林园,栽种着核桃、梨树、皂荚、黄楝等,平时群鸟栖息,入夏蝉鸣聒耳。村子西面二三十里,是一脉崇山峻岭,远望如翠屏叠嶂,色呈青黛,秋来红叶点缀,雪落素裹银装,给童年的任访秋带来无限的欢愉。

任访秋的父亲任尚贤,号象斋,是清末的廪生,为人诚挚谦让,和悦开明,没有封建家长的作风,曾到省城开封参加过乡试,未中。他于经史外,泛览诸子、小说,为任访秋所定的学名任维焜,字仿樵,取自《汉书·扬雄传》中《甘泉赋》"樵蒸焜上,配藜四施"[①]一语,足见望子成才、光耀门楣的深意。象斋公排行最小,上有三兄三姊,弟兄们析居后,家境比较清贫,为贴补家用,

---

① 班固:《汉书》,中华书局,1999,第2621页。

时常外出做塾师,兼晓医道,四方知名。象斋公勤勉好学,参加乡试时购回许多地理、历史方面的新书,还买了一部康熙年间的《数理精蕴》十册。他收藏的许多明清以来的小说如《三国演义》《水浒传》《红楼梦》《聊斋志异》等,对年幼的任访秋喜爱文学并走上研究文学的道路,起到开蒙与助推的作用。

任访秋的母亲娘家姓高,家住白河南新庄村,距离梁沟村约三十里。高夫人性情温和,持家勤俭,对孩子的照顾无微不至,1954年在家乡去世时,寿高94岁。

1915年,6岁的任访秋和二哥任维煜一起跟随象斋公读书。三年内,读完小学国文课本,又相继阅读《论语》《孟子》《大学》《中庸》《左传》等。象斋公的教学方法,首先是讲解,领会大意。其次,根据接受能力,规定课程进度。能够背诵后,便可休息玩耍。再次,绝不采用体罚。这给任访秋后来从事教育教学工作提供了良好的借鉴与启发。

1919年,任访秋和二哥被送到南召县城(今云阳镇)高等小学堂读书。校长吉桂芳是任访秋长兄任维炳在南阳中学读书时的同窗好友。这所学校的前身是鹿鸣书院。学校大门、二门的建筑,在南召县城可称富丽堂皇。高等小学堂的学制是三年,开设的课程有国文、算术、历史、地理、格致、手工、音乐、体操等,基本涵盖小学教育必需的课程内容。三年的学习生活,任访秋印象最深的是国文教师李廷桢。李廷桢字干卿,人称"李二先生",他每次发作文作业,总把学生一一叫到身旁,指出文章的不足之处。他在学生的作文中圈点评析,而且还将他认为写得好的文章,让学生誊抄后贴在教室的后墙上,供大家学习观摩。李廷桢认真负责的教学态度，对任访秋产生深远的影响，使他在晚年记忆犹新。

南召县立高等小学堂的庶务主任是清末秀才张莲渠，他曾担任"读经"课的教师。在一次教授《论语·子罕》篇时，张先生讲到"后生可畏，焉知来者之不如今也？四十、五十而无闻焉，斯亦不足畏也已"，便让同学们各抒己见。有几位同学把"无闻"解作"没有听到过什么"，张莲渠未置可否。等他叫到任访秋回答时，任访秋以"'无闻'不是自己无所闻，而是无闻于世，即不为人所知的意思"的回答，不把"闻"字解作一个简单的及物动词，而是注意到它此处的使动用法。张莲渠听后，颇加赞赏，肯定任访秋的见解准确。

任访秋在南召县立高等小学堂的同学，有长于他的同乡罗宝玺和他的堂兄任维扬。同班中还有廉明湖、廉明江、廉明河三兄弟及李湘山、李承志叔侄。其中最有成就的罗宝玺（后改名宝册，又改名梦册）1935年北平师范大学硕士毕业后，留学英国伦敦大学，1949年3月赴香港，后任香港中文大学教授，1991年6月12日去世。1991年7月30日，任访秋撰文《忆老友罗梦册》深表怀念，该文收入《感旧集》。

读到小学三年级时，任访秋的父亲带着他和二哥维煜，借住在南召县城南的张姓亲戚家里。课余时间，象斋公便教他们哥俩读《诗经》《尚书》，也常常给维煜修改文章。一次，国文教师李干卿在维煜的作文上批道："咄咄怪事！"他看出维煜不可能写出那样的文章，却又不知经何人指点，难免心存讶异，写下这四个字。还有一次，文章的题目是《说竹》。象斋公在维煜的文章后面添上"子猷之爱,良有以也"八个字,用的是《世说新语·任诞》篇中王徽之爱竹的典故。干卿先生或者忘记,或者未读过《世说新语》,不知此语出自何处,遂改为"平安竹报,良有以也"。象斋公认为李二先生读书不博,经此一改,文章反而流于平庸。

象斋公的宽和、慈爱、博学、平易,使少年任访秋的生活充满温馨和谐的回忆。在他晚年的叙述中,这些记忆深处的点点滴滴,恰似一颗颗璀璨的明珠,不时闪烁出夺目的光华。任访秋仍然清晰地记得,他的大姐已经出阁,二姐待字未嫁,大嫂已经娶来,大哥就读于保定的一所军官学校时,在夏天的庭院中,他和二哥静心读书,父亲给二姐、大嫂讲三国故事,她们姑嫂手里做着针线活计,耳边回荡着悠远的历史,一派祥和宁帖的景象。天伦之乐所独有的融洽安稳,使任访秋的忆旧文饱含深深的眷恋,也使他在父亲的看护下所读的文章久远地刻印在脑海之中。

同样是得益于象斋公的开明通达,小学毕业后,任访秋获得了求学开封的机会。

1923年春节前,任访秋在开封读书的堂兄——九哥冠五,寒假返乡后,劝说象斋公和大哥维炳,让任访秋和二哥维煜去开封读书。在这之前的近两年时间里,由于家中经济拮据,加上乡间常闹土匪,任访秋都是在家随父读书,经史而外,旁及小说。象斋公考虑到地方上土匪猖獗的乱象,孩子们在家也不安全,就接纳了这个提议。当时开封的学校中,第一师范提供公费食宿,因此春节过后,任访秋与二哥跟随堂兄冠五起程赴汴时,大哥嘱咐道:"一定要考取第一师范,不然家里供应不起。"这句话是鞭策,也是激励。

兄弟三人出梁沟,奔县城,会合其他在开封读书的学生,在一个欲雨的清晨出发前行。当时路途很不安宁,为了避开土匪,他们绕过鲁山,走方城大道。行至午后,细雨蒙蒙,道路也越来越泥泞。14岁的任访秋小心翼翼地跟在兄长们身后,风雨跋涉,直走到四野苍茫,夜幕笼罩,晚上九点左右才到达方城。在方城雇马车,经叶县、襄县到许昌,由许昌乘火车到开封,和另两位准备考学的同乡在家庙街合租三间民房,在附近的一家小饭馆包饭吃,补习功课备考。

二哥维煜长任访秋三岁,尤喜钻研数学,而他在数学领域的启蒙读本,正是象斋公参加乡试时购回的十册《数理精蕴》。此时,二哥手中带一本全一册的算术书,涵盖的知识点从四则运算到开平方,并有许多难题的解析。在象斋公的课读培养下,二哥与任访秋均认为国文问题不大。任访秋数学较差,二哥就帮助他复习,把全本的数学题都演算一遍。报考时,兄弟二人同时报三所学校:第一师范、一中、二中。发榜时,一师、一中的录取榜上,他们两人都名列前茅,很是引起同考者的注意。一师复试两次后,两人都被顺利录取。

一师的学制是初师三年、高师三年,一共六年。除去因北伐战争停课半年,以及后来开封中等学校合并为大一中,改在原一中上课、住宿半年外,任访秋前后五年都是在开封一师度过的。中学时代六年的学习生活,使任访秋从一名少年成长为一位"新青年"。

嵇文甫是任访秋入学后遇到的第一位国文教师,也是今后

**嵇文甫像**

在学术上、事业上影响任访秋较大的一位学者。他上课所选的教材全是白话文,其中有新文学家的散文,如胡适的《新生活》,也有外国文学译作,如法国作家都德的《小物件》(今译《小东西》)。嵇文甫讲课生动形象,给任访秋的印象很深。他原就读于北京大学,五四运动后,同其他一些北大、北师大毕业生一起返豫任教,把科学、民主的精神带到河南,使中原学界的风气为之一新、为之一振。诞生于1940年的《河南大学校歌》,就是由嵇文甫执笔作词的。徜徉于这样一种学术环境,任访秋对所见到的各种新出刊物和能找到的新文学家如鲁迅、周作人、胡适、叶绍钧、冰心等人的作品,无不如饥似渴地阅读。在这一过程中,他逐渐对学术生发出浓厚的兴趣,而梁任公讲演文章中勉励

明伦校区《河南大学校歌》石刻

青年要以学者自期的话,更使他树立起研究文学的坚定志向。

1925年3月,孙中山在北京逝世。在开封一师举行的追悼会上,英语教师冯品毅讲话时悲怆的腔调,给任访秋留下难以磨灭的记忆。同样是这一年,英、日帝国主义在上海制造了震惊中外的"五卅惨案",消息传来,掀起师生们强烈的反帝爱国浪潮。开封学联组织全市大中学生游行示威,任访秋也和同学们一起沿街高呼"打倒英、日帝国主义,誓为死难的同胞复仇!"等口号。游行示威激发出任访秋赤诚的爱国之心。为了加深对帝国主义罪行的了解,他集中阅读《帝国主义侵略中国史》和《剩余价值浅说》等书籍,又在暑假受省学联派遣回到南召,与河大历史系学生、同乡武承利一起,揭露帝国主义暴行,呼吁民众团结御侮,因而受到当地政府、士绅和教育界的支持。同年秋,任访秋的父亲象斋公因病去世,寒假回乡后才得知此消息的任访秋,以未能为父亲送终,深感无限愧悔与伤痛。

1926年,任访秋因为受到刊物上一篇《鸟与文学》的启发,写了篇《杨柳与文学》,从古代折柳送别的故事,写到古代诗人对杨柳的描写和吟咏。他把文章送给时任国文老师的卢文斋审阅,颇获赞许,并被鼓励向外投稿。任访秋把文章寄给商务印书馆发行的《学生杂志》,竟蒙采用,另获寄赠的五六元购书券作为稿费。喜出望外的任访秋兴致勃勃地跑到东大街商务印书馆开封分店,用购书券买了几种书。其中有《小说月报》增刊和一大厚本《中国文学研究》,这使任访秋异常高兴。这次发表文章的经历,增强了任访秋撰文投稿的勇气,《河南民报》副刊成为他常常发表短文的地方。

《河南民报》副刊的编辑陈治策在河南省立第一中学兼任英语教师,曾留学美国,从事戏剧研究。1929年,他约请任访秋、徐缵武、罗梦册、张源、白寿彝到鼓楼街东兴楼吃饭,商议组织文学团体和出版刊物的事宜。经过讨论,确定成立"晨星社",一则表明社员少,二则含有期待曙光来临之意。同时编辑出版《晨星》半月刊,稿子由大家提供,印刷费由陈先生承担。不久,《晨星》创刊号问世,上面有陈治策撰写的发刊词,有白寿彝以"授衣"为笔名写的文学与社会关系方面的文章,有徐缵武的小说、罗梦册的诗歌、张源的童话,还有任访秋评论茅盾《蚀》三部曲的文章。可惜的是,《晨星》半月刊只办了不到半年,便因社员们各走他乡无奈停刊。其中,陈治策应老友熊佛西之约,

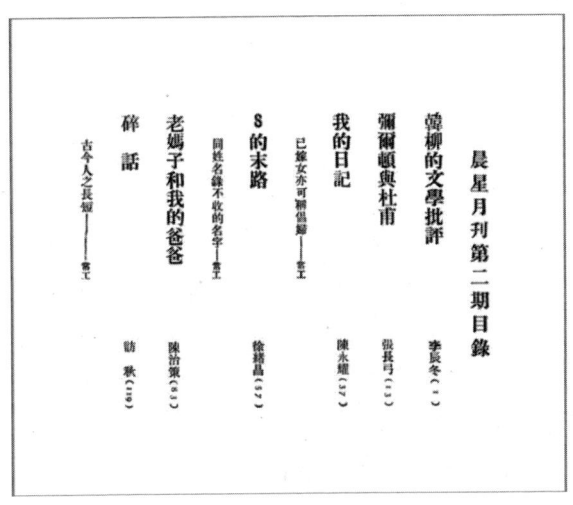

1930年4月复刊后的《晨星》月刊第二期目录

赴北平艺专戏剧系任教;白寿彝考入燕京大学历史系;罗梦册出国留学。1929年夏,任访秋考入北平师范大学,徐缵武考入燕京大学,"晨星社"成员相聚北平,1930年4月《晨星》复刊,改为月刊,由景山书社印行。出版两期后,终因成员居所分散、各自研究方向不同再次停刊,"晨星社"便归"星散"——这是后话。

1929年上半年是任访秋高师阶段最后一个学期。教育部门规定,师范生毕业前要到附小实习,而后再到南方参观。同年,豫南大旱,南召县尤为严重。任访秋的大哥来信希望他毕业后立即参加工作,好在经济上对家庭有所帮助。当时,在商丘教小学的堂兄冠五也已为他接洽好任教的学校。但任访秋继续升学深造的决心已定,而且为准备升学,订阅了商务印书馆发行的《英语周刊》晨起朗读,还常常练习英语短文写作,为之付出巨大的努力。因此，当同学们纷纷出发去南方参观的时候，任访秋带上县里汇来的30元参观费和学校退还的10元保证金，与同班徐缵武一起负笈北上，去报考北平的高等学府，以追求青年的学术理想，从此告别母校一师，结束近十年的中学时代生活，开启了一段崭新的学术征程。

## 第二节 1929—1939：求学京师，任教洛师

1929年秋，任访秋考取北平师范大学国文系。当时，新生入学需缴纳20元保证金，而任访秋的经济状况十分困窘，只好向一位褚姓同乡借债，之后才算正式踏入大学的门槛。

入学后，任访秋除了上课就是泡图书馆，即使是礼拜天，也很少去逛街、看电影。由于在省立第一师范培养出撰文投稿的习惯，他常常写一些具有研究性的短文，投寄给《新晨报》副刊，每月可以得到五六元的稿酬，基本上能够解决伙食费，缓解了生活费的紧张。当时发表在《新晨报》副刊上的文章，比较容易找到的有：1.《刘师培的文学论》，发表于1930年1月13、14日；2.《边塞诗人吴汉槎评传》，发表于1930年3月19、20、21、22、24日；3.《我所见的鲁迅与岂明两先生》(该文后被黎炎光编入《转变后的鲁迅》中卷，1931年1月1日东方书店出版)，发表于1930年5月6日，署笔名霜峰("峰"系"枫"之误)；4.《听觉文艺描写方法之研究》，发表于1930年6月26日、27日；5.《谈谈署名》，发表于1930年11月23日；6.《白蛇传故事的演变》，具体刊出时间待考。

教大学一年级课程的老师，有几位给任访秋的印象较深，他

们是：教授"文字学"的沈兼士，教授"经典叙录"的吴检斋，教授"国音沿革"的钱玄同，教授"文学概论"的徐祖正。其中，除吴先生印发讲义外，其余都需在听讲时记录随堂笔记。课堂听讲外，任访秋还翻阅了许多课外读物，其中对他影响最大的是桐城姚鼐的后裔姚岳纂辑的《论文名著集略》。这部书从韩柳文论选起，经唐

1929年拍摄于北平，任访秋此时就开始关注并研究鲁迅

宋八大家，历明代归有光，清代侯方域、魏禧、汪尧峰、方苞、刘大櫆、姚鼐、梅曾亮、曾国藩，止于吴汝纶，前后共18家。任访秋以此为线索，系统阅读其中各家的文集，并作较有心得的札记。经过一年专心致志的阅读思考，任访秋把平日的札记分类组合，写成4万余字的论文《古文家的文论》，发表在北平师范大学国文学会的刊物《师大国学丛刊》1930年第1卷第1期。这篇论文可视为任访秋学术研究的起步。

《古文家的文论》发表后，任访秋开始把精力转向对明末公安派的研究，因而经常去府右街北京图书馆善本部借阅古籍善

本。凡晚明文坛上与袁氏兄弟（袁宗道、袁宏道、袁中道）有关的文人别集，能找到的都借出阅览，并在此基础上撰写出一系列论文。其中《中郎师友考》刊于1931年《师大国学丛刊》第1卷第2期；《公安派的文学主张》《中郎的小品文》《公安派与十八世纪英国浪漫派之比较》刊于1932年《师大国学丛刊》第1卷第3期；《中郎之生平》《中郎的思想》《中郎的诗》刊于1933年《师大月刊》第2

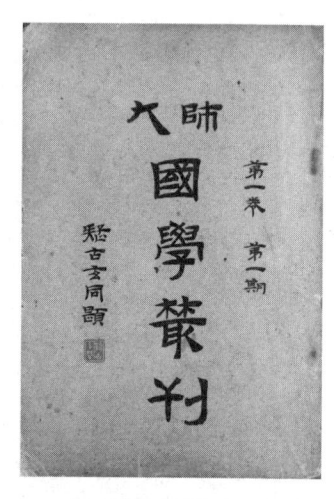

《师大国学丛刊》1930年第1卷第1期

期。上述七篇文章合辑为《袁中郎评传》，当时未出版单行本，后收入《任访秋文集·古代文学研究（上）》。

因家中常常汇不来学费，生活很艰苦，任访秋便由朋友介绍到西四附近的平民中学兼课，月薪20多元，生活从容多了。1931年秋，任访秋的朋友李静之应沈阳高中聘请离开北平时，将其在私立大同中学的课程推荐任访秋代教。李静之本是专职教师，每周十几节课，月薪60多元。任访秋在这所学校教课两年，直到大学毕业赴洛阳师范任教才离开，之后便请朋友徐缵武、罗梦册接替。1931年，大学二年级的任访秋选了时任中文系主任的钱玄同所开的两门课：一门是"说文研究"，另一门是"经学史"。并作有详细的课堂笔记，一时颇有茅塞顿开之感。钱氏是国学大师章太炎的弟子，又是新文化运动的骁将。他讲

"经学史",绝不因袭重复前人的观点,而是随时随地都有他个人独到的见解,发人深省,能予听者举一反三的效果。钱玄同治学,不仅继承乾嘉学者无征不信、实事求是的优良传统,而且融合五四新文化科学理性、独立思考的可贵精神。他能够打破古人固守"家法""师说"的门户之见,客观公允地评价持有不同主张、见解的学派,肯定其正确的一面,否定其错误的一面。如他把当时针锋相对的今古文经学均视为历史资料,从历史角度考辨其真伪,借以澄清古史的本来面目。这种科学的治学态度,深深地影响了任访秋一生的治学生涯。当时,任访秋所仰慕的另一位学者,是任教于北大的胡适。胡适开设的"中古思想史",具有吸引任访秋每周一次、风雨无阻地跑到马神庙北大二院礼堂听讲的独特魅力。为了表示对钱玄同、胡适治学精神的倾慕,任访秋借鉴公安派袁宗道宗法白居易与苏轼,命名其书斋为"白苏斋"之例,颜其斋额曰"同适斋",自己也就成了年轻的"同适斋主"。

钱玄同像

胡适像

1931年下半年，正读大三的任访秋考取北京大学国学研究所研究生。当时，报名条件不限学历，只需提交一篇论文，考试单位审查后认为具备研究能力的，再进行学业知识和外语的笔试。任访秋被录取后，选择的研究题目是"元白研究"，导师为沈尹默。那时研究所招收的研究生既不住校，也没有必修科目，更不进行成绩考核，仅靠研究生与导师联系进行学习。任访秋同导师沈尹默通过几次信后，沈先生就去了天津，担任河北省教育厅厅长的职务。任访秋与许多同学一样，成为研究所的挂名研究生，直至1933年6月大学毕业时也依然如此。

1935年秋，已经结婚整整三年并在洛阳河南省立第四师范学校任教两年的任访秋，忽然接到北大国学研究院通知，研究生必须到校完成学业，否则取消学籍。于是，把自己在第四师范的课交由北大一位同学接替后，任访秋便北上到校报到，住进位于北河沿的北大第三院丁巳楼宿舍，重新开始学生的生活。此时任访秋的论文题目已改为"袁中郎研究"，导师是周作人。当时周作人是北大的著名教授，又是以写清新淡远的小品文知名于世的作家。20世纪30年代，他和上海的林语堂南北呼应，大力提倡公安派散文，激发起刚刚走上学术道路的任访秋研究袁中郎的兴趣。早在1932年读大三时，为研究公安派文学，任访秋就曾写信给周作人，向他借阅袁中道的《游居柿录》和袁宗道的《白苏斋集》。这两部都是珍贵精美的明刊本，价值不菲，周作人毫无难色慨然相借，令任访秋感念于心。现在两人建立起师生关系，借阅古籍或者请教疑难自然更多了许多便利。

北平西直门内八道湾的周作人住处，离北大校园相当远。在作于1989年8月29日的《回忆我的老师》一文中,任访秋描述了他拜访周作人时看到的周宅景致:"进了二门之后,院里靠墙有一棵很高的白杨树,微风一吹,哗哗作响,真如古人所说:'白杨无风亦萧萧。'正应着二门,即周氏的书屋,书屋内悬有由沈尹默写的'苦雨斋'三个碗口大的大字裱成的横幅。室内一间是会客室,设有沙发、茶几之类。另外两间是藏书室。"①周作人留给任访秋的印象是平易亲和的。在前后多次跑到八道湾向周作人借书请教后,任访秋最终在原来研究的基础上完成了十几万字的毕业论文《袁中郎研究》。该文包括两大部分:一是年谱,二是文学。后经修改,于1983年由上海古籍出版社出版,共印行6600册。

1983年上海古籍出版社出版的《袁中郎研究》

论文完成后,先交给导师审阅。导师审阅后又交给研究院组织的答辩委员会审阅。当时答辩委员会成员有:北京大学胡适、周作人、罗常培,清华大学俞平伯、陈寅恪,共五人。其中,胡适以北大文学院院长兼任国学研究院文学研究所所长。任访秋

---

① 任访秋:《任访秋文集·集外集》,河南大学出版社,2013,第437页。

在研究院学习时，曾拿自己所写的文章《袁中郎与李卓吾》请胡适指点，胡适看后非常赞许，并让研究院秘书卢逮曾把这篇文章推荐到天津《益世报》文学副刊发表。1935年，任访秋还把自己所写的《论文学中思想与形式之关系》和《王国维〈人间词话〉与胡适〈词选〉》寄送胡适请教，胡适看后于1935年7月26日回信给任访秋，表达自己的看法。该信件原存于胡适档案，现收入《胡适遗稿及秘藏书信》一书，1994年由黄山书社影印出版。

审阅论文的五位委员中，以罗常培看得最为仔细，特别是对年谱部分，遇有不同看法，就在长方形小纸片上用楷书写下个人意见，贴在稿子天头。论文审毕后，即进行答辩，最后以无记名投票，全部通过。答辩完成后，任访秋与同时毕业的黄天朋、张鸿翔、盛代儒等集资，在中山公园来今雨轩宴请校长蒋梦麟及其夫人陶曾穀女士，所长胡适，秘书卢逮曾，导师周作人、孟森等，并摄影留念。

硕士毕业后，任访秋没有留在北平，仍然选择回洛阳任教。

任访秋大学毕业证书

任访秋毕业照

任访秋从北师大国文系毕业的1933年夏天，从北大国学研究院研究生毕业的1936年，他的大女儿任秋子和二女儿任蕤相继来到人间。任访秋的夫人马鸿毅，字莲芳，系陕北米脂杨家沟人，曾祖父做过兰州知府，祖父是一位兼营商业的士绅。她少女时期就跟随哥哥们到天津读书，毕业于南开中学。1932年春，任访秋与马鸿毅经好友李静之的夫人魏廷玢介绍相识，当时马鸿毅是北平大学女子文理学院英文系的学生。交往后，两人曾同游香山碧云寺，给任访秋留下温馨美好的回忆。这年夏天两人在王府井大街的一家餐馆举行订婚仪式，并于秋天结婚。寒假时，马鸿毅随她大哥、四哥、五妹回陕北老家探亲，任访秋送至石家庄。1933年春，正在洛阳教书的任访秋接到马鸿毅来信，说她父亲因病去世，哥哥们居丧守制，不能送她出来，希望任访秋接她回北平继续学业。

　　陕北之行是一次令任访秋终生难忘的经历。他先从洛阳乘车到郑州，再从郑州坐火车顺平汉铁路至石家庄，后转车由石太铁路抵太原，接着坐汽车达汾阳。从汾阳到黄河渡口碛口的路已不通汽车，只得雇牲口前往。在这种情况下，任访秋白天赶路，晚上住店，一天走八九十里，三天后才走到碛口。碛口位于黄河上游，河床多岩石，坡陡水急，浪涛奔涌，与下游开封段大不相同。在一家小旅店安顿下来后，任访秋写信给马鸿毅，告诉她自己已到碛口，能否直接到她家去。雇人送信到杨家沟的第二天，马鸿毅家便派仆人杨某来接。到达杨家沟马家后，与诸人叙过礼，与本家亲戚吃过饭，临行前又去山上奠祭祖坟，两人便雇一乘驮轿，辞别亲旧，往北平出发了。马鸿毅继续她在北平的学业，任访秋则返回洛阳教书。马鸿毅此次离开家乡，再也没有回去，直到她的母亲去世，一来儿女需要照料，二来路途遥远坎坷，多有不便。马鸿毅时常为此抱憾。

任访秋（右）与夫人马鸿毅合影

从1933年到位于洛阳的河南省立第四师范学校任教，到1939年寒假前接到河南大学文学院文史系的聘书，任访秋在洛阳断断续续教书六年，其中1935年秋至1936年夏在北大读研究生。这六年中，尤其值得记述的事情有两件：一为"撞关"，一为著文心系时事家国。

1937年7月7日夜，日寇发动卢沟桥事变，抗日战争全面爆发。此后，敌机经常袭扰、轰炸洛阳。洛阳城内人心惶惶，警报频传，学校已不能正常上课。校长李呈甫拟把学校迁往南召，因任访秋是南召人,比较熟悉当地情形,便委派他于暑假前返乡接洽。放假后,第四师范迁至南召,任访秋也把家眷接到南召县城。由于当时省教育厅不同意第四师范迁到南召,不久学校就又返回洛阳。然而,武汉的沦陷使国内局势更加严峻,学校同人中便有人把家眷送往陕西暂避。任访秋考虑到内兄马鸿藻在西安工作,便也想把妻女送去。到达西安后,他才知道这里的情况与洛阳一样紧张,内兄也不在此地,便又随同行的同事把家眷安顿到凤翔,而后只身一人回洛。寒假前,任访秋赴凤翔携眷返豫,路过潼关,最大的危险就是要避开敌军的炮轰。潼关位于黄河南岸,地势险要,是关中的东大门,而黄河对岸就是敌占区。为了攻破这一交通要冲,日寇经常炮轰潼关,因而过潼关被称为"撞关"。路经此地的任访秋一家,以臂膀为羽翼,紧护着彼此,提心吊胆,战战兢兢,数次"撞关",才得通过,幸而全家平安无事。

1939年,第四师范已迁至卢氏县涧北村。这一年,任访秋应洛阳一家刊物的约稿,读了王夫之的《读通鉴论》和《宋论》,写出长万言的文章《民族主义思想家王船山》。这篇文章结合中国当时的抗战形势,指出中华民族只有坚持抗战才有出路,投降只会亡国灭种;而要取得胜利,内部必须团结一致,分裂内斗必然导致失败。同年,担任《河南青年》编辑工作的第四师范毕业生李渠向任访秋约稿,任访秋很快写出《两种不同性质的战争同两种不同性质的文学》一文,认为战争有两种:一是正义的,即反侵略战争;二是非正义的,即侵略战争。历来中外的大作家,一向是反对非正义战争而歌颂正义战争的。发表于抗战初期的这两篇文章，体现出任访秋作为一名大学教师、一位知识分子鲜明的民族立场和博大的家国情怀，这种立场与情怀贯穿他的一生，即使在处境最艰难的时期，也丝毫未曾动摇。

1939年，任访秋的长子任光出生。当年寒假前，他接到河南大学文学院文史系的聘书，从此与河大结下长达六十年的深厚学缘。从1939年接到聘书，到1949年新中国成立，任访秋与流亡办学的河南大学休戚与共整整十年。1988年，已年届八旬的任访秋回首这段岁月，仍然不禁感慨系之，执笔写下著名的《十年漂泊记》，记录下战争年代一段不平凡的校史和一段甘苦交织的心史。

## 第三节　1940—1977：缘结潭头，数历坎廪

抗战全面爆发后，原在开封的河南大学几经转徙，先由鸡公山到武汉，再由武汉到镇平。当任访秋1940年初到校任教时，河大已于1939年从镇平迁到豫西嵩县潭头镇。潭头镇四面环山，北临伊河上游，地理位置偏僻。从1939年5月迁校至此，到1944年5月16日日寇铁蹄进犯，学校师生避乱潭头，坚持办学达五年之久。

1940年春节过后，任访秋把妻儿安顿在家乡梁沟，只身取道洛阳转赴潭头。河大当时共有五个学院，医学院在嵩县县城，文、理、法、农学院在潭头。时任文学院院长的嵇文甫和文史系主任张邃青，是任访秋在省立第一师范读书时的老师。三人久别重逢，彼此都很高兴。之后，任访秋被安排进镇西16号院东厢房的教师宿舍，承担的课程有两门：古代散文选和中国文学

**河南大学抗战时期潭头办学旧址**

史。古代散文选课所选篇目大半是魏晋文人的作品,如嵇康的《与山巨源绝交书》、陆机的《文赋》等;中国文学史课则使用在洛阳教书时的讲义。刚到大学任教的任访秋,对于自己能否胜任课程要求并不十分自信,然而,全力以赴地讲了一段时间课后,教学效果良好,同学们表示满意,这增强了他讲课的信心和更加细致地编写讲义的热情。

1941年秋,任访秋由讲师晋升为副教授,并增加了一门新课:现代文学及习作。为编写讲义,他经常跑到潭头寨外上神庙河大图书馆查找资料,居然在那里翻检出"五四"时期全部的《新青年》《新潮》杂志,以及陈独秀、胡适、鲁迅、周作人、刘半农等人的著作。除此之外,20世纪20年代文学研究会的《小说月报》,创造社的《创造季刊》《创造周报》,20世纪20年代后期创刊的《洪水》《文化批判》，语丝社的《语丝》，20世纪30年代左联的《萌芽》《文学月报》，还有在当时文学界、文化界活跃一时的《现代》《论语》《人间世》等各种类型的刊物，都能够找到。这些作家文集和期刊史料，构成任访秋编写《中国现代文学史》的重要文献基础。

现代文学及习作课讲授一年后，任访秋把讲义前两部分，即从五四运动到20世纪20年代前期的内容，誊写出来请老师嵇文甫审阅。嵇文甫审阅后又为之作序。这部讲义的上卷，于1944年5月由前锋报社出版印行2000册，书名为《中国现代文学史》，内容包括三部分：《文学革命运动的前夜》《文学革命运动》和《新文学之萌芽与成长》。下卷则因国内局势动荡未能及时印出，原稿也在战火中丢失。1956年，河大函授部发行《中国现代文学论稿》，这部比较早的以"中国现代文学史"命名的著作，才能够以崭新的全貌行世。

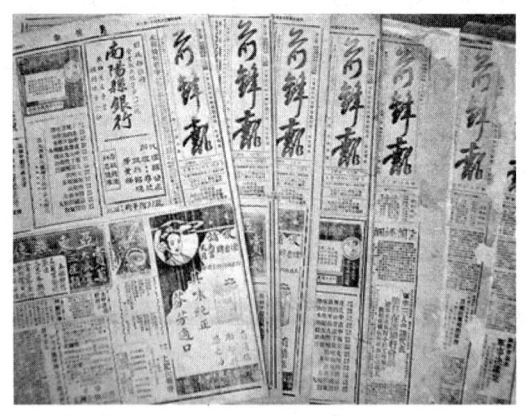

《前锋报》

《前锋报》系任访秋北大国学研究院的同学李静之所创办,社址在南阳。任访秋除为该报副镌《燧火》撰写文学评论外,还兼写一些两三千字的"社论"类短文,平均每周为《前锋报》撰文一篇。由于任访秋每次写稿都要坐到深夜,几乎燃尽灯油方才就寝,因而被同事戏称为"熬干灯"。1947 年,这些评论文章经过修改,收入《中国文学史散论》。

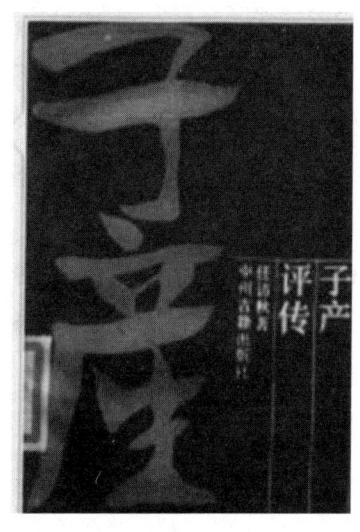

1987 年中州古籍出版社出版的《子产评传》

1942 年 5 至 6 月间,任访秋开始写作《子产》。关于写作的缘起,他在修订本《子产评传》"结束语"中说:"由于当时我担任中国文学史课,讲到先秦散文时,不免要涉及《左氏传》、《国语》一类史学典籍。由于翻阅它们,这样对春秋时郑国的大政治家子产,产生了兴趣。于是费数月之力,参考了一些有关史籍,写成了这本小册子。"《子产》由嵇文甫作序,于 1943 年 4 月在南阳前锋报社出版,印数 1000 册。1987 年,中州古籍出版社重印此书,更名为《子产评传》。写作《子产》的这一年,任访秋的二儿子任麟出生。

1944 年春,日军渡过黄河进攻洛阳,不久洛阳沦陷,豫西震动。日军继而分兵进攻嵩县,河大师生仓皇逃难。任访秋临行前雇挑夫将一部分常用书籍带到合峪，寄存在一位毕业于第四师范的孙姓学生家里，而后只身一人从合峪动身，经嵩县车村，翻过一座大山，到达南召马市坪，再经李青店，抵达梁沟。抵家后不久，他派人前去取书，但潭头已经沦陷，书籍遭到劫掠，只带回几本零散的《十三经注疏》，这令任访秋惋惜不已。

日军攻陷嵩县后，河大被迫迁至位于豫陕边界的荆紫关。任访秋为帮助学校筹备开学，从家乡雇架子车出发，走南阳，过内乡，历淅川，最终到达荆紫关。到校不久，便听到日军进攻南阳的消息。校领导开会商议后认为，荆紫关紧邻南阳通往西安的公路，如果敌军大举西进，学校的处境将十分危险。学校不西迁，没有别的路可走，但是如果都循着公路西去，交通工具又十分缺乏，不要说没有汽车，就连能代步的牲口都很少。经过一番商讨，学校决定让学生和没带家属的教职工沿公路西进，带家属的教职工则绕道走竹林关，最后到达龙驹寨。于是河大师生兵分两路，开始浩浩荡荡的"西征"。

任访秋护着长女秋子，走在教师与家属的队伍中。道路并不平坦，虽然没有高山，但丘陵遍布，许多老人、孩子吃尽苦头。前进的队伍断断续续、三三两两，沿着小路挪行。在《十年漂泊记》中，任访秋说："当你走到丘陵的高处，回头一望，那蜿蜒曲折的人流，男女老少缓缓行进的情形，真是一幅目不忍睹的'流民图'。"① 队伍走到赵川，休息一个多礼拜，便动身前往龙驹寨。出发时正值暮春，桃花凋谢，梨花如雪，任访秋想起杜甫《春望》

---

① 任访秋：《任访秋文集·集外集》，河南大学出版社，2013，第424页。

中的诗句:"国破山河在,城春草木深。感时花溅泪,恨别鸟惊心。"他殷切盼望国家自强,以拯救人民脱离凄惨的处境。三四天后,师生们到达龙驹寨,并未多停,就搭上汽车继续向西安进发,当天就开到秦岭东南麓。次日早饭后,汽车载着大家走山路,越过高峰,下坡时如飞一般,下午到灞桥。灞桥是别离送行之地,自古流传着"灞桥折柳送行人"的名句。逃难中的河大师生路经此地,心中自是五味杂陈。

到达西安后,河大师生仍未多停,乘陇海线火车西上,决定将学校迁至宝鸡石羊庙。学校初至此地,诸事皆不齐备,不知要到何日才能上课。任访秋记挂着妻儿的安危,决定利用河大短期不能上课的间隙,回到家乡,接他们到宝鸡来。

把女儿秋子安顿在夫人马鸿毅的外甥女曹兰芳家后,任访秋决定取道灵宝,经卢氏县、嵩县,回到南召。从宝鸡乘车到灵宝后,即开始步行。心中惦念妻儿,行色匆匆地走在回乡路上的任访秋想起杜甫的《北征》。《北征》作于安史之乱爆发的第二年,写的是杜甫从凤翔到鄜州探亲的一路见闻及到家后的感受。诗中表达的"苍茫问家室"的牵挂,使任访秋感同身受。古今两位河南文人,同在战乱的背景下为家室奔波劳顿,两颗无私的心在一首长诗、两段经历中产生深深的共鸣。而后走嵩县车村,过马市坪,经李青店,最后到达梁沟的任访秋,使他的母亲和妻子喜出望外。每天步行50至60公里的辛劳,终于换来一家人在乱世烽火中弥足珍贵的团圆。

1945年夏,任访秋把家眷安顿在宝鸡石羊庙附近的宋家庄,接着上了一段时间的课。同年8月15日,日本宣布无条件投降,抗日战争结束。消息传到石羊庙,一时鞭炮齐鸣,人心大快,所有河大师生笑逐颜开。任访秋在《十年漂泊记》中写道:"我当时也有杜甫在四川听到官军收河南河北的消息时的心情,所谓'剑外忽传收蓟北,初闻啼泪满衣裳。却看妻子愁何在,漫卷诗书喜欲狂'和'即从巴峡穿巫峡,便下襄阳向洛阳'。我们则是'即从宝鸡到长安,便穿潼关至洛阳'。"①任访秋又一次想到杜甫。杜甫一生未曾忘家国的爱国赤诚,使任访秋在日本投降的那一刻,无比期盼国家的独立富强,也使他更加切身地理解《闻官军收河南河北》所具有的精神感召力和穿越时空的永恒价值。任访秋终生爱诵杜诗,其情感机缘正是在此时结下的。在任访秋的长子任光悼念父亲的文章《父亲和"书"》中,作者说:"当父亲眼疾不能再读书的时候,为了排遣他无所事事的寂寞,我给他讲一些文艺界的情况,或一替一句地背诵《自京赴奉先县咏怀五百字》《北征》《长恨歌》之类的长诗。"②

日本投降后,河南大学于当年12月底迁回开封。任访秋随河大师生从石羊庙乘火车,路过西安,到达潼关,然后雇马车走阌乡、灵宝、渑池、新安等县,到洛阳后复乘火车,过中牟渡黄河,然后转车抵开封。过完春节,任访秋搬进延寿寺街一位朋友转让给他的房子里,开启在开封河大校园短暂而相对安稳的教书生活。

1947年,河大教育系、外语系同人郝士英、杨震华、武柏林、

---

① 任访秋:《任访秋文集·集外集》,河南大学出版社,2013,第427页。
② 任光:《父亲和"书"》,载沈卫威编《任访秋先生纪念集》,河南大学出版社,2004,第140页。

陈梓北、王般若等组织"师友社",发行《师友》月刊,任访秋任主编。《师友》以谈教育问题为主,也发表少量论文学的文章,刊物维持一年多即停刊。其间,出版"师友丛书"两种:一是任访秋的《中国文学史散论》,一是郝士英的《新道德学》。

1947年5月1日"师友社"创办者合影。前排左起为杨震华、任访秋、郝士英,后排左起王般若、陈梓北、武柏林

1948年受国内局势影响,河南大学决定南迁苏州。这年8月,任访秋随校经南京至姑苏,居住在仁孝里。10月,文学院在沧浪亭开始上课,教学逐渐步入正轨。由于时局动荡不安,迁至苏州的河南大学面临经济极端困难的处境。1949年4月27日,苏州解放,军管会成立,师生的生活问题才得以解决。同年7月,河南省人民政府委派时任开封市教育局副局长的河大校友郭海长到苏州,迎接河大师生返回开封。同月,河大6个学院16

个系的1200多名师生和2000多名眷北归中原。从抗战全面爆发到解放战争胜利,在流亡转徙中艰苦办学12载的河南大学,终于告别颠沛流离的生活,回到养育呵护她的桑梓。从结缘潭头到坚守开封,任访秋也与河大命运休戚与共整整10年。10年的艰难困苦使任访秋与河大结下难以割舍的情谊,此后他为河大的教育事业鞠躬尽瘁整整半个世纪,最终成长为中原教育界的一棵参天大树,福荫着无尽后学,使中原文脉、中华文化的薪火代代承传。

1949年10月1日,中华人民共和国成立。1950年春,新河大组建完成。任访秋被分派到中文系任教,与李嘉言、张长弓主讲三门课:中国文学史、中国现代文学史、文艺学。经过前期对马列主义、毛泽东思想以及时事政策的学习,三人开始以新的思想观点分工合作编写讲稿。三人合编的讲稿,现在保存下来的只有《中国文学史讲授提纲》一种。其中先秦两汉一段,张长弓执笔;魏晋唐五代一段,李嘉言执笔;宋元明清一段及总结部分,任访秋执笔。1950年暑后,学校发放聘书,任访秋由副教授晋升为正教授。

1950年至1957年,是任访秋在学术上比较多产的时期。除发表单篇文章外,他还出版了《中国古典文学研究论集》和《中国现代文学论稿》。前者由长江文艺出版社印行55000册,后者由河大(当时叫开封师范学院)函授部印行5000册。《中国古典文学研究论集》收录作者从1951年到1955年所写的八篇文章。由于初步掌握马克思主义的理论武器,这八篇关于古典文学的论文时常体现出与前人不同的见解,认识深刻而独到。《中国现代文学论稿》同样是运用新的立场、观点、方法,对中国现代文学进行的全新论述和诠释。全书以毛泽东《新民主主义论》和《在延安文艺座谈会上的讲话》精神为指导,把中国现代文学的发展分为两个时期五个阶段,系统地概括出无产阶级思想领导下的文学革命运动、进步文学团体以及重要新文学作家创作的基本情况,是一部反映现代文学发展主流的文学史著,在今天仍不失其借鉴价值。

1958年至1965年,除随中文系师生到公社、农场、矿山、水库参加劳动,以及1959年被安排承担"写作实习"课、1961年为度过国民经济困难时期到开封二十一中任教外,任访秋大部分时间都在校继续承担现代文学史的教学工作。

1966年至1969年,任访秋随中文系辗转多处农场、林场、公社,参加作物追肥、喷药、采摘等劳动。1970年底,因病返回开封。1971年,经过三个月的治疗,病情好转后开始上班。1972年春,学校准备招收新生,任访秋被安排承担"鲁迅作品选"课程。同年,任访秋在医院检查出白内障,需要重新配眼镜,便决定暑期进京,一来想要了解北京各大学对"鲁迅作品选"课程的讲授情况,二来可以看眼和配眼镜。1973年至1976年,在系统阅读鲁迅作品的基础上集中撰写了一系列关于鲁迅的研究论文。这些论文在1982年被辑入《鲁迅散论》,作为"鲁迅研究丛书"之一种,由陕西人民出版社出版。

1976年7月14日,任访秋写作《潭头时期的河大》。该文后被收入韩爱平编著的《河南大学作家群》一书,2002年由河南大学出版社出版。

1976年9月9日,毛泽东主席逝世。10月,中共中央粉碎"四人帮"。

1977年4月14日清晨,任访秋创作一首五言诗,名为《纪念鲁迅先生——读罗绳武同志诗作有感》,全诗道:嗟嗟鲁迅师,窃火自异域。烛照漫漫夜,魑魅无所匿。宵小共排挤,颠沛与流离。勇敢又坚决,所向俱披靡。俯首甘为牛,干草水作糇。乳血饲孺子,至死不回头。哲人虽云萎,泰山并未颓。精神如日月,世世放光辉。① 表达出对鲁迅的钦佩景仰之情,同时坚定自己向鲁迅"孺子牛"精神学习的志愿。第二年,具有历史转折意义的党的十一届三中全会在北京召开,任访秋的学术生命因之再次焕发生机,这一年,他69岁。

## 第四节　1978—2000:晚而益奋,昼夜不舍

1978年,任访秋开始招收中国现代文学专业研究生,并担任中文系主任。同年12月26日,开始注释国学大师章太炎的政论文,手抄汤志钧所编《章太炎政论选集》后附的《章太炎生平活动年表》,撰写《章太炎文学简论》一文。从1946年5月5日在《河南民国日报》副刊发表《章康二氏与经学》算起,经过32年的学术积累,任访秋于1978年对章氏思想、文学的整体关注,是他在研究方向上由现代文学转向近代文学的前奏、先声。此后,他将越来越多的精力放在近代文学的研究教学、研究生培

---

① 任亮直:《任访秋先生生平著作系年》,载沈卫威编《任访秋先生纪念集》,河南大学出版社,2004,第270页。

养、学科建设、学术交流上，最终以自身深厚渊博的学殖修养，成为该领域开拓奠基的耆宿硕望、一代大家。

1979年上半年，系统阅读《严几道文钞》《章太炎文集》《饮冰室合集》等著作后，任访秋认为，对鲁迅影响最深的晚清作家有三人，即严复、章太炎和梁启超。此外，在接触外国文学方面，鲁迅最早阅读的是"林译小说"。之后，任访秋便开始写作与修改《论严复》《梁启超及其所倡导的文学改良运动》《晚清文学改良与五四文学革命》等重要论文。10月30日至11月11日，在北京人民大会堂参加中国文学艺术工作者第四次代表大会，并在日记中做有简要的会议记录。

1980年至1981年，除去繁忙的社会事务和教学工作，任访秋依然公开发表24篇文章。其中大多数是具有相当分量的研究论文，如发表于《文学遗产》1980年第1期的《关于袁中郎和他所倡导的文学革新运动》，发表于《中州学刊》1981年第2期的《试论晚清第二次文学运动》，发表于《史学月刊》1981年第3期的《试论晚清以来中国知识分子的几次分化》，等等。1981年，他的《中国古典文学论文集》和《〈聊斋志异〉选讲》相继问世。前者是任访秋从1951年至1966年之间所写的16篇古代文学方面的论文，涉及中国文学史上的文学运动、作家作品分析、文学批评等诸多方面；后者是他运用新的思想观点对《聊斋志异》进行全面分析评价的重要尝试。全书于1960年代初选定，连带序言共26篇，书中注释部分由长子任光完成，讲析部分由任访秋完成，当时因为历史原因未能及时出版。70年代末80年代初，任访秋对所选篇目的讲析内容集中进行修改补充，这才由河南人民出版社付梓。整个1980年代,任访秋都孜孜于旧作的整理修订。除以上两部外,还于1983年由上海古籍出版社印行《袁中郎研究》,1987年由中州古籍出版社出版《子产评传》。

**任访秋在书斋工作**

在1985年12月所写的《关于个人治学的回顾》一文中,任访秋说:"党的十一届三中全会召开后,知识分子不仅得到了解放,同时也出现了一个科学的春天。从1980年后,就整理旧稿,和写作新的论文近百余万字。"[①]科学的春天,使任访秋在学术上焕发出新的蓬勃生机。热情地拥抱这个春天的任访秋,感到岁月的匆匆与宝贵,他以时不我待的精神更加勤勉而忘我地工作,生怕浪费一寸光阴。在与时间赛跑的过程中,晚年的任访秋把自己的书斋名由"同适斋"改为"不舍斋",取《论语》"逝者如斯,不舍昼夜"之意,希望能把曾经被耽搁的金子般的时光追赶回来。学者情怀,令人动容。

---

① 任访秋:《任访秋文集·古代文学研究(中)》,河南大学出版社,2013,第973页。

1982年春,任访秋招收近代文学方向唯一的研究生关爱和。从清儒的治学方法讲起,继之以中国近代文学的发展,并以近代文学作家年谱长编作为学术训练,任访秋遵循着传统的治学路径培养学生。他的讲授法分为三个部分:写出讲授大纲;指定参考书,包括必读的,参考的;布置习作,让学生写出短篇的札记与论文。授课所参考的主要文献有:章太炎《清儒》《说林》,胡适《清代学者的治学方法》以及梁启超《清代学术概论》等。同年10月,中国近代文学学术讨论会在开封河南大学举行,任访秋在会上宣读论文《晚清文学革新与五四文学革命》,此文后来发表在《文学遗产》1983年第1期上。1983年6月22日,中国近代文学史料工作会议在常熟召开,会议内容为:一、确定中国近代文学史料丛书的项目;二、分配各单位和个人承担的任务。第二天,经过讨论与自报,任访秋与学生关爱和在索引方面承担散文部分,流派方面承担文界革命与桐城派,作家上承担曾国藩、章太炎部分。1984年11月,关爱和在系统整理、阅读桐城派资料的基础上,完成毕业论文《论中晚期桐城派》,并顺利通过答辩。这一年,任访秋被任命为中文系名誉系主任。

中国近代文学史料工作会议开幕式的当天下午,任访秋乘苏州大学的车与文研所副所长邓绍基、苏州大学教授钱仲联出城同游兴福寺,寺内林木翁郁,曲径通幽,景致别具。

1984年12月6日,中国近代文学学会第二届学术年会在杭州召开,任访秋与关爱和共同参加。任访秋在会上宣读论文《晚清西学输入与中国近代文学》。在这次会议期间,任访秋约请上海师大王杏根、华南师大钟贤培等人,一起商讨《中国近代文学史》的编写事宜,以适应高等学校开设近代文学课程的需要。1986年3月,在河大举行《中国近代文学史》编写会议,任访秋被推举为主编,关爱和、王杏根、张中分任该书上、中、下三编的责任编委,而后分配具体章节编写任务到参编个人。1988年,《中国近代文学史》由河南大学出版社出版,这是一部汇集近代文学研究领域老中青三代人,有继承、有开拓、有创新,在完整性、系统系、理论性上达到当时学术领域最高水平的文学史著。1984年,《中国近代文学作家论》由河南人民出版社印行8360册,这部书收录任访秋自20世纪70年代至80年代初不到10年间对近代18位作家的专论,他们依次是:龚自珍、魏源、黄遵宪、严复、康有为、谭嗣同、梁启超、章炳麟、刘师培、苏曼殊、林纾、王国维、吴沃尧、李伯元、曾朴、刘鹗、胡适、钱玄同。《中国近代文学作家论》从历史唯物主义出发,置所论作家于当时的历史环境中,透视其文学创作与时代思潮的关系,以此凸显近代文学的发展脉络。此书之后,由于年逾古稀且事务繁忙,除于1985年写作过《夏曾佑论》外,任访秋再未能就其他近代作家写过专论。

1988年河南大学出版社出版的《中国近代文学史》　　1984年河南人民出版社出版的《中国近代文学作家论》

　　1985年，任访秋开始校阅《中国新文学渊源》，该书于次年由河南人民出版社出版。《中国新文学渊源》包括8篇相互独立又彼此有机联系的文章，意在阐明从晚明到"五四"近300年间中国进步文学思潮的发展路径，是作者晚年颇为引重的一部著作。1986年，任访秋被邀担任上海书店编纂的《中国近代文学大系·散文集》主编，经过与团队成员6年的不懈努力，全4册200万字的散文集最终在1992年隆重问世。1992年，《中国近现代文学研究论集》由河南人民出版社印行2000册，这是任访秋生前出版的最后一部论文集。

《中国新文学渊源》

《中国近代文学大系·散文集》

《中国近现代文学研究论集》

1989年10月19日上午,任访秋参加中文系为他举办的庆贺八十寿辰学术座谈会。会后,大家到学校大礼堂前合影留念。在这张照片前排中央,身穿蓝布中山装,双手拄拐杖弓身站立,戴着眼镜望向前方的和蔼老人,就是任访秋;站在任访秋右侧的,是他

**1989年庆贺任访秋八十寿辰学术座谈会后大礼堂前合影留念**

相濡以沫的夫人马鸿毅。由于长期伏案写作，80岁的不舍斋主人脊背下弯几乎90度，需要靠手杖支撑才能在镜头前勉强站直身体。同样因为看书阅读焚膏继晷，他的左眼接近失明，右眼的视力即使在那副高达1000多度的近视镜的帮助下也仅有0.1。看书时吃力地把眼睛贴在书上的任访秋，给他的孙辈后人留下难以磨灭的印象，使他们在回忆起此情此景时心疼不已。任访秋完全投入学术的忘我状态，更让他的后人从中汲取了无穷的力量。在《怀念外公任访秋先生》一文中，周笑薇写道："那时，空调还不普及，在炎热的酷暑，外公鼻梁上厚重的眼镜在汗水的湿润下老往下滑，外公一边写文章，一边把眼镜往上推，反复多次，最后鼻梁和耳根就磨出血，血水和着汗水流淌下来，可外公并没有因此而放弃手头的工作,待我给他伤口抹上药水后就又继续写起来。"①读此文字,令人心怆,更令人生出无限敬意。

**任访秋在不舍斋伏案写作**

参加座谈会后回到家中的任访秋,一如既往地沉浸在书山学海中思考和写作,回归到一位学者最纯粹的本真。11月5日清晨,他创作了一首名为《八十自述》的诗:

  光阴如飞矢,倏忽已八十。却顾所来路,亦慰亦叹息。弱龄从父读,经书略能记。继而入小学,成绩前列居。直至研究院,振翅尤奋翼。硕学曾亲炙,名家为我师。中国文学史,源流已备悉。古典近现代,论著多成帙。观点与识解,颇受士林誉。执教五十年,桃李满华域。子女已成人,各自

---

① 周笑薇:《怀念外公任访秋先生》,载沈卫威编《任访秋先生纪念集》,河南大学出版社,2004,第142页。

有所长。夫人虽年迈,家务仍独当。深愿天假年,继续发余光。①

对自己前80年的人生历程进行了简要的回顾。

80岁后,任访秋最喜爱的古代诗人,除杜甫外,还有陶渊明。他认为,以自然论,杜不如陶;以刻画论,杜较精工;抒情真挚,句句发自胸臆,无斧斫痕迹,则陶绝非杜所能比。② 杜甫与陶渊明,代表两种相互补济的文化类型,任访秋晚年兼好两家诗,可谓儒道兼采、两全其美,他在思想上、学术上悠游从容、求仁得仁的境界可见一斑。

晚年的任访秋在辛勤耕耘于近代文学研究的同时,常常凝思人生、命运等古老的哲学命题,并写作《自先秦以来儒道两家对崇礼与反礼问题的争论》等文章,反映出他于文、史之外,贯通哲学的学术造诣。1993年5月4日,任访秋因病住进河南省人民医院。1994年10月5日,经中共中央组织部批准,他从河南省政协副主席岗位上退休。自1983年4月28日当选第五届省政协副主席直至退休,任访秋在这一岗位上兢兢业业、全心全意地工作了十一个春秋。

1996年,病中的任访秋因高度近视加白内障,视力进一步退化,已完全不能读书写字。但是,他仍然常常强撑身体,拄着拐杖,蹒跚地摸出屋门,要去找书看书,还因此撞到院墙。孙女

---

① 任访秋:《任访秋文集·日记(下)》,河南大学出版社,2013,第961-962页。
② 任访秋:《任访秋文集·日记(下)》,河南大学出版社,2013,第1055页。

闻声慌忙去扶,说:"爷爷,碰着南墙了。"任访秋笑着说:"真是一头撞在南墙上。"当他被搀扶着走进书房,抚摸一本本自己曾经细细批阅过的书籍时,仿佛又见到了一个个久违的老朋友,脸上充满激动和喜悦,久久不愿离开。再后来,病重的任访秋只能躺在床上,然而每当他醒来时,就会拿起摆在身边的书抚摸感受,翻开合上,合上再翻开。他专注的神情让照顾他的儿孙们深深地明白,爷爷多么希望再次看到书中的文字,哪怕只有一次,因为爷爷还念叨着出书的计划。然而这一切终未如愿。

1998年,河南大学中国现当代文学专业博士点获批,任访秋的学生关爱和去向他报告,他听后激动地连声说:"好事,好事。"之后,任访秋念念不忘地准备给博士生上课,他多次在夜里从床上坐起,向夫人马鸿毅问道:"学生怎么还不来上课?"即使生活已经不能自理,任访秋仍然对他的家人说:"给我笔,给我纸,我要写。"直至临终的前几天,处在弥留状态的他还对护士们说:"我要讲书。"一旦远离学术,任访秋精神的痛苦和内心的孤独是难以名状的。

2000年7月3日19时40分,一代大家任访秋因病与世长辞,享年91岁。

任访秋先生,一位纯粹真挚、和蔼平易、宽容豁达、淡泊朴素的学者、导师、父亲、爷爷,一位真正的读书人,一位一生安贫乐道的知识分子,离别他视为生命的学术与不舍书斋,离别无限爱他敬他的亲友与学生,永远地停止了思考与写作。

任访秋先生治丧委员会拟定的《任访秋先生生平》中写道:

  任访秋先生是享誉海内外的著名中国文学史家。他一生在中国古典文学、中国现代文学和中国近代文学三个研究领域,都取得了令人瞩目的成就,做出了富有开创意义的重要贡献。他文史兼治,古今不隔,学问淹博,精进不息,给世人留下了数百万字的学术著作和丰富的精神遗产。①

这段评价是中肯而公允的。回顾任访秋的学术人生,从同适斋到不舍斋,任访秋用他91年的人生,书写出500余万字的皇皇巨著,其文章不朽,其功业亦不朽。任访秋把"五四"的精神带到河南,在中原广袤的大地上播撒学术的火种,使黄河南北栋梁成林,文明的薪火光夺日月。任访秋一生淡泊无争,他将学术融入人生的历程,又以人生点亮学术的灯火,燃烧自己,照亮别人。《论语》中说:"其为人也,发愤忘食,乐以忘忧,不知老之将至。"又说:"富贵如可求,虽执鞭之士,吾亦为之,如不可求,从吾所好。"用以形容任访秋一生的精神境界与道德持守,再恰当不过。

哲人其萎,河岳衔悲!

任访秋先生千古!

---

① 任访秋先生治丧委员会:《任访秋先生生平》,载沈卫威编《任访秋先生纪念集》,河南大学出版社,2004,第218页。

# 第二章　学贯古今，著述等身

## 第一节　胸罗全史，气象万千——古典文学研究

任访秋《继承灿烂的祖国文学遗产》，是收在《中国古典文学论文集续编》（以下简称《续编》）中的一篇演讲稿，也是《续编》一书冠首的文章。这样的编排不是无意的，它开宗明义地表明作者看待古典文学的科学态度，以及辑刻这部论文集的初衷。《续编》所收文章的时间跨度，从20世纪30年代一直到80年代，涵盖作者各个人生阶段对古典文学的研究与思考，相对完整地体现了任访秋持之以恒的学术精神和胸罗全史的研究视野。

《中国古典文学论文集续编》目录

《续编》中的文章,以1949年为界可分为两大部分。1949年之前,由于受到胡适、钱玄同、周作人等新文学家治学的影响,作者对古典文学的研究遵循思潮流派考述、作家作品析论、影响评价定位等新中有旧的现代学术路径;1949年之后,由于集中学习马列主义、毛泽东思想,初步掌握了新的理论武器和观点方法,古典文学在历史进程中的进步意义和人民立场成为任访秋衡量作品的重要尺度。在取其精华、去其糟粕的批判性继承基础上,作者的认识不断走向深化,新论宏论迭出,创获丰满丰厚。写作于20世纪五六十年代的《中国古典文学研究论集》和《中国古典文学论文集》中的论文,同样因为贯彻包括毛泽东《新民主主义论》《在延安文艺座谈会上的讲话》在内的崭新理论方针,见解更加洞彻明朗,别开生面。

《续编》第2篇文章是脱稿于1982年12月,改定于1985年3月的《简论中国文化遗产中民主思想的产生与发展》。作者以20世纪50年代所写《论韩愈和柳宗元的散文》为切入点,指出柳宗元的唯物主义思想、民主主义倾向和人民立场同魏晋时期的嵇康高度一致,其流风所及经明末的黄宗羲、晚清维新派的谭嗣同一直到革命家、文学家鲁迅,而追溯这种人民本位思想的滥觞,则为战国时期的思想家庄周。这篇文章,体现出任访秋作为文学史家古今不隔的文学积淀和理论素养,以及能够在时代的要求下取历史之精华古为今用的学术能力。总结任访秋在文中上下千年纵横驰骋、意之所至文献信手拈来的原因,大致有两端:一为多年的勤奋苦读腹笥丰赡,二为长期的文学史教学实践铸就的史学思维。20世纪30至40年代,任访秋分别在洛阳第四师范和潭头时期的河南大学讲授中国文学史，1950年新河大组建后又继续承担中国文学史和现代文学史的教学工作，20世纪70年代末转向近代文学领域后，又以中国近代文学学会为学术平台着手编撰《中国近代文学史》。可以说，文史融会，古今贯通，是任访秋学术的最大底色。在这种学术维度和理论高度之上，任访秋几乎对中国文学史起先秦迄晚清的任何一段都能够做到畅所欲言、无滞无碍。《续编》接下来的11篇文章，就十分鲜明而突出地印证了这种特征。

这11篇文章，是一组作家专论，它们依次是：《贾谊论》《司马相如论》《曹植论》《阮嗣宗论》《嵇叔夜论》《王绩论》《韩愈论》《柳宗元论》《关汉卿论》《何景明论》《夏曾佑论》。其中《贾谊论》《司马相如论》《阮嗣宗论》《嵇叔夜论》《王绩论》《韩愈论》《柳宗元论》7篇文章原收入1947年师友社印行的《中国文学史散论》；《夏曾佑论》原载1984年河南人民出版社出版的《中国近代文学作家论》。此次一齐收入《续编》，有合成体系的深意，同时也可完整呈现作者以重要文学家为切入口系统把握中国文学流变的学术意图。

《韩愈论》和《柳宗元论》尤其值得关注。《韩愈论》认为，韩愈虽以儒家后学自命，然其一生制行，实与战国纵横家无异。韩氏在文学上的贡献有三：一为提倡复古运动；二为散文创作扭转一代风气；三为以文为诗，字句新奇、气势豪放。《柳宗元论》则认为柳氏思想能够融合儒、释、道三家，取长舍短，总体而言，是以老庄之自然主义为本而折中于儒家的人文主义，即其宇宙观为道家的，人生观为儒家的。关于韩、柳文学的异同，《柳宗元》

认为,"子厚秀美,而退之壮美。一清丽,一闳肆。退之长在说理,而子厚长在状物。一载道,一言志","退之之文,功力多于天分","子厚之文,天分多于功力"。至于两人的思想,文中写道:"子厚实高于退之。就作品的艺术价值而论则在伯仲之间。可是从他们二人对后世的影响来看,退之就远非子厚所能比了。"①此时作者的观点——柳宗元的思想高于韩愈,是从柳宗元融合儒、释、道三家之长且不拘一方着眼的,这与他在1957年发表的《论韩愈和柳宗元的散文》中的衡量标准大不相同。后者以人民立场和唯物史观为考察尺度,认为之前以儒家立场和形式主义来评价两人进而尊韩抑柳的做法是不正确的。因为无论从个人品质修养的始终如一、世界观中的唯物主义,抑或对待人民的态度来说,柳宗元都更高于韩愈;至于转移文坛风气的功用,则韩相对高于柳。任访秋这两篇文章前后衡量尺度的迥异,一来反映出时代及作者思想的变化,二来可以为韩柳优劣论提供一种参考。需要强调的是,任访秋不囿于成见,论从史出,一以贯之地认为宋代以后论文诸家尊韩抑柳的看法皆欠平允,从中鲜明地折射出他为还原历史本来面目而孜孜以求的学术品格。

与作家论不同,《庄学与魏晋以来几位杰出的诗人》重在梳理魏晋以降受庄子思想影响较为突出的作家谱系。文中依次阐明正始时期的嵇康、阮籍,义熙时期的陶渊明,唐代的柳宗元,宋

---

① 任访秋:《任访秋文集·古代文学研究(下)》,河南大学出版社,2013,1369–1370页。

代的苏轼,明代的袁宏道,清代的龚自珍,民国的章炳麟,以及现代的郭沫若等9位文学家对庄子思想的吸收与继承,对他们革新风气、冲破束缚、直抒性灵的自由精神予以礼赞。实际上,这9位作家均曾在思想上给予任访秋一定的影响,有的甚至成为他终生钻研的对象。至于他们共同取法的宗师庄子,更是任访秋精神世界的一大慰藉。1990年8月28日夜,81岁的任访秋从梦中醒来,成诗二首。

其一云:

> 电光石火催人老,齿豁头童面枯槁。著述纵使闻海内,蜗角浮名何足道。

其二道:

> 平生祈慕是庄、老,嗣宗渊明亦我好。荣名富贵等浮云,疏食饮水无烦恼。①

晚年的任访秋心境澄澈,已臻通达了悟的至善境界。"平生祈慕是庄老"正表明他的精神依归——道法自然,无为而无不为。《续编》收入《略论西汉黄老之学》一文,有其深厚的思想渊源。嗣宗、渊明分别指阮籍和陶潜,这两位都是庄子思想的继承者。至于富贵浮云、疏食饮水则是《论语》中孔子的道德持守。这是第二首诗的内容。第一首诗中"电光石火""蜗角浮名"化用的是白居易《对酒五首》中的名句"蜗牛角上争何事,石火光中寄此身"。1931年任访秋考入北京大学国学研究院,起初师从沈

---

① 任访秋:《任访秋文集·日记(下)》,河南大学出版社,2013,第1009-1010页。

尹默,白居易曾一度是他的研究课题,任访秋因此与这位唐朝的河南诗人结下难解的情谊。《续编》中收录《论〈长恨歌〉的主题思想》一文,便不足为怪。

《苏轼谪居黄州后的生活、思想与创作》是《续编》中的第15篇文章。该文写作于1985年,当时任访秋已转向近代文学研究,但他对古典文学仍不能忘情,所以时常有所阐发。谪居黄州是苏轼思想与文学创作的转捩点,黄州之行是苏东坡的精神"突围"。此文通过提炼苏轼谪居黄州后的思想处境与生活态度,认为他的创作已不同于过去的"清俊雄放",变为"平淡中蕴有深意,外质而中膏"。"外质中膏"是苏轼评价陶渊明诗歌风格的语言。任访秋认为,黄州时期的苏轼在生活境遇上酷似渊明,因而诗风上也就与陶接近。这有一定的道理。在该文后半部分,作者分别提到晚明"王学左派"中的李贽及受李贽影响的公安袁氏兄弟对苏轼的推崇,同时对沈德符所言姚江之学"其说非出于苏而血脉则苏"的见解深表赞同。最后,任访秋以王国维《人间词话》和胡适《词选》中对东坡词的高度评价作结,说明谪居黄州对苏轼文学创作的重要意义。这里涉及另外一篇文章——《王国维〈人间词话〉与胡适〈词选〉》。这篇文章写于1934年7月22日,首次对王国维、胡适两人作比较研究。文章写成后曾寄给胡适请教,胡适于1935年7月26日回信任访秋表达意见。此文后来刊发在北平《中法大学月刊》1936年第3卷第3期,后同样收入《续编》。

所谓"王学左派",又称"泰州学派",是明中期理学家王阳明所引领的反程朱理学运动中的左派分支,主张"百姓日用即道""尧舜与途人一,圣人与凡人一",反映了资本主义萌芽时期市民阶层的思想解放诉求,创始人为泰州人王艮,门人有朱恕、颜钧、王襞、罗汝芳、何心隐、焦竑等。任访秋于20世纪40年代、50年代两度阅读嵇文甫所著《左派王学》,受到极大启发,对明末文学的种种变化,尤其是"公安三袁"受李贽影响所倡导的文学革新运动,有了相当深刻的理解。《左派王学》对没有被列入泰州学派却把"王学左派"精神发展到登峰造极地步的李贽,进行了较为详细的论述。1935年,任访秋在写作《袁中郎研究》时,就已经发现中郎的文艺思想与李贽的密切关系,并于1936年写作《李卓吾与袁中郎》进一步论证这种见解。当时他尚未阅读嵇文甫此著。仔细阅读《左派王学》后,任访秋深感李贽的反理学思想对当时文学革新运动的影响之巨大,便系统地从文学与思想两个维度探寻出"公安三袁"与李贽的渊源。他说李贽"对宋元以来的戏曲小说,给以高度评价,他赞扬《西厢》同《水浒》,并对后者加以点评。他反对当时复古派的厚古薄今的主张,认为文学是随时代而发展变化的。同时认为历史上的杰出作品,都是作者发愤之所作。他抨击那些不愤而作,不寒而颤,不病而呻的虚伪的东西。这些观点到了袁中郎,都进一步地给以发展,而形成了系统的文学革新论","从而摧垮了笼罩当时文坛的复古派"。① 这段话见于《谈谈〈左派王学〉——为纪念文甫先生而作》,该文也收在《续编》中。任访秋在该文中认识

---

① 任访秋:《任访秋文集·古代文学研究(中)》,河南大学出版社,2013,第965页。

到"王学左派"的思想革新与"公安派"的文学革新共同掀起的汹涌洪流对当时及后世文学创作的深远影响,点破表现市民阶级思想感情的明末汤显祖的《牡丹亭》,冯梦龙、凌濛初的"三言""二拍",清初王廷绍的《霓裳续谱》、蒲松龄的《聊斋志异》,清中期吴敬梓的《儒林外史》、曹雪芹的《红楼梦》等"主情主义"作品的大量产生,无不受这股洪流的激荡。这种透过纷繁表象直探本质的学术本领,实在令人敬服。

"王学左派"是任访秋分析晚明以降诸多作家作品最重要的思想理论根据,也是他将思想史融入文学史进而构建有个人特色的文学评论体系的关键因素。"王学左派"的见解主张与文学研究交汇融合,是任访秋的学术走向成熟老练的突出特征。该学派带给思想史的震动效应,不仅影响到任访秋的古典文学研究,同时还影响到他的近代文学研究。1986年,《中国新文学渊源》问世,积数十年功力潜心著述的任访秋,终于在文学研究上到达一个令人望尘莫及的高度。而该著最重要的思想启发,便是"王学左派"影响下的思想解放运动。带着这样的认识去看《续编》中的《从〈歧路灯〉看作者李绿园的思想》《略论吴敬梓的学术思想》《从〈聊斋〉中几个妇女的典型形象看蒲松龄的妇女观》《反儒欤?尊儒欤?》《漫谈〈歧路灯〉》等文章,作者的立论与思路便更加了然,对文章的理解也能更接近作者的原意。可以说,"王学左派"是解读这些文章的一把"钥匙"。同样可用这把"钥匙"进行解读的,还有《中国古典文学研究论集》中的《〈聊斋志异〉的思想和艺术》《从〈红楼梦〉中的叛逆思想谈到李贽的叛逆思想》,以及《中国古典文学论文集》中的《关于袁中郎和他所倡导的文学革新运动》《〈今古奇观〉的思想与艺术》《吴敬梓与〈儒林外史〉》等文章。

收在《续编》中的《重读〈病梅馆记〉》《龚自珍与晚清诗坛》《试论龚自珍的散文》三篇文章,先前分别发表在《河南师大教学通讯》1979年第6期、《河南师大学报》1984年第2期、《殷都学刊》1988年第1期。这三篇文章的行文构思或思想内容均曾不同程度地显示在《龚定庵文学略论》中,该文发表在《开封师院学报》1963年第2期,收入《中国古典文学论文集》。此外,任访秋还写作过《略谈龚自珍》《鲁迅与龚自珍》两篇文章,前者发表在开封师院《教学参考资料》1973年第1期,后者发表在《河南大学学报》1988年第2期。以上六篇文章,反映出任访秋在不同时期阅读龚文的心得和对龚自珍文学史地位认识的深化,或有感而发,或缜密论证,或高屋建瓴,或见微知著,风采各具。

《续编》中的最后一篇文章《关于个人治学的回顾》,是任访秋在1985年应即将创刊的《河南大学研究生学刊》编辑的邀请而写的。在这篇文章中,任访秋回顾了自己从1923年考进河南省立一师,一直到1984年出版《中国近代文学作家论》之间61年的治学生涯。文末,任访秋以自己的亲身经验,从三个方面勉励意欲从事学术研究的青年学子:(一)要有终生从事学术研究的决心与抱负。(二)有了研究的方向,就要抱着"锲而不舍"的精神,一直地做下去。不要因环境变化而改变自己的方向,更不要因稍有成就而沾沾自喜,止步不前。(三)要掌握最新的治学思想、方法。由于思想、方法的不同,而产生的成果就有极大的差别。不要抱残守缺,要勇于求新与创新。这三项告诫,语重心长,话虽平实却字字珠玑。

把《关于个人治学的回顾》作为《续编》的收束,其中蕴藏着任访秋的匠心深意。首先,该文回顾的起止年限与《续编》所收文章的时间跨度大体一致;其次,任访秋一生在学术领域内两次转向——先由古典文学转向现代文学,再由现代文学转向近代文学,无论主要精力倾注在哪个研究领域,他都没有完全停止对古典文学的研究与思考。因此,与个人治学道路始终相伴不离的其实是他持续半个多世纪的古典文学研究。《续编》比较全面地体现出任访秋从20世纪30年代一直到80年代关于古典文学研究的情况,有回顾个人治学历史的意味。《关于个人治学的回顾》在《续编》中曲终奏雅的作用于此突显。

持续性与整体性,同时也是《续编》区别于《中国古典文学研究论集》和《中国古典文学论文集》的显著特征。《中国古典文学研究论集》收录任访秋从1951年到1955年之间所写的8篇文章,1956年长江文艺出版社印行;《中国古典文学论文集》收录新中国成立后到"文化大革命"前,近15年间任访秋所写的16篇文章,1981年中州书画社出版。除前文已提到的《聊斋志异的思想和艺术》《从〈红楼梦〉中的叛逆思想谈到李贽的叛逆思想》两篇文章外,《中国古典文学研究论集》还收录有《伟大的爱国主义诗人屈原》《伟大的现实主义散文作家司马迁》《〈桃花源记〉的思想体裁和写作方法》《对于王瑶先生〈晚清诗人黄遵宪〉一文的意见》《鲁迅对中国文学遗产是怎样进行批判的》《略论中国古典文学中的"典型"与"幽默"并驳胡适对它们的抹煞和歪曲》6篇文章。这些包括演讲稿、商榷性论文在内的文章,经过修改后,结集出版于"双百"方针鼓舞指引下的文化环境中,每一篇都有作者独特的见解,分析也比较详尽,既能显示出深刻的学术新见又具有一定的历史价值。

收在《中国古典文学研究论集》中的8篇文章,除去关于王瑶、鲁迅、胡适的三篇,其余五篇又悉数收入《中国古典文学论文集》。此外,《中国古典文学论文集》还收录有关于三曹诗歌、刘勰《文心雕龙》、郦道元《水经注》、兰陵笑笑生《金瓶梅》、章太炎的学术思想与革命精神、胡适《五十年来中国之文学》的批判等方面的论文。其中,《三曹诗歌试论》写于1959年,是作者当时

《中国古典文学研究论集》目录

与别人合写中国文学史讲义时留下的成果;《试论〈文心雕龙〉对齐梁以前文论的批判与继承》是20世纪60年代在学术报告会上的讲稿,后来发表在1979年《文学研究辑刊》第一辑;《郦

道元和他的杰作〈水经注〉》是20世纪50年代应北京《语文学习》之约而写，发表在该刊1957年9月号；《略论〈金瓶梅〉中的人物形象及其艺术成就》分为人物形象和艺术成就两部分，1962年在《开封师院学报》第2期发表时仅刊出第一部分，后全文收入《中国古典文学论文集》；《章太炎的学术思想与革命精神》认为章氏的反孔教思想和对桐城派、选派的批评经章门弟子的继承发扬，最终使章太炎成为"思想革命"与"文学革命"的先导，该文发表在《新建设》1957年第2期；《胡适〈五十年来中国之文学〉的批判》是20世纪中叶对胡适开展批判运动时所写，其中的一些见解在今天仍值得近代文学研究者深思借鉴，该文首刊于《开封师院学报》1956年第1期。

1943年，南阳前锋报社将任访秋所著《子产》一书作为"前锋丛书"第一种印行1000册，这是任访秋公开出版的第一部专著。1987年，《子产》经过修订后以《子产评传》为名交付中州古籍出版社再版。任访秋在再版"结束语"中说明此书的写作缘起道："由于当时我担任中国文学史课，讲到先秦散文时，不免要涉及《左氏传》、《国语》一类史学典籍。由于翻阅它们，这样对春秋时郑国的大政治家子产，产生了兴趣。于是费数月之力，参考了一些有关史籍，写成了这本小册子。"《子产》对春秋时期的政治家子产的生平交游、政治建树、学术思想等进行了严谨细致的考述，弥补了司马迁《史记》没能为子产单独作传的缺憾。任访秋写作《子产》的兴趣，来源于讲授中国文学史时对先秦典籍的阅读。这里需要补充的是，讲授中国文学史时对作家作品的系统阅读，同时是前文提到的三部论文集中部分文章写作的知识背景。

《中国文学史散论》1947年由河南大学师友社印行,前有张长弓《序》及任访秋《自序》。《中国文学史散论》共收短文20篇,是一部志在解决文学史上值得探讨的重要作家作品的"素描文学史"。诚如张长弓所言,书中的文章,约可分为两类:一是史实类,如《二南真是楚风吗》《读招魂》《高唐神女二赋作者》《曹植洛神赋》等;二是鉴赏类,如《贾谊》《司马相如》《嵇叔夜》《韩愈》《柳宗元》等。文章按时期先后排列,自先秦至近现代,精心结构,审慎选定,如线穿珠,颗颗莹亮。

张长弓像　　　　　　　　李嘉言像

《中国文学史讲授提纲》是新河大组建后为适应新形势在短期内编写的文学史。全书由李嘉言、张长弓和任访秋合著完成,其中宋元明清一段及总结部分由任访秋执笔。李嘉言在《序言》中说,编写本提纲主要依据以下三点:(一)依靠马列主义文艺理论的指导;(二)和中国历史的发展相结合;(三)批判旧讲义和旧文章。

相较于《中国文学史散论》和《中国文学史讲授提纲》的简略匆忙,写作于20世纪三四十年代的《中国小品文发展史》《中国文学史讲义》《中国文学批评史述要》,虽然由于战乱均未能完稿,却因其纲举目张、品评得当、文史结合、视野宏阔的特点,力证任访秋文学史写作的大家水准。三部书稿后经校录整理,收入《任访秋文集·未刊著作三种》。

其次要介绍的是《袁中郎评传》和《袁中郎研究》。这两部著作是任访秋在北师大和北大读书期间的研究成果。前者包括七篇单独的论文,其中《中郎师友考》发表于《师大国学丛刊》1931年第1卷第2期;《公安派的文学主张》《中郎的小品文》《公安派与十八世纪英国浪漫派之比较》发表于《师大国学丛刊》1932年第1卷第3期;《中郎之生平》《中郎的思想》《中郎的诗》发表于《师大月刊》1933年第2期"文史社会专号"。《袁中郎研究》系任访秋在北大国学研究院读书时的硕士毕业论文,完成于1936年夏,由于战乱和政治运动等原因,直到1983年才由上海古籍出版社出版。《袁中郎研究》是任访秋写作的第一部系统的研究著作。

《袁中郎研究》分为上下两编,上编分三章论述中郎的文学,下编为袁中郎年谱。第一章概述中郎以前明代文学思潮的趋向。从明初作者的复古论开始讲起,次第论述李梦阳、何景明的复古论,唐宋派的反复古论,李攀龙、王世贞复古论的再起,复古派内部文学家的修正论及先于中郎的反复古派作者。第二章集中介绍中郎的思想与文学。首先详细剖析袁中郎与泰州学派、李贽的关系,总结出其思想的渊源与特征,其次分析中郎的诗和散文的特点,并对中郎以后明代的散文作一交代。第三章是中郎的影响与文学史地位的界定。作者认为:"晚明以中郎为首的公安派所倡导的这次思想上文学上的革新运动,它的形势,是波澜壮阔的,它的发展,又是源远流长的。所以我国在十七、十八世纪文坛上之所以能够出现具有进步倾向的文学创作如《聊斋志异》、《儒林外史》、《红楼梦》等杰作,决非偶然的,因为它们都吸取了公安派这一文学革新运动的新精神的缘故。"[①]这一看法后来在《中国新文学渊源》中得到更加深入系统的论证。

最后介绍《〈聊斋志异〉选讲》。任访秋幼年时就在父亲象斋公的引导下阅读《聊斋志异》,小学毕业时已能独自读懂大部分篇章,直到晚年还时时翻阅,甚至可以背诵其中的一些内容。《〈聊斋志异〉选讲》,本着取其精华、去其糟粕、注释分析、研究欣赏的原则写作,是一部面向广大读者、兼具普及与提升双重功能的文学读物。全书择选25篇,基本都是《聊斋志异》中脍炙人口、广为传诵、屡经影视改编的佳作名篇,如《画皮》《婴宁》《聂小倩》《阿宝》《连城》《罗刹海市》《梦狼》《席方平》《司文郎》等。20世纪70年代末80年代初,任访秋对《〈聊斋志异〉选讲》进行修订时,已是一位年逾古稀的老者,其阅世既深,分析见解入木三分,行文中引物连类、举一反三,精彩处笔锋纵横,令人拍

---

[①] 任访秋:《任访秋文集·古代文学研究(上)》,河南大学出版社,2013,第277页。

案。如对《阿宝》的分析，不仅以《聊斋志异》中的《书痴》《石清虚》《鸽异》等篇目与之作比，而且条列出晚明袁宏道《华山别记》、张岱《湖心亭看雪》《五异人传》、汤显祖《牡丹亭》、冯梦龙《谈概》对"痴"的歌颂来肯定《阿宝》男主人公孙子楚的"痴情"。在写作方法与故事内容上，又分别以《史记·信陵君列传》和《醒世恒言·卖油郎独占花魁》类比，钩稽出《阿宝》故事的思想渊源和写法借鉴，论述看似不经意，实则无数十年之积累不能裕如若此。

起先秦迄晚清，跨晋宋越元明，任访秋的古典文学研究横跨中国文学史三千年，其学术气象犹如海纳百川，云蒸霞蔚。从中国文学的源头经典《诗经》《楚辞》到清代的白话小说，任访秋对各个历史阶段的一代之文学均能留下富有精深创见的研究文字，显示出思接千载、游刃有余的大家气度。任访秋的古典文学研究以名家硕学为启蒙前导，以求真明理为学术目标，以文学通史为基础依托，以学术兴趣为探究动力，以乡邦文献为关注重点，以与时俱进为理论追求，以黾勉勤奋为创作保障，积数十年耕耘之功，终于取得博通古近、浩瀚无涯的学术境界。在此基础上系统展开的现代文学研究，因其源流正变了然于胸，加之直接承续五四新文学的优良传统，使得任访秋在一个高起点上成功迈向另一个高峰。

## 第二节 亲炙硕学，渊源"五四"——现代文学研究

1929年，五四运动的狂潮已落，新文化与新文学各自以胜利的姿态诀别旧文化与旧文学。以保存国粹、赓续传统相矜重

的守旧派文人在时代前进的大潮中每感惊骇惶惑、痛心疾首,乃至有人不惜逸出温柔敦厚、恭良俭让的修齐教养对新文学家大张挞伐。至于新文化阵营内部,也因"有的高升,有的退隐,有的前进"分别走上不同的发展道路。然而,无论新旧形势如何变化,始终坚持对敌冲锋陷阵的斗士、现代文学奠基人鲁迅均能成为矛头所指。当时正在北京师范大学读书的任访秋,因一篇文章而被列入"拥鲁派"的行列。

1930年5月1日,《民言日报》文艺栏刊发一则征文启事,标题为"批评鲁迅周作人",其中有这样几句话:"文坛上的权威者鲁迅、周作人两作家,最近竟地位动摇。这倒周的笔战,已经由淞沪跨海过关,走入他们发祥之地的北平。——由北京转变的北平。"①任访秋读后认为,下这样的论断未免因对文坛现状的疏忽而不切事实,而且鲁迅与周作人对文学所持的态度根本不同,一个是"为人生而文学",一个是"为趣味而文学";一个是"积极的革命者",一个是"消极的反抗者"。两者不能"相提并论",何况当时二人在文坛的地位并未动摇。基于自己的阅读印象,任访秋于次日写作《我所见的鲁迅与岂明两先生》,从思想与创作两个层面比较鲁迅与周作人的异同,对这则启事略致微词。这篇文章发表在1930年5月6日的《新晨报》副刊上,是任访秋研究并肯定鲁迅的第一篇文章。

任访秋对鲁迅著作的阅读,可以追溯到他考入河南省立一

---

① 转引自任访秋:《我所见的鲁迅与岂明两先生》,载《任访秋文集·鲁迅研究》,河南大学出版社,2013,第167页。

师的1923年。当年入校后,在许多毕业于北大、北师大且饱受五四精神洗礼的老师的引导下,年轻的任访秋开始接触包括鲁迅小说集《呐喊》在内的新文学作品。鲁迅深刻的思想、锐利的眼光、冷峻的笔调在任访秋尚未深谙世事的心田脑海刻下深深的印痕,使他在并不能完全理解这位伟大的思想家、文学家笔下的作品之时,仍然对他在文学创作上的巨大贡献产生崇高的敬意。1924年《语丝》创刊后,任访秋每一期都会买来阅读,后来就开始预订。《语丝》上发表的鲁迅杂文,其锐利辛辣的文风、情兼讽刺的手法,尤其令任访秋难忘。这些鲁迅杂文,激发起任访秋对残酷镇压革命青年的北洋政府的憎恶,以及对当时黑暗现实的悲愤。所以,当1930年文艺界有人意欲攻击鲁迅的时候,任访秋即刻撰文维护鲁迅的声誉,其目的也是希望鲁迅能够得到公正切实的评价。

1932年,鲁迅回北京探亲,并于11月27日受邀到北师大演讲。当天下午,任访秋从西单白庙胡同宿舍,跑到和平门外校本部去听讲。演讲场地最初安排在风雨草棚,由于听众太多,临时又改为露天操场。鲁迅身着深色棉布长衫,神情镇定,被学生簇拥到一个大木台上,带着浓重的绍兴口音开始演讲。由于口音较重,加之人声嘈杂,任访秋对鲁迅的演讲内容听得并不十分真切,但鲁迅的气度与风采,给他留下极深的印象。

1933年,任访秋到洛阳教书,其时,国民党当局镇压进步革命文学的文化"围剿"已经进行数年,鲁迅的著作被禁,新作更难以买到。任访秋想方设法,终于从朋友那里借到鲁迅的部分杂文集,如《伪自由书》《南腔北调集》等,借以慰藉在困苦中寻求正义与真理的灵魂。1936年，鲁迅逝世，任访秋倍感伤恸，以《中国传统思想的叛逆者——嵇康、李贽与鲁迅》一文来表达自己的哀悼与敬意。这篇文章当时并未发表，据任先生回忆，直到20世纪40年代，才又把它修改压缩，发表在南阳《前锋报》副刊上。

鲁迅逝世的1936年，任访秋从北大国学研究所毕业，其时指导任访秋毕业论文的老师，是鲁迅的二弟周作人——当时名满天下的北大教授、小品文作家。在北大求学期间，任访秋不仅经常前往八道湾周作人住处请教疑难，而且不时向时任国学研究所所长的胡适问学，将自己的论文寄送胡适请求指点。在与

**周作人在八道湾宅子**

这些引领时代思潮的"五四"硕学长时间的接触中，任访秋如饥

似渴地汲取吸收着前辈的学术滋养,坚持不懈地锤炼自身的学术品格,以孜孜不倦、好学多思的辛勤努力,最终确定安身立命的学术志业,终生不渝。北大宝贵的学习经历,不仅带给任访秋知识水平的提升,更重要的是传递给他爱国、科学、民主、自由的五四精神,这是一笔价值无量的精神财富,让他一生受用不尽。五四精神的鼓舞与化育,使任访秋坚定地站在新文化、新文学的立场审视、继承祖国的文学遗产,以科学辩证的态度评价古近现代的诸多重要作家作品。可以说,现代学理是任访秋学术研究得以形成体系的重要理论支撑,而考究其渊源,则不得不追溯到20世纪30年代的北平求学经历。也正是在这样的学术理路与精神追求中,任访秋才能对周氏兄弟不同的人生道路做出独到而公正的评判,并确立鲁迅为自己现代文学研究中分量最重的一位作家。

1941年10月19日,河南大学的进步团体"文艺研究会"举行鲁迅逝世五周年纪念大会,会议伊始,百余名与会者共同演唱由任访秋作词、陈梓北谱曲的纪念歌《纪念鲁迅先生逝世五周年》,歌词写道:

1942年任访秋在河南大学任教时摄于潭头

> 五年前的今天,暴风雨的前夕,先生您,像颗陨星从天边沦亡!

您的眼,像爱可司光似的,照穿人类的腑脏。

您的笔,像投枪似的,刺进那敌人的胸膛。

骆驼比不上您,从荆棘中,走出的道路,那样明光。
那母牛更不胜您,吃的是干草,喷出来那么多的奶浆。
您的一字一句,洪钟般响,
促我们觉醒,
促我们团结,
促我们坚韧自强!
踏倒敌人,踏倒敌人,争取民族的自由解放!
踏倒敌人,踏倒敌人,争取民族的自由解放!①

为适应曲调,歌词由任访秋与陈梓北商酌做过一些修改。纪念歌极大地鼓舞了师生的斗志和豪情,使大会在一种高亢的情绪中顺利进行。这次大会引起了国民党当局的注意,与会的不少

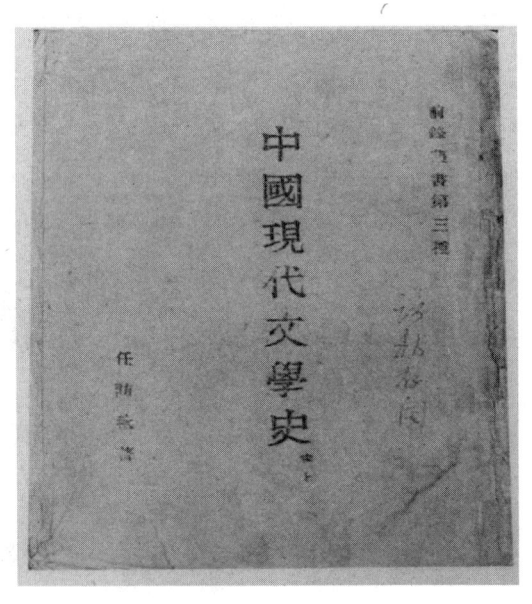

1944年前锋报社印行的《中国现代文学史》上卷

---

① 任访秋:《任访秋文集·日记(上)》,河南大学出版社,2013,第379-380页。

师生被列入黑名单。当时保存下来的油印本歌词歌谱,在20世纪60年代末特殊的岁月里,因惧祸而被任访秋的妻子马鸿毅付之一炬。同时被烧掉的,还有任访秋的日记。

1942年,任访秋为河大文史系学生开设现代文学及习作课。这门课程的讲稿《中国现代文学史》的上卷共三编,1944年由南阳前锋报社出版。第一编"文学革命运动的前夜"分为三章:第一章清末民初的政治,梳理从太平军起兵到民国成立之初六十余年间中国社会剧烈动荡的政治局势;第二章清末民初的思想,依次介绍严复译介的西方学术著作、康梁的变法维新与复辟尊孔论、章炳麟的反儒家论、张之洞的中学为体西学为用论,最后得出新文化运动必然到来的结论;第三章清末民初的文学,介绍了黄遵宪和夏曾佑的诗歌,李伯元、吴沃尧、刘鹗、曾朴的小说,吴汝纶、章炳麟、梁启超、章士钊的散文,苏曼殊、林纾、鲁迅兄弟、严复的翻译文学,进一步得出过渡时期的文学同于过渡时期的政治和思想,必然要迎接一个新的彻底的革命运动。

第二编"文学革命运动"也分为三章:第一章交代运动的始末,从内部、外部两个层面探讨文学革命运动爆发的原因,接着从新文学运动的讨论期、新旧两派的论战期叙述文学革命运动的经过,最后从五四运动、教育部颁布小学教科书改用国语法令、新文学团体三个方面总结革命运动的成功。第二章是对这次革命运动的总检讨,作者认为从戊戌变法到五四运动的二十余年间,中国文学在渐进中蜕变,在舍旧而谋新,直至"五四",时机成熟,遂转入一个新时代。尽管当初的维新者有人转变为守旧派,但五四运动的种子实际是他们播下的。第三章讲述伴随文学革命运动产生的三个运动,一为整理国故运动,二为征集民间文学运动,三为国语统一运动。其中国语统一运动与文学革命运动合流的结果之一,是教育部《中小学各科课程纲要》的刊行。该编将"文学革命运动"的来龙去脉基本概述清楚。

第三编"新文学之萌芽与成长"只印出了前三章:第一章将1917年至1943年之间26年的新文学史划分为五个时期,即1917—1920年的初期试作时期,1921—1925年的自然主义与浪漫主义时期,1926—1931年的自由主义与社会主义时期,1932—1936年的写实主义、新写实主义与民族主义时期,1937—1943年的抗战文艺时期。第二章前四节按体裁逐次介绍1917—1920年间的诗歌、小说、戏剧、翻译的情况,第五节为总结。第三章主要由新文学团体和新文学创作状况两部分构成,创作包括诗歌、小说、戏剧、散文四种体裁,最后为总结。

由于局势动荡以及避乱逃亡中文献不足,《中国现代文学史》讲稿在内容上是简略的。但是,在简略的叙述中,任访秋仍然对鲁迅的生平、小说与杂文创作、参与并领导文学团体等进行了相对丰富的介绍,其"景慕倾服"的心情常常不自觉地流露于字里行间。按照任先生20世纪80年代的回顾,《中国现代文学史》对鲁迅的理解还不是十分深刻,一是当时无法看到鲁迅的全部著作,二是尚未学习马克思列宁主义。新中国成立后,任访秋系统阅读学习了马列主义的经典著作,同时对无产阶级文艺理论也作了进一步的探索。他再一次重读《鲁迅全集》,才更深刻地认识到鲁迅的伟大与崇高,对毛泽东主席所说鲁迅是中国"文化新军的最伟大和最英勇的旗手""是中国文化革命的主将""不但是伟大的文学家,而且是伟大的思想家和伟大的革命家"的定位,表示深深的赞同,觉得鲁迅是当之无愧的。

20世纪50年代,任访秋在讲授现代文学史的同时,不断发表关于鲁迅的研究文

**鲁迅像**

章。其中,《鲁迅先生在创作上是怎样把现实主义与浪漫主义统一起来的》为纪念鲁迅逝世15周年而作,这篇文章刊发在《新中华》1951年第20期。《伟大的文学家、思想家和革命家——鲁迅先生的一生》为纪念鲁迅逝世20周年而作,这篇文章连载于《河南日报》1956年10月9日至11日。同年10月19日,任访秋又在《河南日报》发表《鲁迅先生最得力的战斗武器——杂文》一文,就鲁迅的杂文谈了个人的几点体会。《从〈过客〉中看鲁迅先生思想的发展》发表在《河南文艺》1956年第4期,是任访秋20世纪50年代发表的有较高个人创见的鲁迅研究论文。文章通过对《过客》深入细致的分析,认为该文是鲁迅思想由进化论到阶级论、从个人主义到集体主义转化的一篇极其重要的文章,是鲁迅思想发展将要达到飞跃境地的里程碑。同样在

1956年，任访秋基本完成《中国现代文学史论稿》（以下简称《论稿》）的撰写工作。《论稿》于1957年由开封师院（按，即河南大学）函授处铅印，作为中国语言文学系的讲义供师生参考学习。相较于20世纪40年代出版的《中国现代文学史》，《论稿》可谓一部新著。

《论稿》把1917—1956年间的文学统称为"现代文学"，并把它划分为两个时期五个阶段。第一个时期从1919年五四运动到1942年延安文艺座谈会，分为三个阶段：1917—1927年，无产阶级思想领导下新文学运动的兴起；1927—1937年，左联领导下无产阶级文艺运动的萌芽与壮大；1937—1942年，抗日文学成为主潮。第二个时期从1942年延安文艺座谈会到1956年，分为两个阶段：1942—1949年，无产阶级文学在毛泽东文艺方针指导下跨入新阶段；1949—1956年，新中国成立后人民文学在党的领导下突飞猛进的发展。《论稿》的撰写工作大体按照这一思路展开，在各个时期各个阶段又以具体的作家为代表专章或专节论述。比如，第一个时期后两个阶段，分别对鲁迅、郭沫若、瞿秋白、茅盾作专章讨论，对叶绍钧、老舍、巴金、曹禺、艾青、沙汀、夏衍作专节讨论；第二个时期第二个阶段，分别对李季、贺敬之、丁毅作专节讨论，对丁玲、赵树理作专章讨论。全书共二十章，第一章绪论，最后一章总结，纲举目张，立场鲜明，是一部以马列主义武装的现代主流文学史。

《论稿》对鲁迅的介绍位于第八章。该章共分五节。第一节"伟大的战斗者的一生"，以戊戌维新、辛亥革命、五四运动、北伐战争、左联成立等政治文化事件为时间背景，描摹出鲁迅思想成长与转变的复杂过程;第二节"从革命的民主主义到马克思列宁主义",总结出鲁迅由一个彻底的革命民主主义者发展为马列主义者的三个原因,即高度的爱国主义思想、战斗的人道主义思想和革命的进化论思想;第三节详细介绍了鲁迅的文学创作,包括小说、散文诗和杂文;第四节"从现实主义(革命的浪漫主义)到社会主义的现实主义",论述了鲁迅的创作态度与创作方法;第五节"中国新文学的奠基人与'中国文化新军最伟大和最英勇的旗手'",总结鲁迅对现代文学创作的奠基开拓之功。在任访秋所有研究鲁迅的著作中,《论稿》对鲁迅的论述最为全面,而且本章在全书中也算是相当精彩而充实的部分,值得重点提及。

1973年,任访秋的论文《略谈鲁迅杂文的艺术特色》发表在开封师院《五七通讯》第2期,这是1957年之后任访秋公开发表的第一篇鲁迅研究成果。相比之下,收在开封师院中文系1972年编印的《鲁迅作品选学习辅导材料》中的五篇文章,即《鲁迅思想发展和在各个时期文化革命战线上所进行的斗争》《〈呐喊·自序〉分析》《〈论"费厄泼赖"应该缓行〉分析》《〈狂人日记〉分析》《〈藤野先生〉分析》,则具有作品讲解与辅导读物的性质。《略谈鲁迅杂文的艺术特色》认为鲁迅杂文的艺术特色有四端:对比、类型、讽刺、形象。四者相互联结,相互渗透,因此能够使文章犀利泼辣、爱憎分明。与大多数发表在20世纪70年代的文章一样,《略谈鲁迅杂文的艺术特色》的时代色彩还是比较浓厚的。

进入20世纪80年代后,任访秋的现代文学研究仍以鲁迅研究为大宗,不仅每年都有相关论文发表,而且由鲁迅及于其他重要思想家、文学家,及于整个五四新文学,视野高远阔大,见解透辟宏通,渐臻炉火纯青的学术化境。以 1981 年为例,当年是鲁迅 100 周年诞辰,任访秋接连写作《学习鲁迅的治学精神——鲁迅诞辰 100 周年纪念》《读鲁迅〈汉文学史纲要〉——鲁迅先生 100 周年诞辰纪念》《继承并发扬鲁迅现实主义精神的优良传统——纪念鲁迅先生百周年诞辰》《鲁迅评论人物浅谈》《〈鲁迅与河南〉序》《〈野草〉的思想与艺术》《〈希望〉浅析》《鲁迅参加旧民主主义革命对他的思想与创作的影响》《试论晚清以来中国知识分子的几次分化——兼论鲁迅对分化的认识和态度》等 9 篇文章,借以表达对鲁迅的深切缅怀和无限敬意。这些文章,没有华丽的语言,没有绚烂的辞藻,没有精巧的布局,娓娓道来,情真意切,有的是对鲁迅发自肺腑的景仰,有的是对五四精神深沉的追怀。如果要用一句话概括任访秋此时的文风与心境,"绚烂之极,归于平淡"庶几近之。

《鲁迅与晚清几个作者——严复、梁启超、章太炎》《鲁迅与胡适》《鲁迅与蔡元培》《鲁迅与周作人》《鲁迅与龚自珍》同样是写作于 20 世纪 80 年代的鲁迅研究论文。所不同的是,这 5 篇文章运用比较研究的方法梳理出鲁迅的思想渊源,构建起鲁迅的交游网络,无论从横向还是从纵向角度来说,都能使读者更为清晰地理解鲁迅之为鲁迅的主客观原因。这 5 篇文章具有相当重要的学术价值,尤其是把鲁迅的思想渊源追溯到晚清的严复、梁启超等人,这对研究近代文学和五四新文学的学者来说,具有方法论层面的指导意义,不宜轻忽。事实上,竭力倡导新文化、新文学的战将们,他们的古典文学修养都是极深厚的,他们所反对的旧文化、旧文学更多的是晚清以来走入穷途末路的僵腐文体,所谓"桐城谬种,选学妖孽"的口号即其代表。然而,正是晚清文学的积重难返、积弊难除才使得五四文学革命的爆发有其必要性与必然性,也正是晚清梁启超、章太炎等维新派、革命派思想家对旧世界的破坏、对新思想的传播,才使得成长于晚清、成熟于民初的胡适、鲁迅、周作人诸人有了发动致力于创造新文化、新文学的文学革命运动的可能性与可行性。同样显示这种研究思路的,还有写作于1980年的《试论晚清第二次文学运动》,文章以鲁迅和周作人发表于《河南》杂志上的数篇重要论文为论述依据,称他们兄弟二人计划提倡的文学运动为晚清第二次文学运动。之所以称为"第二次",是以先前梁启超的文学改良运动为参照的,接下来便是五四文学革命。需要说明的是,"第二次"文学运动并未成功,不过,时隔不到十年,周氏兄弟的文学主张便在五四文学革命中闪耀着更加耀眼的光芒。

　　任访秋的现代文学研究可以划分为并不均等的三部分:现代文学史,鲁迅研究,其他有关现代文学的研究。"现代文学史"分量最重,"鲁迅研究"成果最多,而"其他有关现代文学的研究"层次最丰富。第三部分的研究成果中,《谈谈五四文学革命运动在思想上的领导问题》发表于1951年上海《新中华》第9期;《中国现代文艺思潮》(一)(二)(三)、《略谈老舍前期创作思想》、《关于〈大堰河——我的保姆〉中的几个问题》、《〈女神〉中三篇诗的分析》分别发表于1954—1956年河南师范学院《教学业务通讯》第18、20、22、26、35、40期;《钱玄同论》发表于

《任访秋文集·鲁迅研究》

1981年安徽《艺谭》第4期;《胡适论》发表于1982年《河南大学学报》第2期;《〈女神〉中"泛神论"思想与中国文化传统精神》发表于1982年《中国现代文学研究丛刊》第4期;《从文学流派看文学研究会与中国现代文学》发表于1984年河南人民出版社《文学论丛》第2期;《章太炎与五四新文化运动》发表于1993年《中州学刊》第2期。以上所列文章基本还原出任访秋"其他有关现代文学的研究"的布局图景,它们以各自的思想魅力丰富着、加深着我们对任访秋现代文学研究整体状况的认知和体会。这里还需一并说明的是,前文所提任访秋的两部现代文学史著作以及鲁迅研究的论文,分别收在河南大学出版社2013年推出的《任访秋文集》之《现代文学研究》和《鲁迅研究》中,至于"其他有关现代文学的研究",则部分收在《集外集》中。

1996年,河南大学出版社出版《河南新文学大系·理论批评卷》,内收任访秋《对"五四"文学运动的总检讨》一文。1996年10月21日,任访秋写下人生中最后一则日记:"凭我的记忆,摸着写……"之后,他的现代文学研究和日记都因病痛不得不完全停止了。

龚自珍的《己亥杂诗》第54首有两句道:"科以人重科益重,人以科传人可知。"任访秋在诸位"五四"硕学和新文化将领的培养与期望下,以自身卓荦不凡的学术成就为他曾经求学问道的名校名师增光添彩,使后人益发明白五四精神的可贵。他一生的成就,正是"科以人重科益重"的绝好注脚。1989年11月5日,任访秋作《八十自述》诗,中有"硕学曾亲炙,名家为我师",可知他也始终以此自我激励。同样在他80岁这一年的9月12日,患病的任访秋在日记中写道:"人活一百岁也要死,古人说'死生有命',所以不必怕。我的前辈活七十的就很少,但我已八十高龄。但总希望多活几年,给人民再作上点贡献,愿望不过如此而已。"①不求索取、唯愿奉献的任访秋勤勤恳恳一辈子,为世人留下500余万言的学术著作,哺育着一代代后辈学子,又如龚自珍《己亥杂诗》第5首所言"落红不是无情物,化作春泥更护花"。

20世纪80年代后,任访秋的研究方向由现代文学转向近代文学,而他撰文论述的近代文学"开山祖师"就是龚自珍。由溯源现代学理的同适斋主到惜时如金的不舍斋主,任访秋做到了《八十自述》诗中所说的"继续发余光",而且这"余光"如此耀眼。

---

① 任访秋:《任访秋文集·日记(下)》,河南大学出版社,2013,第952页。

## 第三节　树大根深，水到渠成——近代文学研究

1979年7月29日，是一个极热的星期天。这天上午，任访秋在家中审阅学生蒋益的学年论文《李玉亭形象简析》，下午又阅读学生张春生一篇分析《骆驼祥子》的文章。吃过晚饭后，任访秋便与夫人马鸿毅、女儿秋子、外孙笑凯同去铁塔公园乘凉。虽然已是傍晚，可是伏夏的开封依然炎热异常，铁塔公园也仅因松柏高遮、湖柳呈碧而略添丝丝清凉。祖孙三代漫步在千年铁塔庇护的公园里，远闻蝉鸣起伏，近听风铃清响，暑意散尽，其乐融融。然而，这样悠闲的时光在任访秋的生活中却是不多的，本可以乐享天伦、颐养天年的他，再次走上教学、科研的第一线，以年逾古稀的高龄继续为学术研究发光发热、奉献余生。1979年之后的任访秋，经常因过度工作而感到劳累，但除在日记中默默地感叹年老外，他很少对人提起自己的疲惫。他的腰一年年地弯了下去，他的著作却一本本地高了起来。

1980年12月27日，任访秋在空闲时统计出自己已发表和未发表的关于中国近代作家的文章共计13篇，这些近代作家为：1.龚定庵；2.梁启超；3.严复；4.黄遵宪；5.章太炎；6.苏曼殊；7.林纾；8.王国维；9.李伯元；10.刘师培；11.谭嗣同；12.曾朴；13.钱玄同。（当时关于前九位作家的文章均已发表，关于后四位作家的文章尚未发表。）在修改并发表后四篇文章的同时，任访秋分别于1981年1月、5月、9月、12月写作了《刘鹗及其老残游记》》《吴沃尧》《魏源》《胡适》，并于1982年3月写作《康有为》。前述18篇作家论在1982年6月初经作者修订，结集为

《中国近代文学作家论》，1984年由河南人民出版社出版。

《中国近代文学作家论》所选的作家，能够体现出任访秋的近代史观和近代文学发展观。正如他在这本书中所说的那样："中国近代史，是中国在帝国主义侵略下，中国封建统治阶级屈服于列强的压力，并与之勾结，镇压中国人民的反抗，而使中国逐步沦为半封建半殖民地的历史。同时也是中国人民，反抗封建统治与帝国主义的侵略，而企图争得民族的独立与解放，建立富强的新中国的革命斗争史。"① 在这样的时代背景下，顺应时代的洪流，推动历史变革与前进的作家作品，才是任访秋心目中认为值得赞扬的作家作品，反之，则需要予以批判。基于此，他选择了嘉道之际议论纵横、惊秋救弊的士大夫龚自珍和魏源，又选择了同光时期的维新派文人康有为、梁启超、谭嗣同、严复、黄遵宪和革命派文人章太炎、苏曼殊、刘师培。至于在政治上比较保守，却在文学观上有其先进性的王国

目　录

龚自珍·················（1）
魏源··················（26）
黄遵宪·················（43）
严复··················（59）
康有为·················（82）
谭嗣同·················（104）
梁启超·················（130）
章炳麟·················（147）
刘师培·················（171）
苏曼殊·················（197）
林纾··················（211）
王国维·················（227）
吴沃尧·················（249）
李伯元·················（262）
曾朴和他的《孽海花》·······（273）
刘鹗及其《老残游记》·······（283）

附　录

胡适··················（296）

（1）

《中国近代文学作家论》目录

---

① 任访秋：《任访秋文集·近代文学研究（上）》，河南大学出版社，2013，第350页。

维,以及虽卫护古文且不遗余力抵制新文学,但因译介外国文学而对当时文坛产生积极作用的林纾,任访秋也一分为二地进行了论述。除此之外,曾朴、李伯元、吴沃尧、刘鹗,作为晚清四大谴责小说作家,为之作专论并收在书中,亦可见一时文学好尚与时代风貌。

任访秋推龚自珍为"近代文学开山祖师"的想法,在20世纪50年代末就产生了。1962年暑假,他系统地研读定庵诗文,写成《龚定庵文学论略》一文,次年发表在《开封师院学报》上。80年代初,他在给学生开设近代文学方向课程的时候,更是对定庵诗文谙熟于心。《中国近代文学作家论》中的《龚自珍》一文,引用了定庵《明良论》《乙丙之际箸议》中的大段文字,而这些文字,任访秋都能一字一句地背诵。尤其是《乙丙之际箸议第九》一篇,背诵时特别能引起他的高昂情绪,所谓"书契以降,世有三等,三等之世,皆观其才。才之差,治世为一等,乱世为一等,衰世别为一等。……左无才相,右无才史,阃无才将,庠序无才士,陇无才民,廛无才工,衢无才商,抑巷无才偷,市无才驵,薮泽无才盗……"其中排山倒海的气势,激昂跳跃的节奏,郁勃难抑的情感,都使任访秋心醉神往。这种讲课状态给他的学生留下深刻的印象,使他们多年后仍对恩师将人生思索融入授业之中的苦心倍感心悦诚服。

1982年6月15日上午,任访秋同时给1979级研究生陈韶麟、1982级研究生关爱和讲课,所讲题目为收在《中国近代文学作家论》中的最后一篇文章《晚清文学思潮的流派及其论争》,内容涉及梁启超、章太炎、柳亚子、周氏兄弟、林纾、王国维等人,讲稿脉络清晰,见解精辟,内容翔实,这堂课是一堂相当高质量的近代文学课。

同在1982年,中文系请任访秋给近现代文学专业研究生开设一门专业课,这个任务促使他下定决心把从晚明到五四运动300年间中国学术思想与中国文学发展嬗递的情形联系起来加以考察,以使自己从求学时期开始数十年间的学术思考凝结升华,构建出有源流、成系统、创新境的学术体系。这门专业课就是著名的中国新文学渊源。可以说中国新文学渊源是任访秋学术的一座高峰。

20世纪30年代,任访秋在大学读书的时候,由于受到周作人在文章中推崇公安派文学的影响,而热心阅读三袁的著作。又由于系统研究袁中郎,进而对影响中郎思想与文学观的"王学左派"思想家李贽进行了一番探索。在这一过程中,任访秋认识到,思想的解放,实为文学革新的先导。晚明以李贽为首的思想革新力量和以袁中郎为首的文学革新力量,汇成一股文化革新的洪流,有力地冲击了程朱理学与复古主义文学,其流风余响至乾隆中叶而未沫。至于公安派文学与五四新文学的渊源,当时任访秋还没有把它们沟通起来。后来他读到周作人的《中国新文学的源流》一书,对其中论述的公安派文学与新文学的继承关系深表赞同,同时对周著的简略略感不足,对周氏认为中国文学乃"言志"与"载道"两派互为消长的看法,也感到值得商榷。任访秋在20世纪五六十年代所写的部分文章,包括《袁中郎及其所倡导的文学革新运动》,都在进一步细化、深化对中国新文学渊源的思考。20世纪70年代末,任访秋曾想撰写一部中国17、18世纪的文学史，从晚明公安派写到清代乾隆中叶的戏曲小说，借以说明这一时期在文化革新洪流中产生的市民文学的发展状况，然而，由于各方面的原因，这个计划未能顺利实现。1982年，借着为近现代文学专业研究生开设专业课的机会，任访秋下定决心，细绎中国新文学的渊源。

《中国新文学渊源》一书1986年由河南人民出版社印行，除了《自序》和《结束语》，正文包括八个部分，由八篇各自独立又有机联系的文章组成，整体上构成一个逻辑严密的学术体系。作为授课讲稿，它们写作或修改的时间在1980年到1985年之间，1986年即将出版时又作了统一校阅。该书在内容上，第一节"李贽与晚明思想解放及文学革新运动"，介绍"王学左派"思想家李贽及其影响下的公安派文学；第二节"十七世纪初中国文学革新运动的倡导者——袁中郎"，系统介绍中郎的生平、思想、文学观、创作和影响；第三节"晚明的文化革新运动与中国十七、十八世纪的文学"，梳理卓吾、中郎影响下反映市民阶层思想诉求的小说戏曲、民间文学的代表作家作品；第四节"清代朴学家的反理学思想与先进的文学观"和第五节"清代桐城派的兴起、发展与衰歇"，分别介绍清代两种完全相反的思想、文学主张，前者承晚明文学革新而来，后者是程朱理学的复起；第六节"晚清西学输入与中国近代文学的发展"，考索出五四新文学吸收的域外元素，这是中国文学转型的外因。至于内因，又可分为远因和近因。该书前五节的内容是远因，后两节的内容是近因："晚清的'排荀'、'批孔'与'五四'思想革命"和"晚清文学革新与'五四'文学革命"这两节分别从思想与文学两个层面论述"五四"文学革命爆发的本土因素。

为便理解，现绘制该书行文脉络图如下。

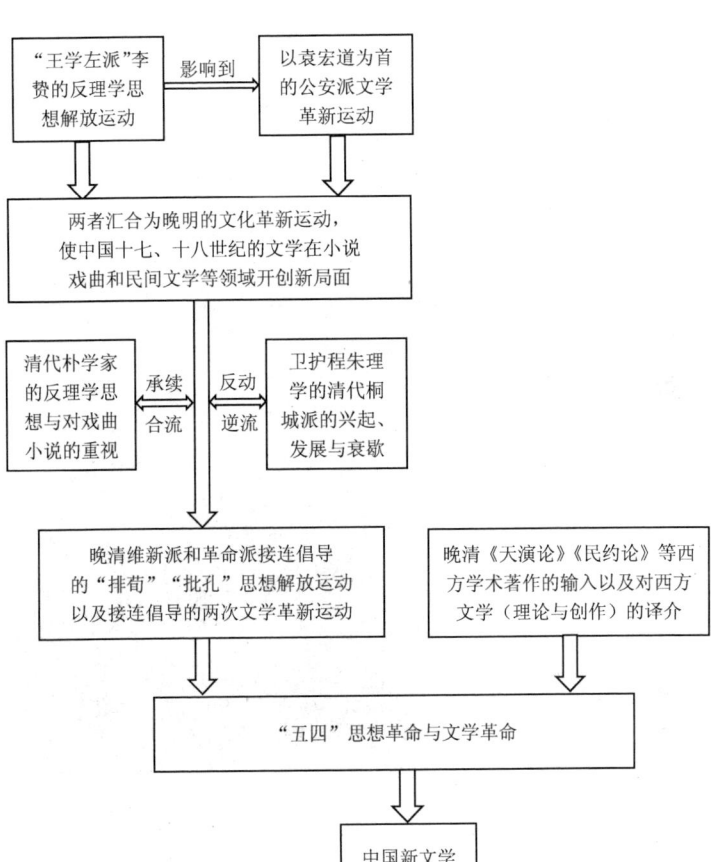

《中国新文学渊源》行文脉络图

1987年1月31日，责编徐豫生将印出的《中国新文学渊源》约20册送至任访秋的住处。在接下来的一个多月里，任访秋对于前来拜访的学生，往往都会赠以此书。他写信给好友，也会随信寄去《中国新文学渊源》一册。任访秋的著作很多，他最为引重的却是这一本,这一点,他在回顾治学生涯的文章中,曾多次提及。2013年,《中国新文学渊源》收入《任访秋文集》,这册绝版多年的名著终于再次在读者面前焕发光彩。虽然任访秋再也不能为之作序,但足以稍慰其心的是,《中国新文学渊源》的学术价值和重要地位已越来越多地成为研究者的共识。

1986年10月2日,任访秋与学生关爱和乘飞机赴广州,参加在华南师大举办的中国近代文学学会第三届学术年会。两个小时的飞行让年事已高的任访秋的身体非常疲困,飞机降落时的失重感又让他感到心里有点不舒服。关爱和一路上悉心照顾着任访秋,直至飞机降落在白云机场,才将一直悬着的心安放了下来。

1987年《中国近代文学史》定稿会专家合影。摄于洛阳王城公园

这次学术年会的一项重要议题是向国家教委建议将近代文学定为大学必修课。这样的建议与讨论是必要的,也是可行的,因为在此之前,任访秋担任主编的《中国近代文学史》已经开始了具体的编写工作。

1986年3月3日上午10时,任访秋在河南大学主持召开

《中国近代文学史》编写会议,参会者除本校中文系近代文学研究室的同事外,还邀请了上海师大王杏根、南京师大张中、华中师大丘铸昌、河南省社科院王广西、吉林教育学院郑芳泽等校外专家。编委会连开三天,讨论了该书的大纲、体例等具体问题。会议期间,任访秋偕夫人同与会人员游览了龙亭公园、黄河景区、铁塔公园等,并摄影留念。1987年4月,《中国近代文学史》定稿会在洛阳召开。这次定稿会邀请中国社科院文学研究所《文学遗产》副主编卢兴基、近代文学组副组长王飚审阅全稿并提出修改意见。书稿经编委会认真修改后,于1988年11月由河南大学出版社出版,之后被国内数十家高校用作本科生、研究生教材,并多次再版。1992年,《中国近代文学史》获国家教委优秀教材奖,1999年被指定为教育部推荐教材。

与《中国近代文学史》编写工作同时进行的,还有《中国近代文学大系·散文集》的编选工作。早在1984年,任访秋即组织河南大学近现代文学研究室的成员刘增杰、赵明、王文金、张振犁、张如法、李慈健、关爱和等人,着手编选《近代散文选》,并于当年7月举行编辑会。编选工作一直持续到1986年。在编选《近代散文选》期间,由青海师大调至上海书店工作的范泉,为上海书店做了一个大型出版计划,即借鉴《中国新文学大系》的体例,组织国内知名专家编选《中国近代文学大系》,以此作为中国近代文学研究的史料基础。范先生听说任先生正在编选《近代散文选》,便专程从上海赶到开封,希望任先生能够出任散文卷的主编。虽然散文卷的编选工作困难重重,但任访秋经过考虑后还是答应了范泉的邀请。之后他不仅详细指导编选工作,而且亲自选篇择目、句读古文,为之倾注了大量心血。1992年,《中国近代文学大系·散文集》出版。同年3月21日,任访秋在家中阅览此书,数年来的辛劳与甘苦浮现眼前,不禁思量久之。

1992年,任访秋的《关于近代文学史的断限与分期问题》发表在《河南大学学报》第2期。关于中国

**1984年《近代散文选》编辑会后留念照**

近代文学史的断限与分期,任访秋曾进行了长久的思考与论证。1984年,他写作"中国近代文学史话"的第一篇《性质、分期、各个流派的文学观》,发表在《文学知识》第5期,就已经对此问题发表见解。8年后,任访秋再谈近代文学史的分期,反映出他对这一问题的新思考、新想法,同时也突显出他与时俱进的学术追求。"中国近代文学史话"共四篇,分六次刊登在《文学知识》1984年5、6期和1985年2、3、4、5期上。第二、三、四篇分别为《中国近代诗歌散文(上)》《中国近代诗歌散文(下)》和《中国近代的小说》。任访秋把这四篇辑在一起后,更名为《中国近代文学简论》,当时并未出版单行本,后收入《任访秋文集·近代文学研究》。

1992年10月27日,任访秋在家中备课,拟依据《关于近代

文学史的断限与分期问题》一文,给研究生讲解近代文学史的分期问题,然后再讲几个代表作家。此时已经83岁的任访秋,虽然仍心系课堂,可是他的身体已经不允许他过于劳累。此后的大多数时间,任访秋都在家中看书,间或接待来访客人。他的名望与成果遍传学林,治近代文学者无不赞叹景仰,尊为前辈、导师,而步入晚年的任访秋却一如既往淡泊朴素地生活着、思考着,有时甚至会感到孤独。

1994年5月7日上午,任访秋整理书架时,翻阅《古文观止》《唐诗选》中的篇目,看到熟读能诵的《长恨歌》《琵琶行》等长诗,幼年时父亲课读的情景再次浮现在眼前。5月8日,任访秋开始写自传,饱含深情地回忆起自己坎坷的成长历程,无限怀念自己的父亲象斋公。已是一位老人的任访秋,保藏着一颗赤子之心,努力地追寻着童年的记忆,追寻着温暖的过往,追寻着久远的慰藉。他潜心学术,坐了一辈子的冷板凳,却始终保有热心肠。在这种简朴的生活与略带丝丝孤独的思考中,任访秋坚毅而忙碌地读书与写作,耕耘在近代文学的研究领域里,以此充实自己的精神与心灵。作为回报,他的近代文学研究愈加厚重,愈加深沉,愈加散发出岁月积淀的醇厚滋味,这也许是任访秋晚年最大的精神安慰。

1993年和1994年,在阅读《章太炎文钞》《梁启超年谱长编》等著作的过程中,任访秋产生了许多想法,并且想把这些想法形诸文字,但是由于眼疾等,许多计划已不能完成,这成为他心中巨大的痛苦。1995年,任访秋居住在郑州女儿家养病,不仅近代文学研究被迫全部停止,即使是坚持写作的日记,当年也没有留下任何记录。

1996年10月,中国近代文学学会第八届年会暨学术讨论会在河南大学举行,其时适值《中国近代文学大系》全部出齐,总编辑范泉出席这次讨论会并作了《为中国近代文学塑像》的长篇发言。会议期间,范泉偕夫人吴崎和张中、孙文光、郑晓方等人看望任访秋。孙文光向任访秋赠送自己所主编的《中国近代文学大辞典》一部,其中收录的"任访秋"词条写道:

**1996年中国近代文学学会第八届年会暨学术讨论会期间,范泉等人看望任访秋**

任访秋(1909—　　),河南南召人。1933年毕业于北京师范大学中文系,1936年毕业于北京大学研究院。1940年任教河南大学中文系,历任讲师、副教授。新中国成立后,继续在河南大学从事研究与教学工作,任教授、系主任、硕

> 士研究生导师,并任全国近代文学研究会顾问,《中国近代文学大系》编委、《中国近代文学大系·散文集》主编和《中国近代文学大辞典》顾问。代表作有:《中国近代文学作家论》、《中国新文学渊源》(河南人民出版社)。主编有《中国近代文学史》。另有贯通古代、近代、现代文学的学术论文上百篇。①

比较准确地呈现出了任访秋在近代文学研究领域的代表性学术成果。

任访秋作为近代文学研究大家的学术地位已为学界所公认,而他之所以取得如此大的成就,贯通古今的学术视野当是一个重要的原因。解志熙在《深恩厚泽忆渊源》一文中写道:"任先生一生治学,从容出入于古代文学、近代文学和现代文学,从不划地自限,故能上下贯通,多所创获,尤于中国文学发展史上的重大转折之来龙去脉颇多过人的发现。先生晚年,更是深思熟虑,治学以近代文学为中介,而着力发明中国文学以至于中国文化从古典向现代转化的内在源流。"②任访秋之所以能够从中国文学的整体脉络中发现其由古典文学向近代文学转化的内在源流,是因为他在专力于近代文学之前,已有了数十年的古典文学、现代文学研究积累。而近代文学,一端上承古典文学,一端下启现代文学,任访秋转向近代文学研究应该说是顺理成章、水到渠成。至于他在古典文学、现代文学研究方面所达到的高度,

---

① 孙文光主编《中国近代文学大辞典》,黄山书社,1995,第305页。
② 解志熙:《深恩厚泽忆渊源》,《中国现代文学研究丛刊》2000年第4期。

使得他的近代文学研究基础深厚、造诣广远,成为高峰中之尤其高者。

王飚在《激流边的一棵老树》一文中,以自己曾经见到的激流边的一棵老树比喻任访秋,他说:"也许是各方面的原因,这棵老树没有像在平地上那样正常地向上生长,而是向河边弯过去,老树的根好像已经被风雨拔出来了,但仍然深深地扎在土地里,树已经很老了,但树上仍长出了新的枝芽,翠绿的叶子,而老树一直伸到对岸,你可以从老树身上走过去,有时候可以从老树身上跳过去,跳到对岸。我想起任先生的时候,常常想到这样一幅图景,在经历了风风雨雨以后,仍然坚持着顽强地扎根在学术的土壤里,焕发着学术的青春,而背载着一批年轻人达到学术的彼岸。"①任访秋确实是中原学术界、教育界的一棵老树,根深叶茂,搭起绵远的阴凉。无情的风雨压弯了老树的腰,但它依然顽强地向上生长着,到秋天还能结出累累的果实。在老树的呵护下,许多的新苗破土而出,有的已经长成栋梁,它们昂然挺立,汲取着阳光雨露,永远守护在老树身旁。

任访秋的古典文学研究、现代文学研究、近代文学研究,各自在他的弟子们手中薪火传承。他所坚持的求真明变、与时俱进的学术理念,也在一代代后来者那里转化为无尽的可能,实现着中国学术研究品质的提升。关爱和在《从同适斋到不舍斋——〈任访秋文集〉代序》长文中说:"先生逝矣,先生的皇皇

---

① 王飚:《激流边的一棵老树》,载关爱和、胡全章编《从同适斋到不舍斋:任访秋先生的学术思想及其承传》,人民文学出版社,2015,第45-46页。

巨著与我们同在,先生的学术精神与日月共存。立志愿作后薪之诸君,相将勉力于智山慧海真火的传递之中,这也许是对先生的最大慰藉!"①猗欤先生!群贤勉之!

---

① 关爱和:《从同适斋到不舍斋——〈任访秋文集〉代序》,《汉语言文学研究》2010年第2期。

# 第三章　理论视野,学术精神

## 第一节　求真明变,还其本来

青年时代、风华正茂、初涉学术的任访秋,在胡适、周作人、钱玄同等前辈大师的学术理路与治学精神的指引下,一步一步地探索着适合自己的学术路径。胡适的《中国哲学史大纲》《中国中古思想史长编》等著作及课程所贯彻的"明变求因"的治学思想,和他在《新思潮的意义》等文章中所倡导的"研究问题、输入学理、整理国故、再造文明"的学术追求;钱玄同在西方科学方法的影响下打破今古文两派的门户之见,视经学为真伪并存的历史资料,从而还原古史原貌的求真态度,都使任访秋感佩于心。而周作人作为任访秋在北大读研究生时的导师,更是在文学眼光与学术趣向的层面,直接地启发着年轻的同适斋主。

这样的学术启发,或者说周作人有关文学及学术的见地,深获任访秋的崇信。早在1930年5月6日发表于《新晨报》副刊的《我所见的鲁迅与岂明两先生》一文中,就已经有所体现。这一年,任访秋只有21岁,是北师大一名大二的学生。

在谈到鲁迅与周作人的文学态度之差异时,任访秋认为:"鲁迅先生有点是'为人生而文学',岂明先生呢,则是'为趣味而文学'。"通过两人的对比分析,文章总结道:"所以我们假若要说鲁迅先生是一个积极的革命者,那么岂明先生,或者当得起一个'消极的反抗者'的徽号吧!"①"消极的反抗者"是任访秋对安居在文艺园地里提倡并写作清淡小品文的周作人的概括。他同时认为,周作人也确有相当的修养可以使其小品文达到怡静闲适的地步。至于鲁迅与周作人不同的文学选择,就像中国文学史中的"李杜"和"韩柳"一样,有影响力大小的区别,并无高下优劣的划分,这不过是因为"天赋予的性格不同"。该文中,鲁迅与周作人在任访秋的心目中已经开始承担不同的角色。鲁迅作为精神界的标杆和楷模,引领着任访秋对人生境界的不懈追求;至于个人学术研究中具体的启发引导,则更多地倾向于大力提倡晚明公安派文学的周作人。

任访秋在心中立下志愿,决定把自己对公安派理论主张尤其是袁中郎文学成就的总结与思考写成文章,以响应当时文坛方兴未艾的小品文潮流。

"我记得冯沅君作过一篇《玉田朋辈考》,柳无忌作过一篇《苏曼殊及其友人》,而我呢,现在也来作这么样的一篇文章,未免有'东施效颦'之嫌。"②这是任访秋在《中郎师友考》的开头写下的几句话。《中郎师友考》完成于1931年3月3日,是后来结集为《袁中郎评传》的系列文章中最早写就的一篇。作者在文中不仅考证了袁中郎的师友略历,而且更进一步分析了师友们的主张与行为对中郎的影响。

---

① 任访秋:《任访秋文集·鲁迅研究》,河南大学出版社,2013,第170页。
② 任访秋:《任访秋文集·古代文学研究(上)》,河南大学出版社,2013,第140页。

周作人关于公安派文学、关于新散文的论述,在当时是具有权威性的。"中国新散文的源流我看是公安派与英国的小品文两者所合成","现在的散文,好像是一条湮没在沙土下的河水,多少年后又在下流被掘了出来,这是一条古河,却又是新的"——周作人这两句分别写在《〈燕知草〉跋》和《〈杂拌儿〉跋》中的话,显然任访秋是极为认同的。他在《中郎的小品文》中,继承周作人关于新散文的上述看法并进一步发扬,对中郎的小品文乃至当时新文坛的状况都发抒了"笔端常带感情"的见地。这种文章写法,有研究者认为,很接近周作人的风格。[①]《中郎的小品文》1931年8月10日脱稿于香山南营子十二号,5天前,《公安派与英国十八世纪浪漫派之比较观》同样也在这里完成。

周氏兄弟的影响在《公安派与英国十八世纪浪漫派之比较观》中依然是明显的,不过任访秋中西比较的视野与实践,到底显示出淹会贯通的学术勇气和品格。公安派是16世纪末至17世纪初兴起及存在的文学流派,英国浪漫派则流行于18世纪末至19世纪初。文章总结二者的相同之处为:酷爱自然,打破当时的传统思想,对于古典派的攻击,对于民间文学的尊重和采纳俗语俗字。相异之处为:浪漫派偏于幻想,公安派则否;浪漫派用尽了文学上一切的体裁,公安派则否。任访秋当时很乐意将自己的想法写出来,源于研读公安派文学时的灵感,觉得两派作

---

① 参见孙郁《从古典到现代的路——任访秋先生的鲁迅研究及其他》,载关爱和、胡全章编《从同适斋到不舍斋——任访秋先生的学术思想及其承传》,人民文学出版社,2015,第82页。

家的主张确实有相通之处。他在行文中思考的另一个问题是：为什么公安派不为一般人所注意呢？答案是："固然是由于没有真正的识者来为他们表彰，而一部分也因为他们自己也有着弱点的缘故。"文章结尾写道："但是本文的作者，是研究文学史的，那么对于过去文学的派别，只有就他们的本来面目而给一客观的公正的评价，决不阿其所好，而强为毁誉。"[①]这种实事求是、客观公正的学术态度和精神，经过后辈学人的概括，凝练为"还其本来"四个字。

《袁中郎评传》的全部完成，是在1932年11月23日夜晚白庙胡同四号的任访秋宿舍里。寒冷而刺骨的北风，从窗外的树梢间呼啸吹过，室内的灯光也还是那么暗淡昏黄，但任访秋的内心却感到"无上的欢欣"，"这并不是因为文章写成了可以夸示于人，或者借此卖几个钱，乃是全由于宿愿的偿还，与身上重累之卸去的缘故。自己觉着一方面心中有说不出的满足，而另一方面身上感着格外的轻松，我想只要是这条路上的过来人，那么一定都曾尝过个中的酸甜吧"[②]。任访秋立下的志愿完成了，留下了七八万字的文稿，也收获了心灵的喜悦。在写作《袁中郎评传》的过程中，任访秋不仅训练了学术思维，更重要的是领会到治学中"求真明变""还其本来"的学术精神。

时光来到1936年的夏天。经过一年的撰写与修改，任访秋

---

[①] 任访秋：《任访秋文集·古代文学研究（上）》，河南大学出版社，2013，第139页。

[②] 任访秋：《任访秋文集·古代文学研究（上）》，河南大学出版社，2013，第165页。

北师大读书时期的任访秋。摄于 1932 年

的硕士毕业论文《袁中郎研究》完稿并顺利通过了答辩。在这一次的研究与写作中，他不再只是周作人文学思想的呼应者与践行者，更直接成为周悉心指导的学生，得以亲承教旨。周作人留给任访秋的印象始终是温和儒雅的，没有学者名流的架子。任访秋也倍加珍惜这次难能可贵的问学名师的机会，埋头读书，勤勉写作，不敢稍有懈怠。论文《袁中郎研究》在《袁中郎评传》等既有研究成果的基础上，更加丰富而系统，全文达到了约 20 万字的规模。下编《袁中郎年谱》的整理，考献征文，稽旁博采，因其"体现了还原求真的原则"而为人所称赏。"通过这部论文，可以看到从明代何李开始，直到五四，中国文学论中的革新与复古两派在斗争中

发展的线索。"①任访秋这段自评，写于80岁，它所折射出的，正是学术研究中需要的"明变"的精神或者说目标。

作为作家与流派研究的成果，《袁中郎研究》所涉及的问题相对而言是有限的。任访秋在《五十年来在治学上走过的道路》一文中说：

> 袁中郎的文学论在当时是反复古主义的，为了阐明中郎文学论的革新本质，不能不对明代两次复古运动，即何李与王李的复古主义进行追溯与论述，这样对中郎文论的革新意义，才能有较深刻的理解和评价。其次，对中郎文学革新的理论与主张作了比较系统的阐述，并对当时附和中郎的作者的见解作了概括的评述，从而说明所谓公安作为当时文坛的一个流派的声势与影响。②

这段话所道出的，正是《袁中郎研究》在构思行文上的内在逻辑。

相较于《袁中郎研究》问题意识的明确、论述范畴的确定，欲以一己之力勾勒上古至民国时期文学发展演变的脉络，其难度远远超过具体作家流派的研究，而这正是任访秋在编写《中国文学史讲义》时感到繁难的原因，《中国文学史讲义》也是他以"科学方法"处理"繁难"的又一实践。

从北师大本科毕业后，任访秋来到洛阳，在省立第四师范讲授中国文学史课程。《中国文学史讲义》正是为适应讲课需要

---

① 任访秋：《任访秋文集·集外集》，河南大学出版社，2013，第457页。
② 任访秋：《任访秋文集·集外集》，河南大学出版社，2013，第457页。

而编写的教材。1935年至1936年暑假,任访秋赴北大完成研究生学业,《中国文学史讲义》的编写受到一定程度的限制。硕士毕业后,任访秋即返回洛阳继续执教,并在当年底,即1936年岁末,完成了《中国文学史讲义》前两卷——上古至隋朝文学——的编写。1937年前后,第三卷——唐代文学——编成并石印,而第四卷——五代宋元明文学——则由于受到日军侵华、学校转迁的影响,仓促成文且未能石印刊发,只留下一卷手稿。战乱使书桌再也难以平稳地安放,流离转徙几乎成为日常,《中国文学史讲义》编写清朝至民国文学的设想,也就只能付之阙如。

带着从新文化运动将领们那里初步继承而来的治学态度,任访秋在编写《中国文学史讲义》的过程中始终贯穿着与《袁中郎研究》相通的精神气质。在第一编的"绪论"里,任访秋讨论"怎样来研究文学史"时说:

> 我们现在来从事于这样繁难的工作,只要能用科学的方法,小心审慎地去研讨,虽不能说能发前人所未发,至少"可以无大过矣"。所谓科学的方法,不外是客观的,以证据为依归。我们研究作家的身世,有可信的史料我们来引用,否则宁可阙疑,绝不以讹传讹;对作品的真伪,应依辨伪的通则,去考证它的产生时代;其次是注意文体演变的说明,与时代的背景的解释,对作家决不存崇拜英雄的心理,去夸大地推尊,应着实地解释其作品所以产生的必然性。

又说:

> (我们)要具有独特的精神,不依附古人,同时又必须持一种客观的态度,能实事求是,既不阿附此,更无须攻击

彼,能够这样,才可以达到我们所希望的"真"与"信"的目的。①

讲"信"求"真",客观、科学,是学术研究需要确立的基本准则,也是同适斋主对"五四"一代学人学术精神的心领神会。

能够做到"具有独特的精神,不依附古人"并不容易。任访秋从"五四"上溯到晚清,不仅在《中国文学史讲义》中与老师胡适、周作人对话,而且在梁任公的见解面前,审慎地说出自己相同或不同的体会与看法。

《中国文学史讲义》撰写到第三编第四章第五节"陶渊明与魏晋诗潮"的时候,参考了梁任公的《陶渊明年谱》及相关论述,但对于梁氏论陶渊明的思想并把陶归到儒家的说法——"他(陶渊明)虽生长在玄学佛学的氛围中,他一生得力处和用力处,都在儒学"——并不认同。任访秋通过自己的阅读,认为"任公的话有点太偏,这只能说明渊明思想的一面,而不能说明渊明思想的全般",因为"渊明虽然看不起那些借谈玄和放达来出风头的假名士,但他思想的骨子里,却含有大量老庄思想的成分",依据是陶渊明的诸多诗文。当谈到《桃花源记》时,任访秋对比唐人宋人对"桃花源"的理解,认为他们未免"拘泥"于"实有其地"的推测,"直至任公才算一语道破了渊明写这篇东西的真意",对任公所说此文是"唐以前的第一篇小说"表示认可。有感于此,任访秋在《中国文学史讲义》中写道:

---

① 任访秋:《任访秋文集·未刊著作三种(下)》,河南大学出版社,2013,第356-357页。

>本来文学有写实、有理想,渊明生逢乱世,退隐田园,所有的诗篇都是他自己的生活的写照,从他的诗中,看不到乱离的描写,不过时或有一二愤慨之语罢了,但你能说他对于时代不关心吗? 不过他不愿从正面来表现,他写出自己的理想乡,正是要借此来反映他所处的是一个乱离的社会。后人不明白这一点,来任意的推测,结果渊明的真意,竟被他们所曲解了。①

客观地对待前人的判断,有理有据地摆出自己的见解,任访秋才能如研究者所说的"直探渊明为文苦心于一千五百年之后"②。

任访秋也许仍然记得他在1931年所写的《公安派与英国十八世纪浪漫派之比较观》中的一段话:

>本来比较研究的工作,也就太难了,至少是对于本国文学与其他某一国的文学有着深深了解的人,才能够担负起来,现在的中国文学研究者,够得上作这种工作的,固然是颇不乏人,然而有的是从事于创作的,有的是没有文学史的兴趣,自然是从事的人就非常的少啦。在我个人目下来作这篇非驴非马的文章,说句不庄重的话,真正有点等于猫儿戏。……说到我真正的能担负起这种工作,恐怕至少得再迟十年以后,到我对于本国文学同英国文学有着较为深刻

---

① 任访秋:《任访秋文集·未刊著作三种(下)》,河南大学出版社,2013,第566页。
② 解志熙:《古典文学现代研究的重要创获——任访秋先生文学史遗著三种校读记》,载《任访秋文集·未刊著作三种(上)》,河南大学出版社,2013,第333页。本节下引解志熙语,亦出此文。

的了解的时候,才可以来试一试吧。①

语气虽然轻松俏皮,但"真正的能担负起这种工作"却实实在在地被任访秋视作一个严肃的学术目标,悄悄树立在了心中。一直以来,他对外国文学的阅读与思索都没有松懈。1940年,任访秋到河南大学任教,首先开设了"新文学研究"的课程,这门课程的讲义《中国现代文学史》是学术界较早使用"中国现代文学史"命名的新文学史。1943年,任访秋又开设"中国文学批评"课程,着手编写《中国文学批评史》讲义。由于战争等历史原因,《中国文学批评史》讲义一直未能公开出版,直到70年后,才由任访秋的弟子整理收入《任访秋文集》面世。后来,任访秋将中西比较的理论研究视野鲜明而突出地引入《中国文学批评史》讲义,有的研究者称之为"来自世界文学的比较会通以至跨学科的眼光"。"比较会通",是为了明了本国文学"变迁之大势"的"究竟",用胡适的话来说,即"明变求因"。

《中国文学批评史》将儒家归为"实用主义派",将墨家归为"功利主义派",将道家归为"自然主义派";称两汉为"实用主义派之发展期",称魏晋为"自然主义与唯美主义之发展期",称隋唐五代宋元为"实用主义派之复古运动期",称明代为"唯美派之复古运动与自然派之反复古运动期"。解释如此判断的原因时,作者说:

> 文学批评之产生,最初往往附丽于哲学思想,即由某种

---

① 任访秋:《任访秋文集·古代文学研究(上)》,河南大学出版社,2013,第133-134页。

> 哲学观以观察文学,而得到某种之见解。即以吾国先秦而论,儒家思想为积极的入世主义,故其文学观即为实用主义的。道家为消极的遁世主义,故其文学观即为自然主义的。稍后则文学批评之风气又常随哲学思潮以为转移。即如在两汉为儒家一尊时代,因之当时之文学批评,鲜能逃出实用主义规范范围之外者。魏晋南北朝为老庄及佛学盛行时代,于是两汉时代文学批评之风为之一变,自然主义与唯美主义遂代之而兴。此后而隋唐、而元明,文学批评几无不与学术思想互为消息,故吾等研究中国文学批评之演变,应把握其所以演变之枢纽。此枢纽为何?一曰文学本身之趋向,二曰时代思潮之演变。明乎此,则中国文学批评之演变,及其所以演变之故,可以知其大略矣。①

在这段话里,任访秋认为文学批评史研究离不开对文学史、思想(哲学)史发展脉络的把握,而他虽未明言却实际践行的,还有对西方文论的借鉴。

关于中西会通,任访秋的考虑要深远得多。所谓自然主义、唯美主义等西方概念,它们是否能恰如其分地定义中国文学史某段时期的现象呢?任访秋在写作中不断地叩问自己。他是谨慎的,对这些概念所表示的范畴作了适合本土阐释的修订。12年前,他曾探究过西方十八世纪的浪漫主义文学思潮与公安派的异同,12年后,他看到"从嗣宗到渊明这一派自然主义的作

---

① 任访秋:《任访秋文集·未刊著作三种(上)》,河南大学出版社,2013,第85—86页。

家,有些地方很有点近于欧洲十八世纪的浪漫派",但几经考虑,决定还是不使用"浪漫主义"一词来形容魏晋这一时期的作家作品,而仍使用"自然主义"这一概念,因为"欧洲之浪漫主义为老庄思想与希腊思想混合而成,而中国则纯为老庄的,故重收敛而不重发扬。晚明文人稍有不同,即因受王学影响所以重发扬而不主收敛,故晚明文学为浪漫主义的",并对"自然主义"的内涵重新作出界定:"所谓自然主义,乃系受老庄思想影响之作家,彼等以自我表现为目的,无视格律,而更不含丝毫实用之观念,此派可以叔夜、嗣宗、渊明等为代表。"既然源起"纯为老庄",那么魏晋名士"道法自然"的"逍遥游"自然是用本土固有的"自然"一词更为贴切。在中西文论的比较与阐释上,任访秋有自己独特的坚守。

因中西文论融合建构而起的理论体系所达到的阐释深度,使任访秋在畅快的写作中感到学术研究的快乐。他的文字流利畅达,如泉水般汩汩涌出。尤其在"余论"部分,更显出感觉的敏锐性和见解的智性光辉。他在第五篇第三章的第五节"余论:实用、自然、唯美三派文学批评在宋元的交集"中总结宋元诗歌时,认为这一时期的诗人、批评家的大多数,在内容上都不能脱离实用主义派的主张,即"诗中必有事在"。异族侵凌、国家多难自然是当时最大的现实原因,即使是文人也不得不耳闻身历天下之事。至于在诗歌的表现风格上,则或倾向于唯美一路,或倾向于自然一路,前者如苏东坡,后者如黄山谷。任访秋写道:

于苏、黄之外,最足让我们注意的,即北宋的唐子西,他

>   开始在诗歌上标举杜工部,在散文上标举司马迁。以后的严沧浪又专在诗歌上标举时代,主以盛唐为法,标举作者,主以工部、太白为法。此种论调,实为明代复古派之始作俑者。唯反对此等论调者,亦非无人。即如金末之王若虚,其主张大体衍自东坡,对唐子西之论驳斥之不遗余力,遂开明中叶公安派反复古之先河。此等起伏变化,如仔细探索,则其来龙去脉甚为显著也。①

这一段对明代复古派和公安派反复古文学的"来龙去脉"作出的别具只眼的究察,折射出任访秋着眼于文学发展"起伏变化"的学术理路。走出"同适斋",走进社会,走入课堂的任访秋,越来越熟练地运用着他所领悟到的学术方法。

20世纪80年代,晚年的任访秋检点旧稿,看着这部业已誊清而未能出版的《中国文学批评史》讲义,不免心中有憾。于是,他在原稿的基础上改繁体为简体,改草书为楷书,让他的长婿周恭夫另行抄录,并告诉他的学生,他准备出版这部旧稿。然而由于教学科研以及社会事务繁多,加之视力下降,整理出版的愿望终未实现。2013年,《中国文学批评史》经过精心校订,收入《任访秋文集》。整理者有感于这部讲义的开阔视野与真知灼见,为著长文以评介,任访秋这部遗稿的价值才越来越多地为学界所认知。

同样是在晚年,任访秋回顾自己数十年的学术生涯,把写作

---

① 任访秋:《任访秋文集·未刊著作三种(上)》,河南大学出版社,2013,第308页。

《袁中郎评传》《袁中郎研究》《中国文学史讲义》《中国文学批评史》等的20世纪三四十年代称为"中期",他总结这一时期的学术经历与收获时说:

> 受清代朴学家及五四时期胡适、钱玄同等学者治学方法的影响,学习了他们的重证据、斥臆断以及客观的分析评论、务期有所创见的"实事求是"精神来解决学术上的问题。我在北师大读书时听钱先生的课,在北大研究院读书时接受胡适的指导,受到深刻影响。后来在北大研究院写的毕业论文《袁中郎研究》即根据上述治学精神而写成的。①

在北师大和北大的学习经历,以及从师"五四"一代学者的学术渊源,是任访秋一生的"学术情结",而"求真明变""还其本来"的学术精神,则是他对这种"情结"无比坚定的承续和守护。

## 第二节 立足五四,探源晚清

嵩县潭头镇,49岁的嵇文甫正在书桌前阅读一部即将正式出版的书稿,并在心底构思着如何来向读者介绍它。书稿的名字是《中国现代文学史》,作者是嵇文甫当年的学生、现在的同事——时年35岁的任访秋。1944年4月的一天,任访秋把这部在课程讲义基础上整理编写而成,将由南阳前锋报社印行的文学史,送到嵇文甫这里,希望自己的老师能够为这本书写一篇序

---

① 任访秋:《五十年来在治学上走过的道路》,载《任访秋文集·集外集》,河南大学出版社,2013,第467页。

言。嵇文甫欣然允诺。

　　一气读完之后,嵇文甫心生感触,认为这乃是"活生生的一部文学革命史,数十年来中国文学发展的各种动态,原原本本的展在我们的面前"。他的思绪不禁回到文学革命初爆发的年代。那时,在守旧者的眼中,所谓文学革命,不过是"几个狂人随意瞎喊,它将如飘风暴雨一样,霎时间就过去了",然而事实并不如他们所愿,新文学运动终究还是日益开展起来,而且取得了丰硕的实绩,"历史证明了一切对于新文学的诅咒都不过徒劳而已"。沿着《中国现代文学史》的思路,总结文学革命的发生发展,嵇文甫提笔写道:

> 其实文学革命本由长期孕育而来。当初几个倡导者都是从整个文学进化史上,找出他们的理论根据,认为这一次文学革命是历史的必然。他们的工作,实际上是和清末文学界发展的趋势,一系相连的。大概文至梁任公,诗至黄公度,已经在旧文学中来了个彻底大解放,接近着国语文学的边缘,严几道、林琴南的翻译,虽然他们仍使用着古文,虽然林氏后来竟成为反对文学革命的代表人物,但实际上他们都作了新文学运动的前驱。历史上的因果是错综倚伏的,只要把清末文学界的动向细细加以研究,就知道五四以来的文学革命实非偶然。①

嵇文甫思有所得,他在这段话的最后所提出的,正是任访秋这部

---

① 嵇文甫:《序》,载《任访秋文集·现代文学研究》,河南大学出版社,2013,《序》第1页。

文学史所践行的,两人在这一点上达成了一致。为叙述"五四以来的文学革命"及现代文学的发展,先"把清末文学界的动向细细加以研究",任访秋在《中国现代文学史》中体现出的视野和做法,后来被他的学术继承者概括为"欲说五四,溯源晚清"①。

四面峻岭绵亘的潭头小镇,是抗日战争期间为避战火而播迁至此的河南大学的临时避难办学所。高山暂时阻隔了日军的袭扰和炮弹的轰击,而简陋的设施和恶劣的自然环境又成为河大师生不得不努力克服的新困难。风、雨、炎、寒都可能使上课成为考验,三伏天的蚊虫尤其使师生们饱受折磨。受诸多因素影响,在部分学生中间,甚至一度兴起"三不上课"之说:刮风不上课、下雨不上课、不想上课不上课。任访秋身在潭头,心无旁骛,沉浸在学术的思考中,小心地梳理着每一则可能用到的材料,读书、教书、写书几乎成为他生活的全部内容,《中国现代文学史》就是在这样的环境中完成的。

在《中国现代文学史》中,任访秋称清末民初为"文学革命运动的前夜",因为他注意到,这一时期的政治、思想、文学中改良维新的因素,事实上已经为后来的文学革命运动在诸多方面开了先河,所以他说:

> 一切的问题,我们不能孤立的去看,应当把它与其他问题放在一起去加以考察,然后才能对它有一个彻底的认识。即如这次的文学革命运动,它是与思想革命,互为表里,不

---

① 关爱和:《从同适斋到不舍斋——〈任访秋文集〉代序》,《汉语言文学研究》2010年第2期。

可分拆的。当时倘若没有思想上的革命,那么单单文学,是不是能酿成一种运动,就很成问题。……因此民国五年、六年间陈独秀一起人认为想革新政治,必须革新思想。而欲革新思想,必须革新文学。于是这三者之间,构成了他们的连环性。①

又说:

从戊戌到五四,当中几十年间,中国文化是渐近的,在蜕变,而舍旧而谋新。直至五四,时机成熟,而此趋新舍旧之动向,才算达于最高潮,由此而遂转入一新时代。尽管初期的维新者,到后来竟一变而为守旧派,像康有为同严幼陵等,因为他们没认清这种新思潮演进的全部历程,所以才不免于大惊小怪。实际五四的种子,都是他们过去播下的。不过到这时,才算开花,才算结实就是了。②

可以看到,晚清与"五四",文学革命与思想革命,在任访秋的学术思考中,乃是筋脉通连而非截然分开的。

循着这种思考,《中国现代文学史》对现代作家的论述也就更加注重其晚清背景。比如,在谈到胡适等人在新文化运动中所倡导的"重新估定一切价值"时,指出其实在梁任公一面介绍西方新学术一面批判中国旧学术的时候,就已经开启风气;谈到周氏兄弟《域外小说集》等外国文学作品的翻译时,指出二人是

---

① 任访秋:《任访秋文集·现代文学研究》,河南大学出版社,2013,第74-75页。
② 任访秋:《任访秋文集·现代文学研究》,河南大学出版社,2013,第76页。

受了林琴南的影响;谈到钱玄同加入胡适、陈独秀的行列极力主张白话文时,指出钱氏是受了章太炎的影响,等等。在这部文学史中,任访秋试图连接起的,是近代文学与现代文学之间的历史承继关系。因为无论破坏也好,建设也好,新文学、新文化只有在清末民初这样"过渡的时代"才更有推行其主张的可能。任访秋有感而发,在第一编第二章的"余论"部分写道:

> 原有的学术思想,同基于原有的学术思想所产生的政治、制度、法律、道德,都已失去了它们的时效,同时也都失去了它们的尊严。这在这种各是其所是、各非其所非、议论纷纷、莫衷一是的情况下,很分明的,是在期待着一个新时代的到来。所谓新的时代就是要根据一客观的标准,而给他们一个批判与别择。而这一个时代,终于是到来了。此时代为何?即新文化运动所展开之新局面是也。①

从"动荡"与"过渡"的晚清,到被"期待"的"新时代"——"五四",这既是历史发展的必然,也是一代人"批判与别择"的结果。

与同时期的《子产》《中国文学批评史》一样,《中国现代文学史》在编写过程中同样面临很多难题。首先,群山万壑作屏障的潭头镇,在被视为"世外桃源"的同时,也阻隔了学术信息的传播。随学校西迁携运而来的现代文学方面的史料十分有限,任访秋所能够找见的报纸、期刊、文集并不充裕。任访秋当时明

---

① 任访秋:《任访秋文集·现代文学研究》,河南大学出版社,2013,第20页。

白,为了更好地发挥《中国现代文学史》的教材作用,这部文学史的"战时实用性"必须认真地加以考虑。所以,他在这部书中用了相当的篇幅,来选录作家作品,目的就是照顾战时环境下难以看到作品文本的学生。这是一种"临时性举措",也是任访秋"对学生无言的关爱"。①

关于周作人其人其文。任访秋写作《中国现代文学史》的时候,周作人已经附逆。虽然在新文学的发展史上,"周作人"是一个绕不开的名字,他既是新文学的倡导者、创作者,也是一些重要理论的提出者、建设者,但是,他晚年大节有亏的堕落行为,却使任访秋感到无比痛惜。因而任访秋在写作《中国现代文学史》的时候,凡是提到"周作人",均以"周□□"代替,表明自己的政治立场和民族观念。而具体到对周作人现代文学史地位的评价,则本着实事求是的态度,客观地总结其贡献与不足。

最后,由于纸张匮乏、局势动荡的原因,《中国现代文学史》只印行了上卷,因此,它通常被研究者称为《中国现代文学史(上卷)》。从作者在第三编第一章"时期的划分"所介绍的内容来看,"《文学史》下卷当时如果能够成书,也会写得有声有色,具有鲜明的述史个性,给我们提供意想不到的'新东西'"(刘增杰)。所谓"新东西",是针对上卷在"体例、资料、观点"等方面有别于胡适的《五十年来中国之文学》、王哲甫的《中国新文学运动史》等而言的。而且在研究者看来,"不同于吴文祺、王丰

---

① 刘增杰:《论〈中国现代文学史〉(上卷)的学术价值》,载关爱和、胡全章编《从同适斋到不舍斋——任访秋先生的学术思想及其承传》,人民文学出版社,2015,第39页。本节下引刘增杰语亦出此文。

园著作的采用阶级观点,也不同于李何林著作的鲜明的政治色彩,任著显得比较客观"①。这是学界对这半部大约12万字的《中国现代文学史》的基本评价。

战乱中流亡的岁月是艰苦的,但河大的师生坚持了下来。新中国成立后,百废待兴,学科的建设也是一样。当时,任访秋开始担任河大中文系现代文学教研室主任,继续讲授现代文学史。为了适应新形势新要求,他于1956年编写完成《中国现代文学论稿》,资料大多以《中国现代文学史》未能出版的下卷为基础,认识却比原来更为深刻全面。20世纪70年代末到80年代,任访秋在研究方向上由现代文学转向近代文学,而《中国现代文学史》所实践的"欲说五四,溯源晚清"的学术路径,也在他这一时期关于中国新文学渊源的系统思考中,得到了更加纯熟的运用。

1980年1月25日上午,任访秋召集"文革"后中文系招收的第一批研究生开会,谈他们下学期的学习问题,同时为他们确定毕业论文的选题。五位研究生发完言后,任访秋给他们布置了本学期的期末试题,即任意选择鲁迅《彷徨》集中的一篇小说,进行分析。大家经过思考后,各自选定篇目,其中张春生选了《伤逝》,赵福生选了《孤独者》,梅蕙兰选了《离婚》,蒋益选了《肥皂》,冯辉选了《在酒楼上》。这样的作业布置既与同学们的现代文学研究方向契合,也与任访秋对鲁迅的思考有关。当时,经过将近一年的酝酿和积累,任访秋正式着手写作《鲁迅与晚

---

① 黄修己:《中国新文学史编纂史》,北京大学出版社,1995,第100页。

清几个作者》，试图从鲁迅在思想上所受到的晚清影响中，寻出他成为伟大的思想家、文学家的原因。研究生走后的当天下午，任访秋继续写作此文，并把第一部分——鲁迅与严复在思想上的关系写毕。

**1980年任访秋（中）携研究生游学时合影。摄于上海鲁迅墓前**

1月27日，天空飘起了小雪。因为是星期天，学校的大礼堂下午要放映电影《青春之歌》。这部电影改编自杨沫创作的同名长篇小说，由北京电影制片厂出品，最早上映于1959年，轰动一时，颇受欢迎。趁着休息的日子，任访秋到大礼堂观看了这部影片，并认为谢芳饰演的林道静，确实很不错。庄重古朴的大礼堂，不仅是学校大型会议、典礼的举办地，也是河大师生聆听演讲、观看电影和演出的重要场所。即便写作任务繁重，任访秋也会时常带着家人到大礼堂观影，这也是他难得的放松机会。

《鲁迅与晚清几个作者》的初步完成是在1月30日。这天天气很冷，却很晴朗。虽然一整天都有人来家谈工作或拜访，但任访秋一得空闲，就会拿起笔来。大概在白天就已经完成此文，因为晚上还没有看完电视上播出的广东话剧团演出的《日出》，任访秋就休息了。《鲁迅与晚清几个作者》分为三个部分，除严复外，还论述了梁启超和章太炎对鲁迅的影响。任访秋认为，严复对鲁迅的影响主要体现在四个方面：一、《天演论》中的"进化论"观念；二、向西方学习的思想；三、译著中附带的杂文性质的按语；四、"信、达、雅"的翻译标准。梁启超对鲁迅的影响主要体现在文学观尤其是对小说的看法上。章太炎对鲁迅的影响主要体现在三个方面：一、革命精神；二、反孔教精神；三、对古文学的评价。任访秋说："历史的发展是有其继承性的，即如五四的文学革命运动，实际是继承了晚清的文学改良运动，而又作了进一步的发展。……讲现代文学史的，不讲晚清的文学改良运动，这样就很难对五四文学革命运动有着较全面的系统的理解。所以这一课，须要补上去。"[1]这是从研究鲁迅这个个案出发得到的启示，也是任访秋写作此文想要表达的主张。

1982年10月，在中国社科院文学研究所近代文学研究室王俊年、牛仰山、裴效维等人的动议下，由中国社科院文学研究所和河南大学中文系联合举办的中国近代文学第一届学术讨论会在开封召开。

关于这次会议，关爱和在《师门求学散记》中回忆说：

---

[1] 任访秋：《任访秋文集·鲁迅研究》，河南大学出版社，2013，第15-16页。

**1982 年中国近代文学第一届学术讨论会代表合影**
前排左起：胡世厚、章正续、鲁歌、任访秋、邓绍基、魏绍昌、劳洪、管林、牛仰山

会议的地点选在开封，也是想借重先生的名望，召集全国同行共商学科发展大计，推动近代文学研究的进展。此次会议由先生挂帅，刘增杰先生指挥调度，开得十分成功。全国研究近代文学的专家50余人参加了会议。……先生在会上所作的学术报告《从晚清文学革新到五四文学革命》不久在《文学遗产》上发表。①

1985年，《晚清文学革新与五四文学革命》经作者修改删节，收入《中国新文学渊源》一著，列为全书的最后一章，次年由河南人民出版社出版。

在《晚清文学革新与五四文学革命》中，任访秋认为，晚清

---

① 关爱和：《师门求学散记》，《河南大学学报》（社会科学版）2001年第6期。

的文学革新运动,从发展上看,曾经出现过两次:一次是维新派所倡导的,一次是革命派所倡导的。前者出现于戊戌变法前后,以梁启超、黄遵宪等人为主导,革新的内容包括:1.诗界革命;2.散文解放;3.小说戏曲的改革与提倡。后者出现于辛亥革命前夕,是周氏兄弟所引领的"未能成为运动的运动",依据是他们在《河南》上发表的系列论文,还有这一时期翻译的东欧作家的小说。虽然"鲁迅、周作人准备发动的这次运动,从它的意义来说,对前者维新派所发起的文学革新运动,和后者'五四'文学革命运动,实有着承先启后的作用",然而,"遗憾的是这些论文与译著,由于当时国内革命高潮的到来,革命党人正竭全力从事起义运动,同时当时中国文艺界认识水平的低下,故曲高和寡,未能引起足够的重视"。至于"五四"前夕中国文坛上出现的文学革命运动,是继晚清的文学革新运动,随着思想上的革命运动发展起来的,由胡适的《文学改良刍议》为开端,以陈独秀的《文学革命论》为纲领,伴随五四运动的爆发,进一步发展并取得了最终的成功。因此,"五四"文学革命运动,乃是晚清两次文学革新运动的继续和发展,完成了晚清文学革新运动的未竟之业。文章的最后,任访秋写道:"我们为了进一步了解'五四'文学革命运动的伟大意义,就必须对晚清文学进行探索,找出其来龙去脉,否则'五四'文学革命就成为无源之水,无本之木,成为一个突如其来、不可理解的历史事件了。"①这是任访秋对晚清与"五

---

① 任访秋:《任访秋文集·近代文学研究(下)》,河南大学出版社,2013,第532页。

四"三次文学革命运动的历史关系的理解和判断。

　　同样收入《中国新文学渊源》的,还有发表于1984年的《晚清的"排荀"、"批孔"与"五四"思想革命》一文。任访秋开宗明义地写道:"'五四'时期的思想革命,并非突然发生,乃是渊源有自的。我们要探索其渊源,首先要追溯到戊戌变法前的维新派的'排荀'运动,其次为庚子事变后革命派的'批孔'运动。"① 文章因此分为三个部分:(一)维新派的"排荀"运动;(二)革命派的"批孔"运动;(三)五四思想革命。通过对晚清与"五四"两个时期思想变革轨迹的梳理,任访秋获得了重要的启示:从19世纪末维新派的"排荀"、20世纪初革命派的"批孔",到五四时期思想革命的高潮,这是由渐变到突变的历史辩证发展的必然规律。没有晚清的"排荀"与"批孔",就不可能出现"五四"的思想革命;"五四"前夕爆发的思想革命和由此而爆发的文学革命,二者虽性质不同,但其精神是一致的。这是任访秋从思想史角度对文学革命的发生所作的思考。

　　从20世纪30年代初步认识到晚明以至晚清在思想和文学上与"五四"的关联,到40年代在《中国现代文学史》中将现代文学的发生追溯到清末民初,再到80年代在著述中对"五四"与晚清的渊源再三强调,这种"欲说五四,溯源晚清"的学术方法贯穿了任访秋的一生。1993年,84岁高龄的任访秋发表了《章太炎与五四新文化运动》,开篇即重申这一学术思维的重要性,

---

① 任访秋:《任访秋文集·近代文学研究(下)》,河南大学出版社,2013,第502页。

他告诫说:

> 我们治学术史的,对新旧两个时代的思想,应特别注意其递嬗之迹。一种改革,其端往往发于前人,不知者,以为系辟空而来,实际探索其原委,都能找出其来龙去脉。即如章太炎,近人往往把他看成一个守旧的学者,……殊不知,世人所称道的现代划时代的新文化运动与运动中所争论的最突出的问题,如孔教问题、文学革命问题等,在晚清太炎已于论学时提及。……过去曾经参加五四新文化运动诸公,如钱玄同、沈兼士、朱希祖以及鲁迅、周作人等都是章门弟子,章氏既为一守旧的学者,而其弟子竟成为文化革新的急先锋,这岂不是件怪事!后来详读太炎在晚清时期一些论著,始知前边所提到的诸先生,他们的学术,不但继承了其业师之遗训,并能加以发扬光大,与一般墨守者不可同日而语矣。①

这篇文章也正是本着这种认识写作的。

1980年代之后,任访秋又接连出版包括《中国新文学渊源》在内的多部著作,但他不能再请他的老师嵇文甫为之作序了。1963年10月10日,68岁的嵇文甫在郑州因病与世长辞。在怀念老师的文章中,任访秋写道:

> (嵇文甫)先生在五四时期,深受当时新思潮的熏陶。20世纪20年代又接受马克思主义,用新的观点方法来治学,从国内学者来说,也是开风气之先的。我在大学读书

---

① 任访秋:《任访秋文集·集外集》,河南大学出版社,2013,第216页。

时,即心仪先生行谊,又亲受先生教诲。先生逝世后曾写文纪念,但语焉不详。由于感旧,故备述与先生的关系,以示对先生无限怀念之情!①

事实上,受嵇文甫的启发,任访秋在《中国现代文学史》《中国文学批评史》等著作中,已经开始尝试使用辩证唯物主义等新的理论方法,但他系统地学习、运用唯物史观和阶级观点来分析学术上的各种问题,则是在新中国成立、新河大组建之后。

## 第三节 唯物史观,与时俱进

新中国成立后,唯物史观和辩证唯物主义在学术界深入传播。学界同人普遍开始使用这种新的理论方法,观察分析中国的历史和文学。任访秋也是如此。不同的是,自20世纪30年代接触到马克思主义以来,任访秋即尝试运用唯物史观和唯物辩证法,来解释中国文学史和中国文学批评史上的复杂问题。潭头教书时期,任访秋对马克思主义的思维方法,理解得更加深入,已能够较为自如而恰当地运用。新中国成立后,尤其是1950年新河大组建,任访秋有更多的机会系统地学习马克思主义的经典著作,此时他对马克思主义的领会更加透彻而全面,将之运用到文学史的研究当中也就更加得心应手。

任光仍然清晰地记得,父亲在学习马克思主义经典著作的时候,常常因为有所感悟、有所心得,情不自禁地对着他讲述书中的道理。那时,他还在上小学,根本听不懂父亲所说的话,却

---

① 任访秋:《任访秋文集·集外集》,河南大学出版社,2013,第357页。

记下了一些新的名词和书名。比如,《费尔巴哈和德国古典主义的终结》《共产党宣言》《家庭、私有制和国家的起源》,还有反映论,等等。父亲学习时的认真和投入,给任光留下了深刻的印象。他后来渐渐明白,父亲之所以能够把唯物史观和辩证唯物主义准确地运用到自己的研究中,与父亲长期深入的学习是分不开的。

  任访秋与张长弓、李嘉言合著的完成于1950年的《中国文学史讲授提纲》,就是自觉地以新的治学方法写成的。按照当时学校的要求,讲授提纲需要用马克思主义的新观点、新方法来写,这对三人来说无疑是个挑战。他们不知开了多少次讨论会,才拟出了章节目录,并分头分期来写。任访秋后来回忆说,《中国文学史讲授提纲》的编写,对他来说,标志着平生治学方法的一个大变化。他感到,运用辩证唯物主义与历史唯物主义从事学术研究,"的确是大开眼界,不啻开辟了一个新天地"。这是学术研究中难以言传的快乐。鲁迅在给李霁野的一封信中,曾经说过这样的话:"马克思主义是最明快的哲学,许多以前认为很纠缠不清的问题,用马克思主义的观点一看,就明白了。"在《中国文学史讲授提纲》的编写过程中,任访秋对鲁迅的这句话越发表示赞同。本着这种认识,任访秋20世纪50年代发表的文章,如《〈聊斋志异〉的思想和艺术》《论韩愈和柳宗元的散文》等,都能够发前人之所未发,因而在学术界引起了较大的关注和反响,前者甚至被译成英文介绍到国外。

  也是在新的观点和方法的指导下,任访秋完成了《中国现代文学论稿》。

**任访秋与张长弓、李嘉言合著的完成于 1950 年的《中国文学史讲授提纲》**

其实早在 1951 年，针对有人提出的"五四新文学运动乃是资产阶级领导的革命运动"，任访秋已经撰文《谈谈五四文学革命运动在思想上的领导问题》进行讨论，认同毛泽东主席在《新民主主义论》中关于"五四"以后的新文化运动乃是无产阶级领导的运动的论断。1957 年《中国现代文学论稿》印行的时候，第二章"无产阶级思想领导的五四文学革命运动"又进一步深化了这种认识。任访秋认为，我们想正确地理解这次文学革命的性质，首先应该把它与思想革命、"五四"爱国运动联系起来，而不应该割裂地孤立地看；其次应该从它的主导思想上来看；最后，还要从它的发展和成功的主因上看，而不应该只注意它的开端。在分别对鲁迅、陈独秀、钱玄同、刘半农、胡适等新文化运动将领的主张和态度逐一分析后,任访秋认为:陈、鲁、钱三人都是有意或无意地受到了李大钊所宣传提倡的共产主义思想的影响,他们反封建的态度比较坚决而彻底;胡适则是温和妥协的,带着浓厚的改良主义色彩。因此也就可以清楚,五四运动以及思想革命和文学革命运动,在思想上乃是无产阶级所领导的。至于资产阶级思想,"正如毛主席所说的'至多在革命时期在一定程度上充当一个盟员'",并不占据领导的地位。

基于此,任访秋在《中国现代文学论稿》的《绪论》中,仔细地总结了学习现代文学的四点方法:一、基本的观点方法是辩证唯物主义与历史唯物主义;二、对具体作品进行具体分析,从内容到形式,从思想性到艺术性,根据具体的情况给以正确的说明和评价;三、对作家所处的分析研究,应该从作家的时代以及他的世界观和政治态度上来着眼;四、根据现实的要求和人民的需要以及作品对革命事业所产生的影响和作用(政治性与艺术性),来对作品与作家进行评价。在文末,他再次强调说:"我们对于作家和作品的评价,基本上是以客观现实的要求和人民的需要,以及作品与作家对革命事业所发生的影响和作用,来作为唯一的标准。只有这样评价,才会是正确的。"①在相关的分析研究中,任访秋确实做到了对这一标准的贯彻和落实。

1951年7月,也就是任访秋在河南大学讲授"中国现代文学史"课程期间,由国家教育部组织,李何林、蔡仪、老舍、王瑶四

---

① 任访秋:《任访秋文集·现代文学研究》,河南大学出版社,2013,第160页。

人共同拟定的《中国新文学史教学大纲（初稿）》，发表在北京《新建设》上。从听说这个大纲即将公布的消息开始，任访秋即感到"心中非常高兴"。《新建设》七月号出刊后，任访秋将大纲仔细地读了几遍，并与自己的讲授提纲作了一番对照，觉得大纲在内容上是丰富的，"有不少地方可以补我们之不足"，不过也有材料编排、文学分期等方面的不同意见。任访秋因此写成《对〈中国新文学史教学大纲〉的商榷》一文，寄给《新建设》编辑部。当时，《新建设》编辑部先后接到俞元桂、王西彦、韩镇琪、任访秋四位先生的意见，但因考虑到刊物的性质及篇幅，不准备发表，并将来信先后转送给李何林。李何林觉得四位先生的意见可供学界参考或商讨，如不发表，很是可惜，于是一面函商《新中华》主编卢文迪，一面函征四人的意见。双方都同意后，这些讨论文章以及李何林的复信《敬复王、韩、任、俞四位先生》最终刊登在《新中华》1951年第14卷第24期。

在《对〈中国新文学史教学大纲〉的商榷》一文中，任访秋详细介绍了自己与李嘉言、张长弓二人共同拟定的现代文学史教学大纲中的"目的"与"方法"。其中"目的"有四项：一、了解并掌握中国新文学创作理论和现实之间的关系，以及创作在现实的基础上与理论的指导下的发展规律；二、了解马列主义、毛泽东思想、"中国共产党对中国近三十年来新文学所发生的作用和影响"，以及"毛泽东的文艺方向和道路"的历史基础和现实基础；三、了解外国文学（尤其是苏联文学）与民间文学对新文学所产生的影响，并明确今后文艺工作者对它们应有的认识和应持的态度；四、批判接受这份文学遗产，纠正其缺点，赞扬其优良的传统。"方法"有六项：一、怎样探索创作与现实的关系；二、从作为阶级斗争武器的角度来看新文学的发展；三、文学和社会是如何在同一的规律下向前发展的；四、怎样了解一个时代文学的复杂性与多面性；五、怎样了解一个作家的没落、转变和进步；六、怎样批评作家和作品。在这些"目的"与"方法"中，任访秋不是光标出辩证唯物主义、历史唯物主义、马列主义文艺理论和毛泽东的文艺思想，而是把它们完全贯穿到研究这六种方法之中。此外，他还把自己关于章节设置、时期划分乃至小标题拟定的意见细致地列出，以供商榷。

在当时的历史条件下，《中国现代文学论稿》同样做到了如任访秋所说的那样，在问题的研究中贯穿了新的文艺理论。至于断限问题，这部文学史与当时国内学者所写的中国现代文学史（包括《中国新文学史教学大纲（初稿）》）一样，都是从五四文学革命运动开始的。1980年代的时候，任访秋已转向近代文学的研究，再来回顾这种写法，认为"是不够恰当的"，这是他基于晚清与"五四"的联系而得出的看法。

1957年反右派斗争中，任访秋被错划为右派。1959年摘掉右派帽子后，他直到1964年才又开始在学报上发表论文，如《龚定庵文学略论》《略论吴敬梓的学术思想》等。在这期间，他也曾寄给《新建设》一篇论袁中郎的文章，清样已经校过，最终却没能刊出。1966年5月，"文化大革命"爆发，任访秋被迫搁笔，一停就是十余年。"文革"中，他系统而深入地研读鲁迅的作品，在获得精神教益的同时，也提高了运用新思想、新方法的熟练程度。

1980年3月，任访秋把自己从新中国成立到"文革"前近十五年间所写的有关中国古典文学的论文辑为《中国古典文学论文集》。在《后记》中，任访秋说："解放后学习了马克思列宁主义的科学方法，回顾过去对中国文学的发展，以及作家作品的看法，不仅是片面的，而且是肤浅的。"又说："自己深深感到无产阶级的立场、观点同方法，的确使自己打开了眼界。"[①]论及研治古典文学的方法，任访秋肯定毛泽东《新民主主义论》《在延安文艺座谈会上的讲话》的理论指导意义，认为关于"批判继承"问题、关于评价标准中"政治标准第一，艺术标准第二"的问题，这两篇文章的看法都是很正确的。最后，评论一个作家或一部作品，必须把他们放到他们所在的时代，全面地加以考察，进行分析比较，才能得出一个比较全面而正确的结论。这些原则，都是任访秋在写论文时所严格遵奉的。同样体现这些原则的，还有1982年印行的《中国近代文学作家论》和1986年出版的《中国新文学渊源》。

从20世纪40年代编写《中国现代文学史》开始，任访秋就已经注意到清末民初的文学。50年代中期，国内学术界响应毛泽东主席的号召，开展对胡适思想的批判运动，任访秋选择了批判胡适《五十年来中国之文学》的题目。《五十年来中国之文学》是胡适应邀为上海《申报》出版五十周年纪念册而写的文章，论述的时间范围为自《申报》创刊的1872年至1922年。既

---

① 任访秋：《任访秋文集·古代文学研究（中）》，河南大学出版社，2013，第689页。

然要批判胡适的论点,就不能不对他所涉及的这个时期的作家作品加以研读,用马克思主义、毛泽东思想的立场观点方法,对胡适所论述过的那些作家作品,以及文学运动,给以重新分析、认识同估价。基于这次的研读情况,加之《中国现代文学史》对清末民初的政治、思想与文学的介绍,到了60年代初,河大中文系便希望任访秋能把近代文学课开起来。任访秋虽未置可否,却考虑对近代文学加以研究。从当时学术界的情况来看,对这一段旧民主主义革命时期的文学进行研究的人还不多,研究古代文学的往往截至鸦片战争,而研究现代文学的大多开始于五四文学革命。任访秋认为,过去虽然有几部关于近代文学的著作,但都是用旧的观点写出的,因此有必要用新的观点和方法对近代文学重新加以审视。只是由于国内的政治运动,这项工作被迫搁置。

党的十一届三中全会以后,文化界拨乱反正,学术领域的极左路线也得到了纠正。各种学术刊物纷纷创立或恢复,为学术研究提供了广阔的平台。回顾当时的情形,任访秋不无感慨地说道:

> 在这样科学的春天已经到来的时候,国内学人无不精神振奋,意气风发地从事个人专业方面的钻研。特别是一些老同志,觉得岁不我与,时不我待,为了挽回已丢掉的时间,更是特别勤奋,夜以继日地在工作。我也是年逾古稀之人了,虽然精力已大不如前,但仍然在力所能及的情况下,来致力于自己的专业。这本粗疏的小册子,就是在这样的

心情下赶出来的。①

"小册子"所指的即是《中国近代文学作家论》。

关于如何确定《中国近代文学作家论》中的作家人选,任访秋有自己的判断,他说:

> 在这一段历史前进的洪流中,凡是站在人民的和民族的立场,企图使祖国富强,抵御外来的侵略,或者赞同人民革命,企图使广大人民在封建的帝国主义的压迫下解放出来的作家与作品,都是顺应时代潮流、推动中国历史前进的、杰出的作家与作品。他们写出了广大人民的心声,代表了人民的愿望,是我们应该给以重视并表彰的。相反的,站在民族同人民的对立面,反对人民的反帝反封的斗争,和民族独立自由的愿望,而维护封建主义与帝国主义利益,企图把人民永远踏在脚下,供他们的奴役的作家与作品,……是需要给以批判的。②

《中国近代文学作家论》所涉及的18位作家,即根据这一标准选定的。

同时,任访秋认为:"历史的发展是曲折的,同时作家的生活环境,同思想变化,也是极其微妙而又复杂的。即如维新派那些作家,除谭嗣同曾为其政治理想而牺牲外,其余的在历史发展中,由于他们坚持了个人旧有维新变法的政治立场同主张,而成

---

① 任访秋:《任访秋文集·近代文学研究(上)》,河南大学出版社,2013,第352页。

② 任访秋:《任访秋文集·近代文学研究(上)》,河南大学出版社,2013,第350-351页。

为革命的敌人。但我们对他们在文学上曾经产生过积极作用的理论同作品,应该加以肯定。"至于革命派中变节投降的,"我们也应肯定其曾有过的进步、批判其后来的反动的态度和行为"。①任访秋援引列宁的名言——"马克思主义的最本质的东西,马克思主义活的灵魂,就在于具体地分析具体的情况",表明自己在论述这些作家时一分为二的辩证态度。

《中国近代文学作家论》属于作家作品研究,《中国新文学渊源》则属于思潮流派研究,二者在具体的研究方法上各有侧重。

1984年12月28日,任访秋花了一下午的时间,把《中国新文学渊源》的《自序》写毕,约有三千字,并于次日下午修改誊抄一遍。《自序》的再次修改并最终定稿是在1985年的元旦。在这篇序言中,任访秋备述写作的缘起与自己思想发展的过程,其中说到其所受周作人《中国新文学的源流》一书的启发时,比较了周著与己著的异同,认为自己对问题的论述比周著更具体更详细。周著对从晚明到"五四"这段时期的思想解放与文学革新之间的相互关系,较少涉及,"尤其是用马克思主义的历史唯物主义观点,对这段文学进行分析与说明,在他的书中,更是绝对没有的"②。新的理论与方法的引入,使全书对问题的论述更加明朗而系统,这也是任访秋较为看重《中国新文学渊源》的原

---

① 任访秋:《任访秋文集·近代文学研究(上)》,河南大学出版社,2013,第351页。
② 任访秋:《任访秋文集·近代文学研究(下)》,河南大学出版社,2013,第357页。

因之一。

对于新的理论与方法,任访秋能够做到从学理上领会与吸收,并主动地提高自己运用新方法的能力。他的视野是与时俱进的,因此他能够不断突破既往经验的限制,同时将各种方法融冶一炉,从而进入阐释的新境界。在《五十年来在治学上走过的道路》一文中,任访秋把自己在新中国成立后的学术研究历程划为个人治学生涯的"后期":

> 建国后学习了马克思列宁主义的经典著作以及毛泽东的哲学论著,特别有一个时期系统地钻研了鲁迅后期的论著,在立场、观点、方法上又深受鲁迅的启发,因而能较为顺手地运用新的阶级观点以及辩证唯物论与历史唯物论去分析学术上的各种问题,深感得到这一锐利的武器,应付学术上的问题,随时随地大都能够得到较满意的解决。这时看过去一些旧时代学者的论著,觉得未免陷于皮相之见,很少能鞭辟入里的。①

这与他在《关于个人治学的回顾》中对自己治学方法的总结,在精神上是相通的。他说:

> 由于几十年来从事文学史的研究,感到在治学方法上,封建时代的学者,是赶不上资本主义时期的学者的。而资产阶级学者,又不及用马克思主义武装起来的无产阶级学者。时代是进化的,而治学方法也是逐步在发展。在对客观事物的认识上,前人总不免有许多局限,所以思想不够解

---

① 任访秋:《任访秋文集·集外集》,河南大学出版社,2013,第467页。

放。封建时代的学者,因为受到封建传统思想的束缚,所以存在着正统与异端的偏见。而在学术上,又存在着家法师说的门户之见。至于资产阶级学者,比着封建时代的学者较为解放了,但对于劳动人民仍然抱着轻视的错误观点,而封建时期的某些不正确的残余意识,往往不能彻底克服,因而在观察客观事物上,也存在着一定的局限。马克思主义,是要解放全人类的崇高理论,而其思想方法,则是对人们思想来一个彻底的解放,因而用马克思主义科学方法,来进行学术研究,是打开真理之门的唯一的钥匙。①

两篇文章是任访秋基于自身数十年学术研究的深切体会。从中也可看出,马克思主义文艺理论在文学研究中具有的强大阐释力,对任访秋后期的学术研究所起到的巨大作用。

## 第四节 心系家国,为学致用

1990年10月12日,任访秋受邀担任中华炎黄文化研究会名誉会长,并受请为研究会题词,稍作考虑后,他写下这样几句话:

> 瞻巍巍之塑像,
> 兴无穷爱国之热忱!
> 海内外炎黄子孙,
> 将凝为一体,为振兴中华而献身!②

---

① 任访秋:《任访秋文集·古代文学研究(中)》,河南大学出版社,2013,第972-973页。
② 任访秋:《任访秋文集·日记(下)》,河南大学出版社,2013,第1020页。

今天的读者或研究者,通过《任访秋文集》认识任访秋,大都会在心中树立起一心为学、兢兢业业、学识渊博的学者形象。实际上,除了是一位埋首书斋的纯粹学者,任访秋还是一位具有强烈现实关怀,心系家国,为民族危亡奔走呼喊,提倡以学术参与社会现实、促进社会进步的知识分子。而他对家国情怀的表达,在其北平求学时期即已十分突出。

1931年9月18日,九一八事变发生。国民党政府的不抵抗政策激怒了全国民众,"北京广大学生怀着满腔的义愤南下示威,先生(任访秋)和同学许安本参加了赴南京的示威团,抗议国民党政府的卖国政策"①。事后,任访秋把此次示威游行的经历写成《南行日记》,连载在北京《益世报》副刊《草虫旬刊》1932年第29至34期。关于发表的原因,任访秋给出三点:一则对于自己此次南行作一个文字上的纪念,二则把这次示威团的真相昭白于天下,三则借此以追悼当时的殉难者!②《南行日记》对后人了解1930年代任访秋读大学时期的社会活动是一个重要补充。《南行日记》记录了北平学生示威团的游行情况,流露出作者难以抑制的悲愤情感,在行文上与1970年代之后的日记表现出明显不同的风格。以下是《南行日记》1931年12月11日的部分记录:

> 上午主席团决定要游行示威,但暂不到官府去质问。
> 今天天气非常的坏,寒风凛冽,剥皮似的冷酷,同时空中又

---

① 任亮直:《任访秋先生生平著作系年》,载沈卫威编《任访秋先生纪念集》,河南大学出版社,2004,第232页。
② 和希林辑校:《任访秋〈南行日记〉选》,《新文学史料》2021年第4期。

飘着霏霏小雨,我们一千余人在中大的操场集合后就冒着寒风,淋着凄雨,出发了。经过了国民政府,实业部,外交部,中央党部等处,口号的呐喊声,直达云端。在兴奋到极度,大家仿佛是嘶开了嗓子,让那些悲酸的激昂的愤气奔放出来,唉! 可怜的学生们虽然是把喉管喊出血来! 想借此惊醒当局一点已泯没了的国家观念同民族观念,但是当局依旧的麻木,连一点悔过悛改的表示都没有。唉! 到最后只恨这些声浪不是炸弹,不然的话,也许会把一切没理性的东西们都毁灭了吧。①

读此可知北平学生示威团的处境和国民党当局的态度。年轻的同适斋主,与其他热血青年学子一样,为民族国家的安危存亡振臂高呼。凄风冷雨中的南京城景物萧瑟,游行队伍发自肺腑的直冲霄汉的呐喊声更增添了几许悲壮的色彩。读者从《南行日记》中感受到的任访秋,不再只是静坐书斋的斯文学子,更是一位舍生忘死、以行动捍卫家国权益的热血男儿。

在任访秋心中,1931 年是可厌恨的。因为这一年中,中华民族遭受了战争和流疫的双重痛苦。九一八事变后的示威游行,及途中所见所感,更坚定了他为使中华民族扬眉吐气而贡献全部力量的决心。因此,在《草虫旬刊》1932 年 1 月 1 日第 27 期,任访秋发表了悲愤与期望交织的《恭祝中华民族之新生》。在该文中,他呼吁道:"自然的一切都要从今后渐次的恢复他的本来面目,而我们中华民族的国运,不也更得在这个时候,来重新的挽救他一下

---

① 和希林辑校:《任访秋〈南行日记〉选》,《新文学史料》2021 年第 4 期。

吗?""中华的儿女们啊,要奋斗啊,要用我们的热血来点染出我们失了色的山河,要用我的筋肉夺回了我们已失去的祖宗遗给我们的这份家私。我们不叹息,叹息是被陵辱者屈服的表示。我们不涕泣,拿泪水决洗不净民族的斑污。只有那最后的决心,最后的决心才能够雪去中华民族的耻辱。"①大声疾呼,悲歌慷慨,任访秋在用文字激励国民,又何尝不是在向自己脚下的土地宣誓。这种情感在他后来为纪念卢沟桥事变而作的《两种性质的战争与两种性质的文学》中同样有突出的表现:

  时代的巨流,革命的洪潮,终于冲醒了东亚的睡狮。1937年7月7日卢沟桥,我们向敌人所发的第一声炮,已宣布了中华民族不再要忍气吞声,任日本无理的欺凌了。从甲午以来,四十余年,我们受日本的剥食已非一次,到这时已到了最后的限度。它那蛮横的举动,毒辣的要求,已经动摇了我们的国本,将陷我民族于万劫不复之地。我们这一辈的人,倘若不顾我们五千年来祖宗创业的垂统艰难,不顾我们自身以及后世子孙永远受敌人的压迫与侮辱的痛苦的话,那就可以接受敌人的亡国条件,而图苟全一时,否则那就只有拿全民族的生命,来同敌人作最后的一拼。所以自战争以开,全国的同胞,不论是前方后方,都直接间接地参加了这次民族的革命战争。这是我们有史以来空前的伟大的有意义的战争,这不是秦皇汉武那样开疆拓土而牺牲人

---

① 和希林辑校:《任访秋集外文十六篇——以〈草虫周刊〉〈草虫旬刊〉为中心(下)》,《汉语言文学研究》2020年第2期。

民生命财产的侵略战,这是不得已的抗战,求解放求独立之战,这比一七七六年的美国独立与一八二三年希腊的独立战争,有着同样伟大的意义。①

《两种性质的战争与两种性质的文学》初作于1939年,当时并未发表。后来因《河南青年》编者向任访秋索稿,而当时抗日战争尚未结束,任访秋认为此文仍未失去其现实价值,故拿出发表在该刊1942年第2卷第1期。

1942年是任访秋到河南大学任教的第二年。当时河大为避战乱已迁至万山丛中的嵩县潭头镇。连绵起伏的山脉暂时阻隔了日寇的铁蹄,为一方方书桌寻得片刻的安稳。置身山间,极目眺望,任访秋心绪难平。居住条件、教学条件都十分简陋,但任访秋对战事的忧怀并未因此减少。除了《河南青年》,从1942年4月8日至1944年10月9日,任访秋还在南阳《前锋报》第1版"社论"栏,发表过23篇社论。② 我们由这些文章得知,埋首书斋、勤奋教学以至"熬干灯"的任访秋,内心并不平静,山外的硝烟始终让他牵挂国家的安危。陆游所谓"位卑未敢忘忧国",或许也正是任访秋当时所感受到的。尽管条件艰苦,尽管渠道有限,任访秋依然在发挥他作为一名知识分子的作用。任访秋继承的是"五四"一代知识分子关怀现实的精神。他以学术为依凭,针对社会问题发表意见,并以这种家国情怀促进自己的学术研究,体现出一位知识分子参与现实、忧国忧民的良知。这种

---

① 和希林辑录:《任访秋佚文四篇》,《汉语言文学研究》2016年第3期。
② 参见刘涛:《一个学者的另一面相——由散落在民国报章中的任访秋佚文说起》,《中南民族大学学报》(人文社会科学版)2016年第2期。

情怀同样体现在他这一时期的鲁迅研究文章上。

1946年10月20日,开封《正义报》第3版文艺副刊《七日文艺》第2号开设"鲁迅逝世十周年纪念专号",任访秋发表短文《我们需要一部鲁迅传》。在此之前的7月14日,任访秋在开封《中国时报》第4版《学习》副刊发表《论传记文学》一文,表达了他对史学与文学相结合的传记文学的期盼,以及对我国与欧美相比传记文学并不发达的失落。"任访秋之所以重视传记文学的写作,是他看到传记文学在振奋民族精神、改良民族道德方面所隐含的重大作用。结合《论传记文学》,我们可以看到,《我们需要一部鲁迅传》对鲁迅传记写作的提倡,固然出于对鲁迅进行综合研究的考虑,但另一个更重要的考虑,则是希望通过一部高质量的鲁迅传的出现,能使国人从'亲炙'鲁迅精神人格的过程中,得到精神的感知和思想的启迪,从而达到振奋民族精神与改良国民道德的目的。"①

身处20世纪三四十年代的任访秋,不只是一位纯粹的文学研究者,也是一位关心时事民生的"公共知识人"。② 1942至1947年间,他以一杆平实清畅的健笔,在《前锋报》《正义报》《青年日报》《中国时报》等报纸上,发表数十篇社论文章,涉及领域有政治、经济、教育、文化、卫生和道德修养等。这段时期"处于抗日战

---

① 刘涛:《谈任访秋的两篇鲁迅研究佚文》,《鲁迅研究月刊》2016年第4期。

② 关于这两个概念的提出及其关系,参见刘涛:《一个学者的另一面相——由散落在民国报章中的任访秋佚文说起》,《中南民族大学学报》(人文社会科学版)2016年第2期。

争与解放战争时期,正值20世纪中国历史上最为动荡之时,所以,这些社论之写作,明显是继承了中国文化中士以天下为己任的传统"①。在这些文章里,任访秋表达了"社会要进步,政治要清明,必须从提倡学术风气入手"的观点,并以自己的写作践行这一理念。学术与现实紧密结合,强烈的现实关怀,是这些文章的突出特色。任访秋心系家国、为学致用的精神,在他今后的学术研究中得到延续和贯彻,转化成他为新中国学术研究、教育教学伟大事业鞠躬尽瘁、奋斗不息的重要精神动力。

以上提到的任访秋20世纪三四十年代的文章,包括日记,均未收入《任访秋文集》。透过这些佚文,任访秋获得纯粹学者身份之外更加丰富的形象建构,家国情怀无疑是其中十分突出的一端。相较于1970年代之后昼夜不舍地从事学术研究的学者任访秋,这些集外文字为我们描绘出一位以青春风华、所知所学回报社会的青年形象。随着年龄的增长,这份情感被任访秋深埋心底,转化为勤勤恳恳工作的动力。但只要有机会,它还是会被调动起来,奏响他心底炽热的弦声。这也就无怪乎他会为中华炎黄文化研究会写下"为振兴中华而献身"的题词,因为对任访秋来说,他不仅这样想过,更切切实实地这样做过。

晚年的任访秋,以未能入党,颇为怅怅。他担任河南省政协副主席,参政议政,为国家建言献策,虽然年迈,但仍在发光发热。

---

① 刘涛:《一个学者的另一面相——由散落在民国报章中的任访秋佚文说起》,《中南民族大学学报》(人文社会科学版)2016年第2期。

# 第四章　高山景行，止于至善

## 第一节　日月之纪，凝为心史

中国人自古以来就有记日记的传统。在日记中，记录者将每一天的所遇所见、所思所想形诸文字，日久天长，便拥有一部属于个人的"史书"。这部"史书"，是"私乘"，是"家乘"，也是一个时代的"缩影"或"剪影"。日记中不仅有变幻不定的风雨阴晴，更有记录者幽微真挚的心路历程，其中五味杂处，甘苦俱存。日记是珍贵的文献史料。

任访秋从学生时代就开始记日记，直到晚年双目失明才被迫停笔。今天保留下来的任访秋日记手稿，经过后人整理，厘为三卷（册）收入《任访秋文集》（以下《任访秋文集·日记》简称《日记》）。《任访秋文集》收录的日记始于1970年，终于1996年，除因特殊历史时期和身体原因偶有中断外，每天均有或长或短的记录，总计90余万言。1970年之前的日记，因在"文革"初期被付之一炬，所以未能收录。

第四章　高山景行，止于至善

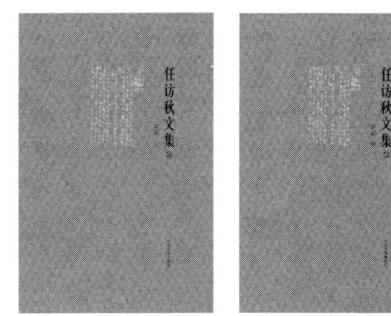

**《任访秋文集·日记》上、中、下三卷**

《日记》的内容，包括任访秋的行止交游、读书教学、学术心得、生活感悟、家庭细务等诸多方面，其中读书教学和学术心得是最主要的部分。1978年之前的日记，有的被冠以标题，表明日记的写作地点或写作背景，比如1970年的"农场日记"、1972年的"赴京日记"、1978年的"武昌日记"和"桂林日记"。各标题下的日记内容，或简或繁，记录着任访秋在特定时空中对人、事、景的留心体察。1972年8月5日的"赴京日记"写道：

> 蕤上班后，我乘32路车去北京大学。至海淀下车后到该校，问讯冯友兰的住处。在路上问了许多人，才找到地方。我过去同他见过多次面，他今年已78岁（甲午的次年，与日本签订《马关条约》那年出生），但精神很好，记忆力也好。他问到河南的情况，以及与他相识的一些旧人。我问及他的工作，他说在运动前曾写过一部《中国哲学史新编》，但未写完。现在领导要他继续写下去，完成这部书。我问到任继愈同志，他说他在社科院不在北大，领导让他搞佛学研究。过去他曾主持写《中国哲学史》，也未完成。现

冯友兰像

在要他再纠集原班同志把这部书完成,但因患视网膜脱落症他已住院。我们谈了一个多钟头。我问他王瑶在什么地方住,他说在中关园。我告辞出来,他送我到燕南园的后角门,嘱我找中文系办公室问王瑶的详细地址。于是就辞别了。①

1978年12月13日的"桂林日记"写道:

晨5时起床,6时半上船,7时在临江亭附近开船。沿江风景美不胜收。江水甚浅,清可见底。虽是汽船,但遇浅滩,舟子仍需用篙撑着前进。两岸峰峦奇特,有笔架山、老人山、鱼翅山、螺蛳山。最为游人称道的是九马画山,实际上是山画九马。有一处峭壁上显现出的黑白马,从船上遥望,颇像壁上画的是各种形态的马。

早餐和午餐都是在船上吃的。下午4时许抵杨堤,再往上水浅,已不能行船。上岸后,略事休息,便乘上刚从桂林开来的汽车。车开后,所见沿路风光,也十分优美。和我坐在一起的刘焕林同志对这里的情况比较熟悉。路过燕山

---

① 任访秋:《任访秋文集·日记(上)》,河南大学出版社,2013,第19页。

公社时,他说过去这里是一家大地主的花园,现在改为燕山公园,风景很好。

5时20分抵桂林市,晚宿地区招待所。①

不仅记述条理清晰,而且笔致质朴从容,有小品文之风。

1979年以后,任访秋把主要精力逐渐放在近代文学的研究教学和研究生培养上,他自身也从"同适斋主"转变为"不舍斋主",以更加时不我待的精神,追赶被耽搁的时光。《日记》勾勒出任访秋忙碌的身影,也记录下他高强度的研究工作。晚年的任访秋时常感到身心劳累,但他非但没有停止研究和写作,反而更加忘我地投入工作,《日记》见证着他对自己的鞭策。《日记》中的文字,同时折射出任访秋乐观包容的心境和丰富的精神世界。除此之外,其中散落的20余首自作诗,从"言志"的层面讲,也正是任访秋的自我总结。

《日记》中的读书笔记和学术心得反映出任访秋在阅读过程中最切实的感受,他后来问世的一系列重要文章,其中的观点雏形往往就出现在这里。1983年11月26日,任访秋准备写作题为"晚明的文化革命运动与十七、十八世纪的中国文学"的文章,事先在日记中写下一段提纲挈领性的文字,而这段文字正是该文的中心思想:

现在看起来,晚明的左派王学与公安派的文学革命汇合起来形成一个文化革命运动。它的影响,突出地表现在文学的创作上,而尤其以戏曲、小说及民间歌曲的整辑上。

---

① 任访秋:《任访秋文集·日记(上)》,河南大学出版社,2013,第50页。

由于当时封建势力的强大与学术界儒家正统派思想还处于优势,他们对这种新文化运动竭力予以打击,企图予以扼杀,因而未能成为滔滔洪流。这与清王朝的统治是有关的。其在文学上的流风,直至乾隆时期的《红楼梦》,在创作上又放射出一束异彩。到嘉道时期,龚定庵虽系公羊学派,但其思想与晚明的新文化思潮实有其一致之处。他主张打破一切清规戒律,而主张解放个性,实与晚明精神若合符节。

1984年7月24日的日记更记录下当天阅读与思考的过程:

> 为探索卢梭《民约论》介绍到中国后,在思想界、文学界所产生的影响,阅读了邹容的《革命军》,梁任公的《新罗马传奇》及《近代诗选》、《柳亚子诗词选》等,觉得颇有收获。其影响不下于《天演论》,甚而过之。使当时进步人士的思想有了一个划时代的解放,对历史有了新的看法。一向被儒家思想禁锢的史学家目为乱贼的农民起义领袖,直到这时才转变了对他们的看法,而被视为当时的革命者。近者为洪秀全,远者为李自成。这样对革命派来说,更坚定了推翻清王朝专制政体而代之以民主共和政体的决心。邹容的《革命军》即为这种思想的具体体现。①

此外,读书笔记中还有文史典故的记载。1984年7月28日,任访秋参加郑州大学整理嵇文甫遗稿小组在开封召开的座谈会。会上有人谈到嵇文甫在潭头被国民党拘禁时所作的对联:寝馈六经三史,瓣香一峰二山。任访秋在日记中注解道:

---

① 任访秋:《任访秋文集·日记(中)》,河南大学出版社,2013,第561页。

"峰,即孙夏峰;二山,即王船山、全谢山。嵇文甫曾对此解释说:'余近年来所祈向者孙夏峰、王船山、全谢山三人也。盖立身尊夏峰,持论宗船山,学问门径出入浙东诸老,而尤近谢山。夏峰平实,船山邃密,谢山淹贯,三者兼修,其庶几乎!'"①显示出任访秋深厚的学养积淀。

与大量学术心得相伴随的,是任访秋勤勉的学术写作。

1985年7月15至24日,天气酷热,任访秋在刚刚完成《漫谈〈李自成〉》的写作之后,又开始了《夏曾佑论》的写作。从7月15日写出夏曾佑的小传并拟出写作提纲,到7月24日完稿,写作过程持续了9天。在这期间,任访秋还接待了一次来访,参加了市里的两次会议,并在7月20日因身体不适休息一天。从7月25日开始,任访秋又设定了新的读书写作计划。他全天阅读《柳亚子年谱》和《梁启超年谱长编》,同时准备写作《儒道两家思想融合所形成的人生观》,思考从宋元以来对苏轼的评价看程朱理学对作家评论的影响。7月28日,任访秋阅读章太炎的《訄书》,7月29日便着手写作《章太炎论孔子》一文,8月2日将该文写毕。7月30日下午,任访秋阅读《蓟汉微言》的时候,因家里停电,挥汗如雨。这就是任访秋工作的日常,即使在酷热的暑期也依然如此。

1986年2月11日,任访秋开始校阅《中国新文学渊源》的校样,直至16日。当年的2月9日恰逢农历春节,2月11至16日也还在假期当中,但任访秋的学术工作并未因此稍歇,而这时

---

① 任访秋:《任访秋文集·日记(中)》,河南大学出版社,2013,第562页。

**1985年夏天摄于家中**

他已77岁。长期的辛苦工作使任访秋的身体疲乏。1987年6月7日,在接连数日的写文章、讲课后,任访秋在日记中写道:"校阅学生誊抄的《中国近代文学史》的稿子,一直校了一天,累的舌头也痛起来。明天要去郑州参加省文学学会的常务理事会,我感到不能再累了,于是写信给增杰,请他代为请假。"第二天(6月8日),本该休养的任访秋在日记中写道:"图书馆派人让还借的书籍,今天也没怎么休息,找所借的书。……因舌头痛,服牛黄解毒丸与SMZ等药。"第三天(6月9日)的日记写道:"晨起,看《龙川文集》中《上孝宗皇帝第一书》,里边有批评朱熹的话。龚自珍认为陈亮这个批评可以为定评定谳写了段笔记。服牛黄解毒丸。"①之后他的工作又紧张起来。三个多月后的9月23日,任访秋上午给研究生上课,下午收到科研处的邀请,在第二天下午校科研大会开幕式讲话。收到邀请后,任访秋便开始誊写不久前写的《近几年我的科研工作回顾》,他在这一天的日记中说:"在治学上:一,要有远大抱负,即古人所说的立志。二,要有坚持的精神。三,要勤奋,惜寸惜分。对所治专业期之以十年、二十年以至于终生。方法:一,要由博反约,以约统博,在专业的面上既有广博的知识,在点上要有深入地钻研。二,善于分析比较,与概括总结。前者发现问题解决问题,后者归纳出创获发明的结果。"②这是任访秋的经验之谈,也是他秉持一生的治学理念,更是他真诚地传于有志于学术研究者的"金针"。第二天下午,学校召开的科研大会开幕式如期举行,因为灯光不太亮,视力减退的任访秋看不清早已誊清的发言稿上的内容,便凭着个人记忆讲了20多分钟。回到家后,任访秋感到"非常疲乏",当晚"10点即休息",这对于经常工作到深夜、人称"熬干灯"的任访秋来说,是难得一见的。

任访秋晚年曾遭遇巨大家庭变故,那就是在1983年12月31日这一天的下午,他的大儿子任光被一位患有精神疾病的邻居从背后刺了一刀,因伤及脊髓,造成高位截瘫。任光是任访秋四个孩子中唯一从事文学研究,又在他身边工作,可以照料他晚

---

① 任访秋:《任访秋文集·日记(中)》,河南大学出版社,2013,第787页。
② 任访秋:《任访秋文集·日记(中)》,河南大学出版社,2013,第811页。

年生活的人,遭此不幸后,反而需要任访秋与夫人的照顾,这带给任访秋极大的生活和工作压力。任访秋在1991年10月29日的日记中写道:"翻阅过去的日记,光儿受伤为八三年,转眼将近十年了。由于伤残,给他一生事业打击极大,而我同鸿毅在生活、工作中也深受影响。这件不幸的遭遇,只有归之于命运,否则无可解释。"①翻阅《日记》,其中多有对任光的关心与看顾,有对他文学研究才能的称赞与欣喜,也有不时流露出的对任光命运的惋惜与慨叹。任光受伤后住院的一段时间里,任访秋时常往来于医院、家庭、学校之间,一心悬三地,辛苦异常,但他还是尽可能地挤出时间来写作,即使因精神疲惫而没能搦笔为文,他也会觉得是虚度光阴,并为之深感不安。

他在1984年1月24日的日记中写道:"写论文。……下午,午睡没入梦,起来精神不佳,没继续写论文。笑薇与保真给光儿送东西,保真回来已快7点。由于精神疲惫,8时许就寝。"1月25日的日记写道:"每天写点东西觉得生活较为充实,否则即觉光阴虚度,深感不安。"②任访秋以读书写作为职志,已经习惯这种生活方式和思维方式,无论处在任何时期,他都不愿与之有须臾的脱离。

任访秋大半生经历了诸多波折,任光的受伤更是他在晚年遭受的深创剧痛。面对这些艰难困苦,任访秋像一棵饱经沧桑的老树,在严霜中更显其遒劲坚毅的风骨。1984年之后,他相

---

① 任访秋:《任访秋文集·日记(下)》,河南大学出版社,2013,第1077页。
② 任访秋:《任访秋文集·日记(中)》,河南大学出版社,2013,第528页。

继出版《中国近代文学作家论》(1984)、《中国新文学渊源》(1986)、《中国古典文学论文集续编》(1990)、《中国近现代文学研究论集》(1992)等专著四部;主编《中国近代文学史》(1988)、《中国近代文学大系·散文集》(1992)等两种;发表《龚自珍与晚清诗坛》(1984)、《回忆"晨星社"》(1992)等研究论文和回忆性散文近八十篇。他以老骥伏枥的精神,继续为学界贡献着丰硕的研究成果,正如他在自作诗《八十自述》中所说的那样:深愿天假年,继续发余光。

自作诗是任访秋在日记中记事言志的独特形式。这些诗歌率性自然、直抒胸臆。有的是在游赏时所作,有的是在读书沉吟时所作;有的是在夜深不寐时所作,有的是在晨露熹微时所作;有的是在怀旧忆往时所作,有的是在明志自励时所作。任访秋留存下来的诗共 23 首,现将其全部辑录出来,附在本节末,名之为"任访秋诗辑"。除第一首《纪念鲁迅先生——读罗绳武同志诗作有感》辑自任光的《任访秋先生生平著作系年》外,其余 22 首均辑自日记。诗中注解,括号内为作者原注,加"注"字为辑者附注。

在学术研究之余,任访秋还涉猎外国文学,观看电影、电视剧、京剧和河南戏曲(豫剧、曲剧、越调等),以此来支配休息的时间,加深对传统或新生事物的了解。日记中提及的电影、电视剧,是我国影视文化事业发展的见证。值得一提的是,任访秋、马鸿毅夫妇与豫剧界的陈宪章、常香玉夫妇保持着终生的友谊。他在 1979 年 9 月 17 日的日记中写道:"晚,到中州剧院看常香玉同志演《拷红》。其演技与唱腔仍不减当年,观众掌声不断,真不愧为豫剧状元。"①对常香玉的艺术造诣赞誉有加。

**1987年任访秋夫妇与常香玉夫妇合影**

日记体现着任访秋对家人的呵护,记录着一家人相聚时的幸福。1988年元旦,任访秋"整理室内书籍。看闲书",夫人"鸿毅与李嫂炸麻叶、蒸包子",虽然"一般人对阳历年都不太重视,所以放爆竹者很少,即有也是因结婚而放,不是为过年而放",但家中炊烟袅扬的场景依然"大似过年景象"。② 1991年12月22日的日记则记录了全家在冬至团聚的热闹场面:"今天是冬至,习俗家家户户吃水饺,又恰巧是礼拜日。恭夫、笑凯、笑薇都回来了,笑凯还带了他的女朋友。大家动手包饺子,轮流着吃饺

---

① 任访秋:《任访秋文集·日记(上)》,河南大学出版社,2013,第122页。
② 任访秋:《任访秋文集·日记(下)》,河南大学出版社,2013,第837页。

子,熙熙攘攘,好不热闹。"①同年12月31日,任访秋在日记中有感而发,写下真诚的新年"祝愿":"今天是91年的最后一天,明天新的一年1992年来到,祝愿新年顺利,万事如意,全家平安幸福。"②字里行间充满了温馨的期盼。

亲情友情,家庭日常,在任访秋的心间笔端始终散发出生活的温度。人们敬仰于他对学术的执着,感动于他对生活的热爱。他的热爱是朴素的,以至于常常无言,无言亦何伤?昊天无言,日月行焉;后土无言,百物生焉。任访秋以独特的方式,表达着他对生活的热爱。

**附:任访秋诗辑**

**1977年**

4月14日,清晨,作诗《纪念鲁迅先生——读罗绳武同志诗作有感》:

> 嗟嗟鲁迅师,窃火自异域。
> 烛照漫漫夜,魑魅无所匿。
> 宵小共排挤,颠沛与流离。
> 勇敢又坚决,所向俱披靡。
> 俯首甘为牛,干草水作粮。
> 乳血饲孺子,至死不回头。
> 哲人虽云萎,泰山并未颓。
> 精神如日月,世世放光辉。

---

① 任访秋:《任访秋文集·日记(下)》,河南大学出版社,2013,第1085页。
② 任访秋:《任访秋文集·日记(下)》,河南大学出版社,2013,第1087页。

**1978年**

11月29日,游武昌东湖,口占一绝:

　　杨柳减绿枫正红,浩渺烟波疑洞庭。

　　泽畔忽逢行吟阁,蓦忆屈子千载情。

**1979年**

1月24日,参加(开封)市委统战部春节联欢会,发言后念所作诗:

　　我年已老近无能,精力虽疲心更红。

　　秣马厉兵速整装,愿随领袖新长征。

**1980年**

4月4日,参加盟代会,由郑返汴途中,成诗一首:

　　四野蒙蒙雨,路坦车行疾。

　　菜花灿若金,麦苗似碧玉。

　　春色诚明媚,心神自旷怡。

　　忽念岁迟暮,光阴更应惜。

4月19日,参观鲁迅纪念馆,游览兰亭遗迹。次日清晨,作诗一首,题为《会稽怀古》:

　　晚年始作东南游,先哲遗迹穷探求。

　　百草三味鲁迅居,东湖仙桃陶公舟。

　　禹陵巍峨思理水,曲水兰亭忆风流。

　　一从血溅轩亭后,地覆天翻新神州。

　　(东湖有仙桃、陶公二洞,皆可通舟)

4月21日,游沈园,见景物非昨,怅惘久之,遂成二绝:

放翁豪气世代传,沈园旧事实堪怜。
《钗头凤》里声声泪,洒上枝头化杜鹃。
桃靥柳丝醉东风,沈园春色古今同。
曾是惊鸿照影处,残碣断碑草芃芃。

**1981年**

7月1日,庐山参会,夜间成诗一首,用杜甫《蜀相》韵:

晦翁遗踪何处寻,匡庐依是树森森。
白鹿论坛非昔时,天道讲说犹余音。
东原斥理诚卓识,复生批纲启民心。
吃人史册多少恨,能不教人泪沾襟。

**1983年**

8月21日,清晨,念及与夫人马鸿毅结缡已半世纪,感而赋诗:

结缡转眼五十年,两情相爱金石坚。
八载颠沛流离日,十岁风雨晦冥天。
涸辙之鲋需以沫,饥寒交煎共吞毡。
堪庆老来国运转,千家万户喜开颜。

12月17日,夜,五鼓梦回,作《忆西湖》二首:

一

湖山一别两茫茫,梦魂时时到钱塘。
孤山断桥苏堤路,红梅绿杨自成行。

二

西子盛名千古传,浓妆淡抹总天然。
多少美人英雄骨,尤令湖山增光妍。

## 1985年

3月10日,作绝句二首,悼念景中天:

其一

忆昔共事在夷门,荒凉古寺气象新。
赖君擘画与奔走,嵩华名满大河滨。

其二

别来瞬间四十年,人世变幻如云烟。
且喜冬尽阳春到,堪惜君竟归道山。

注:景中天1946年在开封创办嵩华学院。

9月14日,口占一绝,以抒个人情怀:

年逾古稀始入党,平生宿愿今得偿。
老骥伏枥志千里,道远任重当自强。

## 1986年

2月9日,旧历春节,晨起作诗一首,题为《春节口占》:

春神脚步最分明,满城响彻爆竹声。
亿万人民同祝愿,年丰人寿乐太平。

## 1987年

8月18日,游北京西山,作《北戴河纪游》三首:

一

晚登海滨瞭望台,阵阵凉风扑面来。
水天一色杳无际,潮打石栏来又回。

二

当代主席昔孟德,到此赋诗抒壮怀。
碧海青天今犹昨,两代英雄安在哉?!

三

当年叱咤风云,臭名千载难泯。

叛徒旧居尚存,游人触目惊心。

**1988年**

12月28日,晚,枕上作诗一首:

新年将届春来归,贺年华笺雪片飞。

认名全系旧桃李,师生深情暖心扉。

**1989年**

7月4日,清晨醒来很早,枕上成诗一首:

昨夜淅沥半夜雨,博得今晨一日凉。

穷士卑处蓬荜内,高堂广厦安敢望。

但希天公多照顾,南风习徐入北窗。

11月5日,晨,作《八十自述》诗:

光阴如飞矢,倏忽已八十。

却顾所来路,亦慰亦叹息。

弱龄从父读,经书略能记。

继而入小学,成绩前列居。

直至研究院,振翅尤奋翼。

硕学曾亲炙,名家为我师。

中国文学史,源流已备悉。

古典近现代,论著多成帙。

观点与识解,颇受士林誉。

执教五十年,桃李满华域。

子女已成人,各自有所长。

夫人虽年迈，家务仍独当。

深愿天假年，继续发余光。

1990年

8月28日，夜里醒来，成诗二首：

一

电光石火催人老，齿豁头童面枯槁。

著述纵使闻海内，蜗角浮名何足道。

二

平生祈慕是庄、老，嗣宗渊明亦我好。

荣名富贵等浮云，疏食饮水无烦恼。

## 第二节　耄耋忆往，感旧成集

1987年5月30日，是一个星期六，任访秋利用下午的时间，修改、誊写了完成于两年前的《〈感旧集〉序》。在这篇序言中，任访秋追忆自他1940年任教于河大直到写下该序近半个世纪以来河大的除旧布新和人事变更。在这大约50年的时间里，河大原来的文史系早已分成中文、历史两系，任访秋原来的老师、朋友和同事，许多都已作古。追怀往昔与他们的过从，学术上互相研讨，生活上彼此关切，如今都成回忆，任访秋为之怆然。在序言的最后，任访秋说："为了表示对这些师友的怀念，因略过往日和他们交往之谊，故仿清代大诗人王渔洋著作之名，以《感旧集》名篇。"①这是集名的由来。

---

① 任访秋:《任访秋文集·集外集》，河南大学出版社，2013，第354页。

任访秋对师友的怀念,虽然集中于《感旧集》,却不限于《感旧集》。在他带有自传性质的一系列文章中,都有对师生友朋点点滴滴的记录。这些文章,是没有收进《感旧集》的"感旧文"。比如作于1989年9月4日的《我的朋友》,作于1989年8月29日的《回忆我的老师》,作于1989年6月的《五十年来在治学上走过的道路》等。在《回忆我的老师》一文中,任访秋说:

> 以上我回忆了我从中学到大学直到研究院所接触的老师,应该说对我的专业同个人的人生观以及学术思想都产生了极大的影响。他们教我以读书与治学的方法以及做人的道理。我到现在之能够在学术上做出些微成绩,对社会能够有点滴贡献,都应该说和过去我所从学的老师是分不开的。这些老师,现在都已作古,但他们的著作以及他们在教育上殷勤地培育后进的功劳,可以说是永垂不朽的,而他们的形象也将永远活在我的心中。①

在《我的朋友》一文中,任访秋说:"我从早年到现在,也交过一些朋友,其中志同道合者,也不乏其人。不过有的已经物故,有的则天各一方,久绝音问。至今仍有书函往来的已寥寥无几,思之不能不令人怆然。"②以上这两段话所讲的,也正是《感旧集》写作的缘起和主题。至于《感旧集》中的文章,除了《潭头时期的河大》是对校史的记录外,其余八篇都是对特定人物的纪念。

---

① 任访秋:《任访秋文集·集外集》,河南大学出版社,2013,第438-439页。
② 任访秋:《任访秋文集·集外集》,河南大学出版社,2013,第411页。

## 一、嵇文甫

嵇文甫像

嵇文甫是任访秋1923年考入开封省立一师时遇到的第一位国文老师,由于讲课生动形象,曾给任访秋以极深的印象。他上课全部使用白话教材,不仅讲授同时代作家的散文,而且讲授西方的文学经典,前者如胡适的《新生活》,后者如法国作家都德的小说《小物件》。《小物件》是都德的代表作,讲述了一个因家道中落而不得不自谋生计的小男孩达尼埃尔·爱赛特的辛酸故事。嵇文甫曾在课堂上为同学们朗读这篇小说。小男孩若格(即爱赛特)的不幸遭遇,在嵇文甫的讲读下,深深地打动了少年任访秋,使他对若格产生出无限的同情。让任访秋感到稍有遗憾的是,嵇文甫仅仅给他们上了一个学期的课。

再见嵇文甫是1928年的秋天。1927年北伐战争告一段落后,开封所有的中等学校进行大调整,然而先合后分,调整无果,任访秋又回到原来的一师上课,而此时他已是一名高三文科的学生。1928年秋季开学后,留学苏联归来的嵇文甫担任任访秋所在班级的"中国文学史"课程老师,选用的课本是上海新月书店新出的胡适的《白话文学史》。这一次,他没上够一个学期就到北京任教去了。

任访秋1929年与嵇文甫有过一次短暂的会面,那时他正在北师大中文系读书。一天,他与昔日的同学徐缵武同去马神庙附近拜访同学罗绳武,没想到在罗绳武那里遇到了嵇文甫。当时时间已晚,互致问候后,罗绳武请嵇文甫、任访秋、徐缵武在附近饭馆吃晚饭,之后几人即作别。1930年代,嵇文甫回到河南大学任教。1935年,在北大研究院求学的任访秋,曾以通信的方式向嵇文甫请教治学方法相关的问题。可惜的是,这些信件均早散佚。

1940年2月,任访秋受聘到迁避至潭头的河南大学任教,嵇文甫时任文学院的院长,二人相见的机会增多。任访秋当时的研究重心是"中国文学史"和"中国文学批评史",这两个领域均与"中国思想史"关系密切,而嵇文甫正是国内研治"中国思想史"屈指可数的专家,因此任访秋向嵇文甫请教的次数就更多了,加之二人多年的师生关系,嵇文甫对任访秋也十分关照。这一时期,任访秋写出《谈梁任公》一文请嵇文甫指正,嵇文甫阅后很赞同任访秋文中的见解,就把这篇文章推荐到自己在西安的学生张绍良主编的《力行》月刊上发表。文章在该刊1943年第4期上发表后,张绍良又给任访秋来信,希望他继续写稿,支持《力行》月刊。于是,到了1944年,任访秋的《诸葛武侯的学术》《章太炎的政术论》《仲长统的政术论》等文章连续发表在《力行》月刊,在一定程度上激发了任访秋学术研究的热情。同在1944年,任访秋编写的《中国现代文学史》上卷,由南阳前锋报社印行2000册;此前的1943年,前锋报社印行了他的《子产》1000册。这两本书的序言,都是任访秋请嵇文甫撰写的,这也是任访秋感念嵇文甫的原因之一。

## 二、周作人

周作人像

任访秋是从创刊于1924年的《语丝》周刊上知道周作人的,当时周是该刊的主编,任访秋是河南省立第一师范二年级的学生。由于《语丝》在"五四"新文化运动时期有着广泛的影响,加之一师同学们自学的风气很盛,所以任访秋也像其他同学一样,如饥似渴地购买和阅读着《语丝》。在《语丝》上,任访秋第一次读到周作人的文章。那时候,周作人发表文章用的笔名是"开明"或"岂明",有时则直接署名"周作人"。

20世纪二三十年代,周作人盛推晚明公安派的小品文,并且认为中国的新散文是公安派小品文与英国散文的结合。这一见解,使任访秋对公安派产生了兴趣。在阅读和梳理"公安三袁"的理论主张与创作经历后,任访秋完成了《袁中郎评传》,当时他是北师大中文系三年级的学生。在研究中,任访秋曾因缺少书籍向周作人写信求助，周作人毫无顾虑地将一部明刻《游居杮录》借给任访秋。周作人对后学的信赖与培育的热情，以及他和蔼平易的态度，均使任访秋心生感佩。借取《游居杮录》，也是任访秋第一次到访周作人位于八道湾的"苦雨斋"。

"苦雨斋"三字出自书法家沈尹默的手笔，是用宣纸写就裱成的横幅。1935年秋，任访秋赴北大国学研究院继续学业，考虑到自己对公安派文学的浓厚兴趣和学术积累，确定的论文题目为《袁中郎研究》，导师选的是周作人。在此后一年的学习时间里，任访秋为写论文曾多次到访"苦雨斋"，请教疑难，终于在1936年夏完成了毕业论文的写作。《袁中郎研究》包括两部分：一是年谱，二是文学。共十几万字。论文经周作人、胡适、罗常培等答辩委员审阅后，即进行答辩，最后以无记名投票方式全部通过。

研究生毕业后，任访秋与几位同学一起，在中山公园来今雨轩，宴请了北大校长蒋梦麟夫妇及各位导师。之后，任访秋又单独在比较高级的西餐厅"森隆"，宴请了周作人、胡适和钱玄同。辞别诸人后，任访秋返回洛阳，仍旧担任河南省立第四师范的国文老师，继续教书生涯。

## 三、张邃青

张邃青名森祯，字邃青，河南太康人，他是任访秋在河南省立一师读书时的校长。张任校长的时期，任访秋对他印象较深的有两件事：一是因语文老师请假，张邃青代课，给他们讲授《史记·信陵君列传》；二是河南省立一师在1924年举办的隆重的20周年校庆，校庆筹备了很长时间，当天除有纪念会仪式外，还

张邃青像

有运动会、游艺会、展览会，这次校庆使得本来就是中等师范中的重点学校的省立一师在全省的地位和声誉更高更盛了。

张邃青辞去一师校长职务后，就到河大文史系任教了。1940年任访秋到河大教书的时候，张邃青是文史系的主任。他对昔日的学生任访秋在教学、科研等方面关怀备至。任访秋入校后的第二年，物价上涨，部分老师为求加薪而罢课。时值暑假，正是各学校更换教师的当口，任访秋因感学校前途不佳，便向自己以前的老师——西北联大的黎劭西去信，说明准备离开河大的意愿。黎劭西很快复函，让任访秋暑假后到兰州西北师院任教。但是，当任访秋把准备从潭头去兰州的消息告诉系主任张邃青和文学院院长嵇文甫时，二人均表示不同意，任访秋也就未能成行。

1944年暑假前，日寇进攻洛阳，潭头不久便沦陷，河大师生被迫逃难。同年秋，任访秋带着大女儿秋子和长子任光，与学校的师生员工在豫西南淅川县荆紫关会合。当时，任访秋的妻子马鸿毅在老家南召，患病卧床，此外还有二女儿任蕤和二儿子任麟需要妻子照看。寒假的时候，因为惦记妻子的病，任访秋带着任光先行回家，把大女儿秋子留在荆紫关张邃青的家中。任访秋独自一人在1945年春返回荆紫关，不料日寇进攻南阳，荆紫关面临危险，河大决定迁往西安。当时，任访秋带着大女儿秋子，和张邃青、嵇文甫两位先生及其他教师们的家属一起徒步向陕西进发。途中走走停停，半个多月后抵达龙驹寨，之后才搭上汽车到达西安。这段患难岁月中的相互帮扶，任访秋始终铭感于心，并在1988年底将其写进《张邃青先生》一文中。

## 四、胡适

胡适像

早在河南省立一师读书的时候，任访秋就已经接触到胡适的著作，并从心底对胡适关于中国学术的真知灼见产生敬意。1929年，任访秋考入北师大后，经常从和平门外跑到东城马神庙的北大二院礼堂，旁听胡适为哲学系学生开设的"中古思想史"课程，并作有详细的课堂笔记。这一时期，基于对胡适和钱玄同的仰慕，任访秋把自己只有几平方米的小书斋，命名为"同适斋"。

和胡适的真正接触要到1935年进入北大国学研究院之后。当时，胡适是北大文学院院长兼国学研究院文学研究所所长。在研究院学习期间，任访秋写了一篇名为《袁中郎与李卓吾》的论文，请胡适指点，胡适看后非常赞许，不仅写下评语，还让他的秘书卢逮曾把文章推荐到天津《益世报》发表，后来该文在1936

年7月16日的《益世报·读书周刊》第57期刊出。

1936年研究生毕业答辩前，任访秋曾和另外一位同学到胡适家中拜访。当时，一位青年正好也在胡适家中，想请他代找工作。胡适问那位青年有什么专长，青年没有答话，胡适接着说："现在有不少地方需要人，但所需要的，是有专长的人才，并不需要普普通通的人。"拒绝了青年的请求。青年走后，任访秋他们看到胡适很忙，跟胡适谈过毕业答辩的问题后，并未多坐，就告辞了。

1947年6月5日，执教于河大的任访秋，将自己出版的《子产》《中国现代文学史》《中国文学史散论》三书，寄赠给时任北大校长的胡适，并附信汇报近况。任访秋所藏与胡适的合影及来往信件在"文革"期间大多丢失，而该信得见于耿云志主编的《胡适遗稿及秘藏书信》第26册，也是胡、任师生情谊的珍贵纪念。现将信件全文迻录如下：

适之吾师道席：

忆自民二十五年夏，在北平东站送吾师出国后，不觉已十一个年头了。在这些年中，焜对吾师之行止，无时不在关怀中。对吾师的出处举措，虽时时听到社会人士的非难与攻讦，然焜深知吾师为国家、为民族、为教育、为学术的一片苦心，故常以个人之所了解于吾师者，代为辩解。焜之学虽不足以完全了解吾师，然二十年来，熟读吾师之书，嗣后又忝列于门墙之末，亲炙教诲，故对吾师之学术持守，自信尚能粗知其本末大略。至焜个人十年来之情形，也可以略述一二。忆自二十五年离北大后，即又回洛师任教。廿九年春，应河大之聘，担任"中国文学史""中国文学批评史"及

"现代文学"等科目。时光如流,迄今已近八载。在此期间,计写成《子产》《中国文学史散论》《中国现代文学史》《中国文学批评史》等稿。《子产》与《现代文学史》上卷都是在南阳印的,因正当中原事变的时候,报馆迁移仓促印出,焜时远在伏牛山中,未及亲校,致错误百出,而尤其是《中国现代文学史》,连《自序》也被丢掉了。及至胜利后,此部书在乱离中也损失了一大部分。将来如有机会,当设法再版。至此部稿子写时,为行文方便计,仿梁任公先生《清代学术概论》例,于业师吾直称其名,吾师知此,就可以不致见怪了。《子产》可以说是"传记文学"一科的试作。《中国文学史散论》乃系文学史一类文字的杂荟。今将此三书奉上,仍盼吾师本往日教诲不倦的态度,严加斧正也。

从吾先生现长河大,彼今春来此后,焜即以吾师之起居相询,得悉吾师道体甚健,精神亦好,心中深为欣慰!

回忆自去年阅报,知吾师回国任北大校长后,即想奉函问候,然又想吾师以责任綦重,公事纷繁,不愿再分吾师之时间。及最近接研究院同学商鸿逵兄函,知彼于纪念孟心史先生冥寿席次,得晤吾师,吾师对焜颇为关怀,故特为奉函,用释系念。专此,敬祝

道体康健!

受业 任维焜 拜<br>六,五①

---

① 耿云志主编《胡适遗稿及秘藏书信》(26),黄山书社,1994,第165-169页。

## 五、钱玄同

钱玄同像

也是在开封省立一师读书的时候,任访秋得知钱玄同之名。钱玄同是"五四"时期反对旧文学、提倡新文学的猛将,年轻的任访秋因此对钱玄同的革新精神深表敬佩。

考取北师大后,任访秋所在的中文系的系主任正是钱玄同。入学后的第一学期,钱玄同为新生开设了一门"国语沿革"。他对所教的课程内容十分熟悉,因此从不念讲稿,也不带讲稿。钱玄同上课只带一本一般学生练习英语的笔记簿,封皮上写着"讲到哪里了",并在后边画一个大问号,笔记簿里记着他上次课讲到的地方,以便下次接着讲。因为对授课内容的谙熟,钱玄同讲课语速很快,如果不专心听,笔记都记不上,而且,对需要征引的文献原文,他都能脱口而出,这使任访秋感叹于钱氏功力之深、记忆力之强。

任访秋读到大二时,钱玄同为中文系各年级开设两门选修课:"说文研究"与"经学史"。任访秋都选了。由于钱玄同讲课绝不因袭前人的观点,凡事都有个人独到的见解,能够摆脱门户之见,东西博采、严谨客观,引人深思,所以任访秋听了钱玄同的课后,觉得眼界大开,在治学上以之为楷模。后来,任访秋到北大国学研究院学习,还曾到孔德学校拜访过钱玄同,当时钱已患高血压。

1939年,钱玄同逝世。听到消息后,任访秋内心伤恸,写下《纪念先师疑古玄同先生》一文,深表哀悼,该文曾刊发在《力行》月刊上,后又收入《中国文学史散论》。1980年,任访秋写作《钱玄同论》,最初发表在安徽的《艺谭》杂志,后又收入《中国近代文学作家论》。

## 六、张长弓

张长弓像

张长弓生于1905年,河南新野人,他既是任访秋在开封读书时的同学,又是后来同在河大中文系任教的同事,所以二人时相过从。

1942年,张长弓到潭头河南大学任教,与任访秋住在同一个宿舍。1945年河大迁回开封后,张长弓曾经担任河南《民国日报》副刊《学林》的编辑,并不时向任访秋约稿。任访秋接受约请,接连在《学林》上发表了

《整理国故运动与朴学》(1946年3月13日)、《章康二氏与经学》(1946年5月5日)等论文。由于任访秋与南阳前锋报社的社长李静之相识，并经常在《前锋报》发表文章，张长弓便托任访秋致函李静之，表明自己想在《前锋报》上登载征集南阳鼓子曲词启事的意愿。任访秋去信后，很快便得到李静之的允诺。"启事"登载后，张长弓收到大量的寄稿，经过一番整理，结合自己多年来收集的鼓子曲词，于1947年自费出版《鼓子曲词》一书。

1951年，张长弓出版《河南坠子书》，这是他研究河南民间曲艺的又一著作。在任访秋的眼里，张长弓是一位治学勤奋、态度严谨的学者，且常常带病工作。一次，任访秋去看望张长弓，张告诉任，他有时口含体温计写文章，发现写一会儿后，体温计能升高几度。实际那时张长弓已患肋膜炎。1954年12月，张长弓病逝，终年49岁。

## 七、徐缵武

徐缵武与任访秋是因为共同的文学爱好而成为好朋友的。在开封上学时，他们两人都经常向《河南民报》副刊投稿，又同时应邀参加了该报编辑陈治策发起的文学团体"晨星社"。"晨星社"创办了《晨星》半月刊，创刊号刊登有徐缵武的小说，任访秋认为这篇小说颇有幽默的风味。

1929年夏，徐缵武与任访秋从一师毕业后，又同时到北平参加升学考试。任访秋考取了北师大，徐缵武考取了燕大，课余，他们仍然经常见面。大学期间，任访秋曾为北平《益世报》

副刊编辑《草虫》周刊，于是，原"晨星社"的部分成员任访秋、罗梦册、徐缵武，加上师大的同学许安本等人，便围绕着《草虫》组成了一个新的文学团体。不过，由于多方面的原因，这个团体维持的时间并不长。就徐缵武而言，他家的姊妹兄弟较多，而他又是长子，为了减轻家庭的经济负担，他在燕大没有毕业就教书了。

任访秋大学毕业后，到洛阳任教，虽然和徐缵武还时常有书信往来，但见面的机会就很少了。徐缵武除了短暂地在开封北仓女中教过书，基本都在北平任教。新中国成立后，每次去北京，任访秋都要看望徐缵武。1958年，任访秋的二女儿任蕤，在北京郊区的一家医院动手术，徐缵武代家长签字，接她出院，并送上返豫的火车。

1976年唐山大地震，徐缵武在唐山工作的大儿子、儿媳和孙子同时遇难，组织上为了安慰和照顾他，把他在山东的二儿子全家调到北京。1989年9月4日，回忆起与徐缵武的交往，任访秋说："多年来未去北京，也因为年老懒于执笔，况且写信时又觉得要说的话太多，……几次提笔，又几次放下。他长我一岁，现在已是八十开外的老人了。我惟有默默地祝愿他健康长寿。"

## 八、罗梦册

罗梦册与任访秋既是同乡，又有表亲关系——罗梦册本家的一位叔伯婶婶是任访秋的亲姑母。1924年秋，任访秋考取开封省立一师的时候，罗梦册已进入河南大学读书，由于两人都热爱文学，又同是"晨星社"成员，所以往来密切。

罗梦册像

在河大读书期间,罗梦册喜欢新诗,风格上追摹新月派,诗人中服膺徐志摩和闻一多,他自己也醉心于新诗创作。在新月派的影响下,他的作品多以浪漫主义手法抒发个人的胸怀和情愫。任访秋每次去找他,他都要给任访秋朗诵自己的新作,其中《诗人的遗嘱》一篇给任访秋留下了深刻的印象。后来,罗梦册把自己创作的新诗汇成一集,起名《花要落去》,寄给正在北师大读书的任访秋,任访秋邀请北师大中文系的教授徐祖正评阅和作序,徐祖正慨然应允,写了一篇非常认真的序言,具体分析了罗诗与英国浪漫派诗人特别是拜伦的渊源。不过,《花要落去》问世后,罗梦册就很少再创作诗歌了。

罗梦册大学毕业后,于1931年东渡日本留学,适值"九一八"事变,便立即返回中国,一度担任河大附中的主任。不久,考入北师大,从事明代文学研究,导师为高步瀛。当时任访秋恰在北师大读书,所以两人往来仍然很频繁。北师大研究生的宿舍在彰义门外,有时任访秋去罗梦册交谈,直谈至深夜。研究生毕业后,罗梦册赴英国留学,专业为"国际政治"。当时抗日战争已经爆发,南京国民政府迁到重庆。罗梦册学成归国后,任重庆中央政治学院教授。抗战胜利后,蒋介石筹备选举国大代表和立法委员,罗梦册从重庆回到开封,参与立法委员的竞选,当时任访秋正在开封河大任教,两人又得以晤面。1949年,罗梦册赴香港。1959年,他应周恩来总理邀请回北京观光,之后便返回香港。任、罗二人过去虽为挚友,但因多年来天各一方,思想和处境都发生了巨大的变化,联系也就少了。

## 九、李静之

李静之是南阳博望张湾人,他与罗梦册是南阳中学的同窗好友。任访秋与他结识于1924年。这一年春节后,为了考中学,任访秋跟着堂兄冠五,还有在河南大学读书的罗梦册,一同赴汴。途中,他们拐到博望张湾,同李静之一起走。李静之当时就读于南京东南大学,需要从开封乘火车前往。在李静之的伯父家休息一天后,几人雇马车出发。由于李静之中途生了病,到开封后已不能再去南京,待了几天就返乡养病去了。

李静之在家养病期间,曾参与某部队的文职工作。后来,该部队遣散了部分人员,其中就有李静之,还有他的一位来自北平的军官朋友。再后来,为了寻找再升学的机会,李静之来到北平,借住在西四砖塔胡同他这位军官朋友的家里。适值北大国学研究所招生,他去报考并被录取,入学后住在北大附近东老胡同的一处公寓里。任访秋1929年到北平时,李静之还住在他朋友的家里,两人经常往还。当时,李静之的爱人魏廷玢在女子文理学院读书,有时会带女同学来玩,任访秋和爱人马鸿毅就是在这种情况下相识的。后来,由李静之夫妇作合,任访秋和马鸿毅结了婚。

1932年,罗梦册的胞兄罗东峰出任南阳专员,李静之被罗梦册推荐为专署秘书长,从此弃学从政。抗日战争时期,李静之辞去南阳专署的行政职务,创办《前锋报》。任访秋当时正在潭头河大任教,李静之便向他约稿。起初,任访秋只给副刊写些短文,后来又利用暑假的时间写些学术文章和社论。得益于前锋报社较为完备的印刷条件,任访秋还为南阳地区的高中编写过语文教科书,并且又以"前锋丛书"的名义,印行了自己的专著《子产》和《中国现代文学史》上卷。

结合自己在古代汉语方面的学术积累,李静之在1950年代曾多次表示想到河大中文系任教,以发挥自己的学术专长,但省委领导需要他从事政协工作,所以未予批准。这对他而言,不能说不是心中的一个遗憾。

## 十、万曼

万曼,字礼黄,天津人,生于1903年,1971年夏因脑溢血去世。任访秋与他结识于1938年,当时正是抗日战争时期,武汉沦陷,任访秋的一位赵姓同乡在南阳中学任教,邀请万曼由武汉到南阳中学教书。不久,南阳中学校长换人,赵君回到南召任南召县师校长,并邀请万曼一同前往。

1939年,第四师范与洛中迁往卢氏县,洛中正需要语文教师,任访秋便介绍万曼到洛中任教。教了不到一个学期,位于大后方的天水国立一中又邀请万曼前往任教,临行前,万曼还到第四师范所在地与任访秋作别。1951年新河大组建时,万曼在河南省教育厅任职,因急需文艺理论教师,中文系就邀请他到河大兼课,后来万曼辞掉教育厅的工作来到河大,专力于文学史与文艺理论的研究。"文革"初期,学校教职工被下放到农村参加劳动,万曼因高血压在校留守。他也曾被下放到灵宝与尉氏县,均因发病而被送回开封。

万曼潜心学术,平时沉默寡言,但看问题有自己独到的见解,因在治学方向与观点上与任访秋颇为接近,所以两人往来较多。万曼去世后,任访秋送挽联一副,下联为"郢人逝矣,谁与尽言",深悲知音之难遇。

除了以上十位,《感旧集》和"感旧文"中提及的师友还有:河南省立第一师范时期的卢文斋、孙蕴璞、朱佛乐、郑震宇、熊梦飞老师;北师大中文系时期的吴承仕、徐祖正老师,钱振东、方国瑜等同学;北大国学研究院时期的沈尹默老师,商鸿逵同学等。这些师友,在任访秋写作《感旧集》或"感旧文"的时候,多数已经作古,尚在的同学也因天南地北,很少问闻,任访秋念及此,便感到丝丝心酸,因此,他在《我的朋友》一文的结尾,道出了一位耄耋老人的心声与祝愿:"但愿尚在的老友们,善自保重,晚年生活幸福。"[①]

## 第三节 师生情重,薪尽火传

1997年4月的一天,一位沉稳而睿智的学者,走进任访秋居住的老年公寓。这处公寓他来过不止一次,可以说是很熟悉

---

[①] 任访秋:《任访秋文集·集外集》,河南大学出版社,2013,第417页。

了。但此日此时,他的心情多了一份沉重。任访秋是他相处几十年的同事,也是他心目中无比尊敬的老师。前些日子,他与中文系的老师一起来到这处公寓看望任访秋。师母告诉他,任先生在病中,心里一直牵挂着学生,一天深夜,先生从梦中惊醒,坐起来连声说:"学生来了吗?我的讲稿在哪里?我要给研究生上课……"师母的讲述深深触动了他。望着病床上的先生,他忧虑重重。任访秋教书育人不辞辛劳、为中原学术发展殚精竭虑的事迹,一件件浮上心头。一股不可抑制的写作冲动涌动在他的脑海。回到住处,他立即写了篇长文,回顾任访秋数十年的学术生涯,并把文章寄给了《河南日报》。文章很快就刊登出来。拿着这份报纸,他第一个想到自己的老师,想着把它送到老师的面前。

他,就是河大中文系的教授刘增杰;这篇长文,就是《中原播绿——任访秋教授学术生涯七十年》,发表在1997年4月22日的《河南日报》上。

这篇文章从任访秋的青年时期说起,把他学术研究的起点定在大学求学的20世纪20年代中期。接着谈到任访秋课堂内外的教学,在古代文学、现代文学、近代文学三个领域的创获,和"在极端困难的文化环境里锲而不舍的坚韧精神"。他在文章谈到任访秋留给自己的"真诚而平易"的突出印象,及其学术研究的"高品位",并把他比喻为一位播种者,辛勤而艰难地劳作在中原的文化土壤里。说到任访秋的学术事业,文章最后写道:"近年,先生明显地苍老了,但他的事业却后继有人。在他所开辟的这块学术净土上,后来者营造的学术园地生机盎然。作为一位为中国学术、为中原大地披荆斩棘的播绿者,还有什么会比这一片学术葱绿更值得先生欣慰?"①

几乎是将报纸贴着自己的眼镜,任访秋吃力地读完了这篇文章。他没有说什么,放下报纸,缓缓地伸出颤抖的双手,紧紧握住刘增杰教授的手,不住地点头。无言,却又胜过一切苍白的语言。

1990年代中期以后,任访秋的确愈发显得苍老。他的双眼几近失明,病痛的折磨使他身形消瘦,行动艰难。他的心里总也忘不掉为之奋斗了一辈子的学术事业,忘不掉家中一排排、一架架的藏书,忘不掉未完成的书稿和论文。这些是他心底的希望和慰藉,是他心底的光。他在梦中呓语,要他的书;他要回家,想看他的书。这些书,这些文字,是他与精神世界的巨大孤独感相对抗的盾牌。任访秋感到时光在悄然流逝,但他什么也做不了。在病床上,他昏昏沉沉地回忆起自己随父读书时的欢乐,跟哥哥们到开封求学时的跋涉,到北平读大学、读研究生时对学术的追求;回忆起在第四师范任教的勤勉,在潭头河南大学的艰难,在新河大的奋斗和进步,以及招收研究生时期的繁忙;回忆起与夫人马鸿毅的结缡和几十年的相濡以沫,还有他徒步上百公里的陕北之行;回忆起抗战的烽火和胜利的喜悦;回忆起新中国的建立;回忆起那不能写作的年代;回忆起晚年的艰辛与紧迫,以及大儿子任光的不幸遭遇。

---

① 刘增杰:《中原播绿——任访秋教授学术生涯七十年》,载沈卫威编《任访秋先生纪念集》,河南大学出版社,2004,第164页。

如果能够拿起笔，蘸着这些回忆，他可以再写下点什么。然而他已经看不见东西，也没有体力去写了。逝去的时光，过往的岁月，丝丝缕缕，萦绕在他的心头，其间苦与乐，种种滋味，难以言说。他希望再回课堂，但也已不可能。窗外的风吹叶响，雨打窗棂，还有清澈的月光，幽隐的蛩鸣，在无眠的夜晚，或迷蒙的梦中，他都微微觉察。他曾在日记中慨叹时光的飞逝，立志要"不舍昼夜"地工作，现在无奈而失望地看着时光流走，不免心有懊丧。

刘增杰教授的文章给任访秋带来"学术事业后继有人"的莫大安慰，也使情绪低落的他再度感到欣慰和振奋。历数十余年间自己培养的研究生，听到他们在学术界崭露头角的信息，任访秋对学生们抱有更长远的期待。而自己在病床上，不同年龄段学生的关心和探望，也让他一次次感受到师生之间无比宝贵的真情。

同样是1997年的一天，任访秋的一位"老学生"宋景昌来到老年公寓看望他。宋景昌仅比任访秋小6岁，是任访秋潭头时期的学生。一样师生情，两位耄耋人。宋景昌看着面黄体瘦的任访秋，回想起老师潭头时期意气风发的样子，心中阵阵酸楚。2000年春天，任访秋从老年公寓搬回家中，宋景昌又来探望。躺在病床上的任访秋，知道宋景昌来看他，坚持要起来。保姆把任访秋扶起，半靠在床上，两人交谈。宋景昌关心老师的睡眠和饮食，希望老师多多保重。任访秋看着眼前这位已年逾八旬的"学生"，动情地说："你也保重吧，你也不年轻了。"2000年6月底，任访秋病重住院，宋景昌在儿子的陪同下再次探望。来到半昏迷状态的老师床畔,宋景昌在他耳旁说:"我是景昌,来看您来啦。"任访秋听到了,他心有所感,喃喃地说:"啊,景昌,谢……"就再也说不出话来了。①

宋景昌1941年春到潭头河大文史系续学,到2000年,任访秋与他的师生关系已经有将近60年。60年来,任访秋传道授业,"弟子满华域"。宋景昌在一篇文章中写道:"任先生从教六十多年,桃李满天下。所教的大学生,所带的研究生,有的成为高干,有的成为教授,有的成为研究员,有的成为博士导师。早已蜚声教坛、文坛。"②任访秋在教育界、学术界,确如宋景昌所说,桃李成蹊,声华满天。但他又是那样平淡地、朴素地、简单地生活着。平淡中蕴含着生活的真谛,朴素中彰显着学者的品格,简单中投射出哲人的通达。

其实早在1980年,任访秋就曾谈及自己的教育教学:

> 我的教书生涯,到现在已历半个世纪了。20世纪30年代,我在北师大读书的时候,由于经济困难,不得不边上学边教书。从大学毕业到现在,始终是干的这一行。甚至有一个时期在研究院学习,也仍然在中学兼课。50年中我教过的学生真可说成千上万了。他们中,有的成了革命家,有的成了专业学者,但绝大部分都是为教育事业献出了自己毕生精力的大、中、小学教师。现在回顾起来,自己当初

---

① 参见宋景昌:《缅怀恩师任访秋教授》,载沈卫威编《任访秋先生纪念集》,河南大学出版社,2004,第27页。

② 宋景昌:《缅怀恩师任访秋教授》,载沈卫威编《任访秋先生纪念集》,河南大学出版社,2004,第27页。

的选择还是对头的。看到自己曾经教过的青年们后来的卓越成就,内心感到无限的光荣和自豪。①

从1978年到1991年,有30多位研究生的名字出现在任访秋的日记里,给研究生上课也成为他日记中一项重要的内容。当时中文系对研究生的培养,已基本同于今日,虽然各人均有自己的指导导师,但同一级同学上课都还是在一起的,是一种联合培养、多师培养多生的方式。而新入学的研究生,出于对任访秋学术造诣的景仰,也往往会迫不及待地登门拜访,请教疑难,同时积极地修习中国新文学渊源等课程。从某种程度上来说,任访秋也是他们的老师。任访秋日记中提到的中文系招收的(近)现代文学专业研究生(1978级—1991级)有:

1978级:蒋益、梅蕙兰、张春生、冯辉、赵福生

1979级:王广西、陈韶麟

1982级:关爱和、李慈健(科研助手)

1983级:袁凯声、李天明、章罗生、解志熙、张宜雷(进修生)

1984级:何大明

1985级:沈卫威、王丹莉、张宝明、何德功、李惠彬

1987级:于淑敏、金勇、姚伟、李频(旁听研究生,导师张如法)

1989级:赵丹珺、苏常青、高恒文、赵新顺

---

① 任访秋:《得天下英才而教之,乐在其中》,载《任访秋文集·集外集》,河南大学出版社,2013,第297页。

1990级：刘保亮、王彬

1991级：晋爱荣、刘宝亮、王勤滨、姚小雷

由于日记文体的个人化特征，加之写作者年事渐高，记忆有时难免有偏差，对于日常之事的记录也就不会求全责备，反倒多了几分随性和自然，因此偶然会有把名字写为同音字的情形。以上30多位研究生大多都在任访秋的课堂上亲承教旨。随着这些研究生在学术上的成长，他们也开始培养出下一代研究生，形成学术上的接力，而"下一代"研究生又培养出"再下一代"研究生。任访秋的学术如此再传而三传，以至于今。

从1940年至今，任访秋所开创的打通近现代文学的研究思路，在河南大学形成了积淀深厚的学术传统，继而培育出一种独具一格的学术风气。关爱和总结这种近现代文学研究的"河大学风"道：

> 这是由任访秋、刘增杰、赵明、王文金、刘思谦等诸位先生，以及吾辈学人解志熙、沈卫威、张宝明等开创的学术风气，是对民国以来优良学术传统的有意传承和发扬。向上直承太炎先生、周氏兄弟、胡适、钱玄同、赵纪彬，此后包括王瑶、唐弢、李何林等，形成一种宽阔、优容的、颇具包容性、参与性，又极重思想史、学术史修识的特有的学术作风与气派，使河南大学近现代文学学科成为富于营养的培养基，能够不断培育出较为全面的优才，这是河南大学对近现代文

学研究界的一点贡献。①

毕业于河南大学现当代文学专业的博士龚奎林，以自己的切身体会，表达出对河大近现代文学研究学术传统的理解：

> 在20世纪三四十年代开展的近现代文学研究，这个传统经刘增杰、刘思谦、关爱和、孙先科等学者的传承得以延续，无数学生在这里成长，程光炜、解志熙、沈卫威等知名学者都曾在此学习和工作。经过多年打造，已经形成一支学有专长、结构合理、团结协作、富有朝气的老中青三代同堂的教学科研队伍，包括刘增杰、刘思谦、吴福辉、关爱和、孙先科、耿占春、刘进才、白春超、张先飞、武新军、孟庆澍、杨萌芽、刘涛、胡全章、沈红芳、李国平、李敏、杨站军、朱秀梅、郝魁锋等。②

这份名单没有"完成式"，只有"进行时"。在河大近现代文学学科的"培养基"里，一代代学术新人涌现，一批批学术新成果面世，不断丰富发展着这个学术传统，使之历久弥新，永远保持蓬勃而旺盛的生命力。

2013年，《任访秋文集》由河南大学出版社出版。同年9月14日，《任访秋文集》首发式暨任访秋学术思想研讨会在河南大学金明校区召开。文集的校勘整理和研讨会的召开，使得任门

---

① 关爱和：《因"保守"而创新——评张先飞〈"人的文学"："五四"现代人道主义与新文学的发生〉》，《鲁迅研究月刊》2017年第5期。

② 龚奎林：《文献史料与理论阐释的互证——刘增杰、刘思谦先生与河南大学学术传统》，载关爱和、胡全章编《从同适斋到不舍斋——任访秋先生的学术思想及其承传》，人民文学出版社，2014，第364页。

弟子和再传弟子两度相聚。他们以集体的面貌和团队的形象，向这位前辈先贤、河大近现代文学学科的奠基者任访秋致敬；同时向支撑学科点发展、为学科点建设作出巨大贡献的刘增杰、刘思谦两位先生致敬。这致敬里，包含着传承，也包含着使命。

在凝结着对任访秋无尽思念的《任访秋先生纪念集》和《从同适斋到不舍斋——任访秋先生的学术思想及其承传》两书中，大家不约而同地以"大树"比喻任访秋。王飚写作《激流边的一棵老树》，关爱和写作《好大一棵树——悼念任访秋先生》，孙先科写作《你是一棵树》，张俊山写作《悼念一棵柏树——为任访秋教授送行》。他们的文章或诗作，充满敬意，更充满感动。这种"感动"，不仅蓄积在任访秋的学生和亲友身上，更绵延到了每一位"河大人"身上——

时间来到2017年9月25日，这天是河南大学建校105周年纪念日。当晚19时，一场盛大的颁奖典礼在明伦校区大礼堂拉开帷幕。典雅、庄重的大礼堂内，气氛喜庆而热烈。河大师生济济一堂，共同感受一场精神的洗礼。这场颁奖典礼，就是为评选出的23位"感动河大"的老师举办的。典礼举办的4天前，也就是9月21日，河大顺利进入一流学科建设高校名单，重返"国家队"。百年风雨兼程，百年薪火传承，一辈辈学人的努力，赢得了河大今日的再度辉煌。

任访秋就是这23位"感动河大"的老师之一。组委会给任访秋的颁奖词是：

立足五四，上溯明清，下联近现；传道解惑，持之以恒，矢志不渝。从同适斋到不舍斋，他文史兼治，学问淹博。风雅渐远,清歌长存,他是传灯人,是不灭的薪火,是永远的先生。

辞世17年后,任访秋的精神和事迹依然感动着每一位"河大人"。屏幕上的任访秋脸上带着笑意,舞台下的师生眼中却泛着泪光。师生们以鲜花表达想念,以掌声传递心声,向这位坚守河大60年,教书育人一辈子,把"五四"的学术薪火带到河南,为中原学术繁荣辛勤耕耘、植兰树蕙的学术大家,致以最崇高的敬意。

任访秋的一生,几乎与整个20世纪相伴随。这个世纪里,中国所发生、所经历的历史转变,任访秋大都以自己的书写,为它们留下了或多或少的见证。任访秋的一生,走过近代(1909—1919),走出现代(1919—1949),走进当代(1949—2000);他的学术研究,既以这三个时期的文学学术为对象,又深浅不一地受到这三个时期的现实影响。91年中,他承受了很多艰难,但他的文章里从无一句怨言。他的文字,如他的为人,和善通达。晚年的他,拥有很高的社会地位,声名远播海内外,但他从不以此萦心。他以一种从心所欲不逾矩、平常平淡的心境看待人与事与物。人们钦佩他,愿意接近他。他没有所谓"架子",总是愿意满足他人的愿望,或荐文,或作序。他的思想中,有孔子,有杜甫,有庄子,有渊明。他看淡一切,唯有学术难以忘怀。学术,一头连着他的老师——"五四"一代学人,一头连着他的学生——当代青年才俊。学术是传承,是接力,这传承和接力造就了一代代勇于追求真理的人。在《从同适斋到不舍斋——任访秋先生的学术思想及其承传》中,有刘思谦教授一篇根据现场发言整理而成的文章,它的题目"我读我思我写故我在",点出了关乎学术更关乎人生的真意。任访秋的一生,不正是在读书、教书、写书与思考中度过的吗?他"在"过,并将永"在"。

# 第五章　自述他述，金针度人

## 第一节　八十回首，治学三期

**一**

我出生于河南南召县农村一个小康家庭，也可说是"书香门第"。父亲系清末禀生，曾参加乡试，不第，不久科举废除，他在送我大哥到南阳读中学后，即在家教我和二哥读四书、五经。

1919年，我10岁，肄业于县立高小，12岁毕业。由于种种原因，未能入中学学习。1923年底，我的一位在开封河南省立第一师范读书的堂兄冠五回家过春节，劝说我父亲和大哥，让我和二哥跟他去开封读书。父亲同意了。过了春节，我们跟着冠五哥，同其他在开封读书的同县学生结伴出发。

到开封后，因中学还不到招生时间，为了准备应试，我和二哥在西大街住下复习功课。到暑期投考时，我俩考了三个学校，即省立一师、省立一中、省立二中。我们俩在一中和一师，都是名列前茅。一师当时是河南办得比较好的学校，它的前身是河南省立优级师范，图书和仪器设备都比较完备。由于经费充裕，学校用高薪聘请国内名牌大学毕业的优秀学生和学识渊博并富有教学经验的老教师到校任教。

## 第五章 自述他述，金针度人

我们入学后，任我们国文课的老师就是后来的知名学者嵇文甫先生。他的学识、品格给我影响极大，他是我毕生学习的典范。我在入学以后，深感这个学校校风优良。1.民主空气比较浓厚，学生比较自由，平时上街不一定非请假不可，但同学们违反校规的却极少，一般都能自觉地遵守纪律。2.全校学生有自学的风气。3.自由结社，发表文章的风气很盛，校当局鼓励学生成立学社，并发给纸张和大型镜框，让出壁报。当时高年级同学成立有青年学社，该学社设有阅览室，订了许多报刊，任同学们前往阅读。因此，同学们的思想极为活跃。

在北伐的前夕，一师学生在政治思想上主要受国民党、共产党和国家主义派的影响。那时国共合作，国民党的《民国日报》（其副刊为《觉悟》）、共产党的《向导》、国家主义派的《醒狮周报》在校内都有销售。当时校内在思想上斗争较激烈的是共产党与国家主义派，持共产党主张的学生和持国家主义派主张的学生在壁报上经常进行论辩。我因为受梁启超的影响，决心从事学术研究，对政治不感兴趣，没有参加任何政党。

我幼年在父亲的教导下，平时除读经书与古文之外，还经常阅读小说，如《聊斋》《水浒》《三国演义》等，因而培养了我对文学的浓厚兴趣。在开封读书时，我国文坛上已成立了许多文学团体，如文学研究会、创造社，还有稍后的语丝社。我订阅了《小说月报》《文学周报》，还有《创造周刊》《语丝》等。我的读书兴趣比较广泛，除文学作品外，对当时一些学术著作也加以浏览，如梁任公的《饮冰室文集》《梁任公学术讲演集》，胡适的《胡适文存》、《国语文学史》（胡适曾在北京国语讲习会讲授文学史，北师大文化学社印行了他的讲演稿,书名《国语文学史》)、《中国哲学史大纲》等。在文学方面,鲁迅的小说、杂文,周作人的散文,冰心、叶绍钧、王统照、庐隐的作品,以及郭沫若、郁达夫等人的作品,无不加以浏览。初级师范毕业后,到了后期,根据新学制,专业分为三个:文科、理科和艺术科。我对理科兴趣不大,艺术方面既不擅长唱歌,又非常拙于绘画,只得选择了文科。这时,专业方面的科目也有几门,如中国文学史、学术文之类。

国文老师给我们出了一些近于学术论文的题目,我记得我曾写过三篇近万字的论文,一篇是对当时文坛上几个流派的评述,另一篇是《杨柳与文学》。因为我曾在刊物上看到过题为《鸟与文学》的论文,给我以启发,我就搜集杨柳与文学的有关资料。譬如在唐代有灞桥折柳送别的习俗;另外从杨柳本身特点上,如看到柳绿想到春的到来,看见满天飞絮,感到春的归去;用柳枝在风中飞舞,比喻女子身材的苗条与袅娜,用柳叶的窄而长比喻女子的双眉等。古代诗词及小说中凡关于杨柳的描写与比拟,我均均加以搜罗分类与排比。

论文写成后,请国文老师卢先生评阅,他看后颇加赞许,鼓励我向杂志投稿。我在他的怂恿下,竟寄给商务印书馆发行的《学生杂志》。过了一段时间,接到采用通知,并寄给我五六元的购书券作稿酬。我记得时在寒冬,我冒着风雪跑到东大街商务印书馆开封分馆,用购书券换了几部书。所换的书的名字已忘记,只有《小说月报》的特刊《中国文学研究号》记得很清楚。这使我从事写作并向外投稿越发起劲了。

第三篇论文,是因河大文史系一位同乡武易三君而写。教授郭绍虞先生给他们出的论文题目是"汉光武帝的文治与武功",这位老兄从未写过学术论文,对这样的题目不知如何下手,一次我去河大,他非让我替他写不可,加上别的同乡帮他劝驾,不得已,我只得勉为其难。他把《后汉书》《资治通鉴》等一大堆参考书送到我那里,我费了几个礼拜的功夫,终于写成了六七千字的论文,交了卷。就这位老兄来说,总算搪塞过去了。至于评分如何,他也没告诉我,我也不好意思问他。

1927年北伐军到了河南,开封的中学和师范来了个大合并,高中分为文科、理科、师范科,我分到师范科。一次全校举办作文竞赛,班上推举我和赵寿之君作为竞赛的代表。评选结果,赵得了第一名,我名列第二,得了几部书的奖励。给我印象较深的,是鲁迅校点的《唐宋传奇集》上下两册。

当时《河南民报》副刊编辑为陈治策(济安),他是开封高中的英文教师,曾留学美国,研治戏剧理论。由于我经常向他编的副刊投稿,同时向该刊投稿的还有河大、一师等校的学生,一次他忽然在鼓楼街一家叫东兴楼的回民饭店请客,被邀请的有在上海读书、当时在家停留的白寿彝,河南大学文史系的同学罗梦册、张源,开封师范有我和我的同班徐缵武,加上陈,一共六人。席间陈治策提出要成立一个文学社,出版定期刊物,由大家供给稿子。至于刊物的印刷费,由他一人承担。大家自然都非常赞同。文学社的名称,经过讨论定为"晨星社",意思一则表示社员少,寥落如晨星,二则也含有对曙光能早点来临的期待之意。而刊物也就随着社名命名为《晨星》。

《晨星》创刊号出版后,反应还不坏。社员们每人都有作品,缵武写的是小说,梦册写的是诗,张源写的是童话,济安、寿彝和我写的都是论文。我写的是对茅盾三部曲的评论。刊物出了五六期。到了 1929 年,社员在工作和求学上发生了很大变化,主编陈先生在美国留学时的同行朋友熊佛西新任北平艺专的戏剧系主任,陈应熊之邀到北平艺专任教;寿彝到北平去了,考入燕京大学的历史系;而我同缵武也都在这年毕业,为了深造,都要去北平升学了。于是晨星社社员一个个地星散了。

晨星社社员到北平后,在 1929 年的冬天又聚集在一起。当时我已考入北师大,缵武考入燕大,大家要重整旗鼓,继续发行刊物。嵇文甫先生这时在北大、女师大任教,也表示支持我们。于是经有关人士接洽,刊物由北京大学朴社印行,终于出了一期。后来由于各人忙着各人的事,没有人能致力于刊物的编辑与印行,只得停刊,晨星社终于真正星散了。

## 二

1929 年夏,我从河南省立第一师范毕业后,没有去南方参观,就与同班徐绪昌去北平,准备考大学。到北平后住在沙滩一个小公寓里,作考试的准备。我报考了三个大学,最后被北师大录取。我上了国文系,系主任倒是我一向钦佩的钱玄同先生。他给一年级开的课是"国音沿革",实际就是中国语言的发展史。到了二年级,他又为国文系开了两门课,即"经学史"与"说文研究"。这些课我全部听过并作了详细的课堂笔记。

钱先生是晚清国学大师章太炎先生的高足。太炎先生在学术上,继承并发展了皖派戴(震)、段(玉裁)、二王(念孙、引之父子)治学的精神与方法,特别值得令人尊敬的是他力排清廷,成为企图恢复汉民族河山的革命志士,鲁迅先生称他为"有学问的革命家"。

当我听了钱先生一段课后,真是"茅塞顿开",眼界为之一扩。他往往用简明的语言,对清代一些著名学者的学术成就与独特的造诣给以概括与阐述;用对比的方法,对同一时代的学者在治学的专长上进行比较,还从纵的方面,也就是从时代的发展上进行比较,如将清儒与汉儒以及宋明儒者对问题的看法进行比较。在讲经学史时,他的阐发极其宏博而又精辟。他谈到清代朴学大师的"实事求是",与无征不信,以及独立思考的精神,弟子在学术问题上倘有新的发现证明老师说法的错误时,可以直言不讳地对老师的说法进行纠正。钱先生打破了古人固守"家法""师说"的门户之见,而能够客观地实事求是地给古代学者以公允的评价。如在经学上,以往主张古文者攻击今文学家言为谬说,对汉代古文大师刘歆所提倡的经典信奉不疑。章氏推崇刘歆达于极点,至刻一图章,文为"刘子骏私淑弟子"。但今文学家则竭力攻击刘歆,认为刘所提倡的经典都经过他的篡乱和修改,康有为写了《新学伪经考》,说刘歆所提倡的经学是给王莽篡汉作舆论准备。因王莽国号为"新",所以称刘歆所提倡的经学为"新学"。钱先生曾受业于太炎,故熟闻古文经学家之说;后来钱先生又问学于今文经学家崔适,并从崔处借阅了与崔氏同调的康有为的《新学伪经考》,还读了崔氏的《史记探源》,遂不笃信古文经学。"五四"以后,由于西方科学方法的影响,钱先生彻底打破了经学家们的门户之见,而把经学看作历史资料,从历史角度考证其真伪,借以说明古史的真相。我在1930年代听了钱先生的课后,对他这种科学态度深为佩服。

另外是胡适。我在一师时,即读过他的《胡适文存》《中国哲学史大纲》以及《白话文学史》等著作。我到北师大时,胡在北大任教,曾讲授中古思想史,我为听他的课,每周去马神庙北大二院礼堂听一次他的讲授。我觉得从钱、胡二人那里,学得了治学的方法与态度。为表示对他们的崇信,我把仅有的两三平方米的书斋命名为"同适斋",并请我的挚友罗君梦册加以书写,贴在书房的门上方。

1930年,我还在大学一年级时,偶然领到一份桐城姚岳选编的《论文名著集略》,从唐宋八家,历明代的归震川,清初的侯方域、魏禧、汪尧峰,直到方苞、姚鼐、梅曾亮、曾国藩,最后为吴汝纶,共十八家。我当时以他所选的名家为线索,翻阅了各家的文集,并用原书与铅印的讲义进行对校。根据我当时粗浅的文学理论水平,对这些古文家的文论进行了分析、比较与评价,写了约4万言的论文《古文家的文论》,发表于《师大国学丛刊》第1卷第1期。这可以说是我进大学后写的一篇比较用力的学术论文。今天看来,虽然比较粗浅,但对古文作家的创作与批评等方面的论点与主张,还是条分缕析,能够实事求是说明其然,并企图探讨其所以然的。

到了二年级,我就参加了《国学丛刊》的编辑工作,并主编了第1卷第3期,发表了我的篇幅较长的考订与评论的论文,有《袁中郎师友考》《袁中郎评传》等。另外《边塞诗人吴汉槎评传》则发表于北平《新晨报》副刊。

## 第五章　自述他述，金针度人

1932年,我考进了北京大学国学研究所。入学以后,我选定的研究题目为"元白研究",导师为沈尹默先生。当时研究所在北大三院,由于制度不健全,也不上课,仅靠研究生与导师自己联系。我仅同沈先生通了几次信,不久他就担任了河北省教育厅厅长的职务,到天津去了,从此以后再没有联系。

1933年我大学毕业,到洛阳河南省立第四师范任教。到了1935年,忽然接到北京大学国学研究院的通知,说研究所已改为研究院,原来的研究生须到校进修,否则就要除名。我于是只得到校学习,住在北大三院丁巳楼。学校对我们还算优待,每人一间房子,没有什么干扰。这时我的论文题目已改为"袁中郎研究",指导教师为周作人,因为他一向是表彰晚明公安派小品文的。那时,八道湾周宅我去了不知多少次,向导师借书,并提出问题请教。岂明(周作人的笔名)老人对青年一向和蔼可亲,平易近人,没有学者名流的架子。到了1936年暑假前,论文完成,经过评审委员会审阅通过,准予参加答辩。当时答辩委员会系五人组成,主任委员胡适,副主任委员周作人、罗常培,并请校外专家二人,均系清华大学教授,一是陈寅恪,一是俞平伯。委员会以无记名投票方式表决,我的答辩获全票通过。

毕业论文《袁中郎研究》内容共分两大部分:一、年谱;二、文学。发表时,分为上下两编,上编为论述,下编为年谱。该文首先对中郎思想及渊源作了纵的探索,研究了他与李贽的关系以及与"王学"当中泰州学派的关系,然后对中郎思想作了微观的剖析。袁中郎的文学论在当时是反复古主义的,为了阐明中郎文学论的革新本质,不能不对明代两次复古运动,即何李与王李的复古主义进行追溯与论述,这样对中郎文论的革新意义,才能有较深刻的理解和评价。其次,对中郎文学革新的理论与主张,作了比较系统的阐述,并对当时附和中郎的作者的见解,作了概括的评述,从而说明所谓公安作为当时文坛的一个流派的声势与影响。通过这部论文,可以看到从明代何李开始,直到"五四",中国文学论中的革新与复古两派在斗争中发展的线索。

论文完成后,交给导师审阅。导师审阅后又交给院组织的答辩委员会各位委员审阅。在委员中以罗常培教授看得最为仔细,他把论文中的引文和原文进行了校对,有不符处,都用楷书写成小长方字块贴在论文的上端。不久论文答辩比较顺利地通过了。与我同时毕业的学文学的黄天朋(縠仙,四川人)的论文题目是《韩愈传》,学历史的有张鸿翔、盛代儒,他们的导师是清史专家孟森(心史)教授。答辩结束后,我们几名毕业生邀请了校长蒋梦麟及其夫人陶曾縠女士,文学研究所所长胡适,导师周作人、孟森及研究所秘书卢逮曾等,在中山公园来今雨轩吃了一顿饭,并摄影留念。

研究院毕业后,我没有考虑在北平找工作,又回到洛阳任教了。

1940年2月,由友人介绍,接到河南大学文史系的聘书,职称为讲师。接到聘书后,考虑到河大在嵩县潭头,那里的情况还不清楚,同在洛师任音乐教员的堂兄冠五商量后,决定利用寒假先把眷属送回家乡,过春节后,我一个人到河大去。于是携带妻儿,和堂兄一起,从卢氏县涧北村出发(1938年河南省立第四师范迁到卢氏县涧北村),旱路跋涉,回家乡去。

春节后,我把妻儿留在家乡梁沟,只身同一仆人去嵩县潭头河大。当时河大文学院院长为嵇文甫先生,文史系主任是张邃青先生,二位都是我在第一师范读书时的老师。我到那里后,受到他们无微不至的关怀。系里让我开了两门课,一是中国文学史,二是古代散文选。文学史,我在洛师已教了几年,并写有讲义。"散文选"所选篇子,大都是魏晋人的作品,如嵇康《与山巨源绝交书》、陆机《文赋》、鲍照《芜城赋》之类。文学史没印讲义,由学生记笔记。因为这门课很长时间没人讲授,我真可说是"承乏"。上了一段课,同学们反应还算不坏,因而也算站稳了脚跟。

1941年,按照大学文学系课程的规定,文史系设有"中国现代文学及习作"的科目,但一直没有开过,于是文甫师就同我商量,可否由我来开,我同意了。为了开好这门课,我不能不作充分的准备。我经常到上神庙河大图书馆,去翻检五四时期和1920年代及1930年代现代文学方面的期刊与作家们的论文和创作。河大在抗战爆发后不断地搬家,图书也随之搬家,幸而过去的期刊及大部分现代文学方面的书籍保存了下来。而比较重要的期刊,如五四时期的《新青年》《新潮》《少年中国》,以及1920年代初几个文学团体的刊物,如文学研究会的《小说月报》《文学周刊》,创造社的《创造季刊》《创造周报》,语丝社的《语丝》,新月社的《新月》,1930年代的《现代》,左联的刊物《文学月报》,以及民族主义派的《矛盾月刊》等刊物,大半都找到了。我根据这些期刊,及后来赵家璧编的《中国新文学大系》及一些作家的诗文集,开始了我的《中国现代文学史》的编写工作。

《中国现代文学史》讲义,在教学中陆续写成。1943年,友人李静之兄在南阳办起了《前锋报》,他给我写信,让我给他的报纸写文章。最初是向该报的副刊投稿,大抵是结合专业,属于论古典文学方面的,有不少评论作家和作品的。有些后来收入到我的《中国文学史散论》一书中。我家在南召农村,离南阳100余里,平时可以朝发夕至。那几年的寒暑假,我回到家后,静之常约我到报社,为他撰稿,并编印中学国文教科书。由于印刷上的方便,报社先印行了我写的《子产》。前两年我对该书作了修改,在中州古籍出版社再版,改名为《子产评传》。《子产》的印行,引起了我对文学史出版的兴趣,当我把《中国现代文学史》上卷定稿后,又商请静之兄予以印行,这部书于1944年5月出版,印数2000册,是出版较早的一本中国现代文学史著作。

《中国现代文学史》上卷是根据自己搜集的资料,根据自己当时对文学的认识与理解,对五四文化革命(包括思想革命与文学革命)和1920年代前期中国文学的发展,作了具体的分析与阐述。《中国现代文学史》的下卷未能发表。中华人民共和国成立后,我在河南大学中文系担任了现代文学教研室主任,继续讲授现代文学史课。1956年,我出了《中国现代文学论稿》一书,有关资料都是以原来所写的《中国现代文学史》的下卷为基础的。所不同的是,由于学习了马克思主义与毛泽东思想,用新的立场、观点、方法来对"五四"后30多年的中国现代文学,作了重新的审视与评价。在认识上,比原来的较为深刻全面了。这部书本来河南人民出版社已确定出版,由于1957年我被错划为

"右派"而未能实现。但河南大学函授处发行了 5000 册，已流布全国各地，为当时从事现代文学教学工作的同志所参考。

## 三

建国后，我虽然致力于中国现代文学的教学，并曾在国内的刊物上，如上海的《新中华》、北京的《新建设》上发表有关论文，同时还写了专门论著，但由于在建国前还教了多年中国文学史，并已写出了全部较详细的讲义，所以对中国古典文学未能忘情。在 1950 年代初，曾在《长江文艺》《新建设》上，发表关于司马迁《史记》以及蒲松龄《聊斋志异》的分析评论文章。特别是后者，曾引起了国内治古典文学者的注意。分析评论《聊斋志异》的文章，曾在英文版的《中国文学》上全文登载，另外还曾在俄文刊物上作过介绍。后来又曾发表过关于屈原、司马迁、陶潜以及《红楼梦》等的评论文章。1956 年，长江文艺出版社印行了我的《中国古典文学研究论集》，该书共收论文 8 篇，约 7 万字，对屈原、司马迁、陶潜等作家及《聊斋》《红楼梦》等作品进行了评论，还有批判胡适以及与王瑶争论关于黄遵宪的评价问题的文章。

建国后到 1957 年以前，是我在写作上比较多产的时期，原因主要是初步掌握了马克思主义的理论武器，对比较熟悉的古典文学，经常有着与前人不同的看法，所以能发前人之所未发。如对于唐代古文运动的大作家韩愈与柳宗元，过去论者大抵尊韩而抑柳，这是由于封建时代的文人，大都是传统的儒家思想的尊奉者。韩愈的主导思想主要是儒家的思想，他在《原道》中提出了道统之说，开宋代理学家道统说之先河。到了宋代，欧阳修在古文方面宗法韩愈,后又有曾巩、王安石和苏氏父子从事古文创作,到明代就有唐宋八家之说。到了晚明的归有光,直到清代乾隆时期的方苞、刘大櫆、姚鼐都是致力于古文的,他们所推崇的则为韩、欧,韩愈成了中国古文方面的不祧之宗。而柳宗元由于其思想中有佛老的因素,因而受到后来儒者的诋訾。我从新的观点出发,分析韩、柳两人文章的异同,觉得柳是一个唯物主义者,这从他与刘禹锡论天的文章中可以看得很清楚。他上承战国末年荀子唯物论的思想,以及汉代王仲任的思想,又写了《非国语》一类的论著。在这些方面,他比韩愈高明多了。其次再从他们的政治态度来看,韩愈在《原道》中论说君、臣、民的相互关系,为封建最高统治者在剥削压迫人民方面树立了理论根据,所以他深为历代封建统治者所称赞,这种情况一直延续到晚清;曾经游学英伦受到西方民主主义思想影响的严复回国后,为宣扬西方民主主义,曾写了《辟韩》的文章,马上受到清政府大官僚们的嫉恶,险遭不测。这说明韩愈在历代封建统治阶级眼中的地位是相当崇高的,稍一批评,统治者就认为批评者大逆不道,马上就要大兴问罪之师。至于柳宗元,他在《送薛存义之任序》一文中,阐明官吏与人民的关系,说官吏之于人民,是人民的仆役,而绝不是人民的主人与老爷。这种民主主义的思想,在当时的确是石破天惊的观点。正因为他有这样的思想,所以当他被贬到永州时,才能写出为受压迫与剥削的人民呼吁的《捕蛇者说》。因而在我的论文末尾,论到对韩、柳的评价问题,我提出从三方面进行分析与比较:(一)从两人的品质修养上,韩不如柳;(二)从两人的世界观上,韩也大逊于柳;(三)从创作上,两人各有优劣。总的说来,过去封建文人对他们的评价,是不公允的,现在应该为柳翻案。这篇文章发表于 1957 年第 6 期《新建设》上,后又选入《中国古代散文评论集》中。

但是好景不长,1957 年中国共产党整风,鼓励党外人士帮助党整风,要"大鸣大放"。不久,即开始反右。我于这年初被任命为中国民主同盟开封市委员会主任委员,因此参加了中共河南省委宣传工作扩大会议,会议结束后,就被邀参加了一系列座谈会。反右一开始,民盟河南大学支部的宣传委员、教育系教师郝士英因为向党员提意见积极,校党委划他为右派。我因为是民盟开封市委主委,并在过去同郝往来较多,于是被认为他的行动是我幕后策划的。就在这时,民盟中央出了"章(伯钧)罗(隆基)联盟"。民盟河南省委主委王毅斋成了河南的大右派。于是有人就认为"上梁不正下梁歪",既然民盟中央和省民盟的领导出现了大右派,那么民盟市委负责人还能不受他们的影响?于是搜集我在"大鸣大放"中的言论,结果我未能幸免。到 1958 年初,正式宣布对我处理的意见,给我戴上了右派分子的帽子,从事劳动,不再任课,在群众中被孤立了起来。这时除阅读毛主席著作外,就是不断地写个人思想检查。科研根本谈不到了。1958 年国庆节,我在河南大学中文系第一个被摘掉右派帽子。

由于一度被错划为右派,在文章的发表上大受影响。我写的《中国现代文学论稿》,河南人民出版社本已确定要出版,结果作罢了。在国内刊物上,已经打开了局面,写出的学术论文,在发表上已不成问题,但 1957 年后,已经成为不可能了。直到 1964 年,我才开始在本校学报上发表学术论文,如《吴敬梓的学术思想》《从〈红楼梦〉中的叛逆思想谈到李贽的叛逆思想》《龚定庵文学略论》等。到1982年，把第一本《中国古典文学论集》中关于论屈原、司马迁以及《桃花源记》《聊斋》等的论文和以后发表的关于《儒林外史》《红楼梦》以及评章太炎学术思想、批判胡适《五十年来中国之文学》等的文章，辑为《中国古典文学论文集》，约25万字，由中州书画社出版，不久又重版一次。

1964年我还写了篇论袁中郎文艺论与创作的论文，寄给北京《新建设》，因为过去我在这个刊物上曾发表过几篇较有质量的论文。这次，我想到师院（当时河大改称开封师范学院，1979年8月改名为河南师范大学，1984年5月恢复河南大学名称）学报已经发表了我的论文，那么它之被采用，绝不会有大问题。果然，不久接到该刊编辑来信，说已采用，接着把清样寄来了。我满以为这可没问题了，谁知等该刊新的一期印出后，竟没有我的文章。这一定是因为该刊写信给学校，了解我的情况，知道我为"摘帽右派"，于是原已印成的文章也被摒弃了。这给我的打击很大，从此，再不向外边投稿了。1966年，"文化大革命"开始了，我这个从旧社会过来的老教师，便被打成"反动学术权威"，经过批斗之后，即从事劳动。后来在林彪"一号命令"下达后，我随着其他师生下到豫西灵宝县朱阳镇去劳动，将近一年，回到开封。接着又去豫东杞县林场，后来又到尉氏农场劳动，直到1972年在招收工农兵学员前夕，我们才回到学校。当时领导分配我承担"鲁迅作品选"的课，我想到北京了解北京各大学对这门课是准备如何讲授的，领导批准我去北京。到京后，我到了北大、师大、人大等校，访问了研究鲁迅的专家们，了解他们如何选篇子,以及讲授的方法等。回来后,在招收的工农兵学员的第一班,我承担了"鲁迅作品选"的讲授,根据同学们的反映,还是比较成功的。后来我又给继续招收的两个年级讲授了这门课。这些年,我写了一些论述鲁迅思想和作品的文章,后来辑成《鲁迅散论》一书,由陕西人民出版社印行。

1976年9月,毛泽东逝世。10月,中国共产党粉碎了江青反革命集团。不久,中共中央发出了平反冤假错案的指示,我在1957年被错划的右派得到了彻底改正。此后曾一度任全国政协委员,后又任河南省政协副主席、开封市人大常委会副主任。在学校,则曾担任中文系主任。我的著作,出版社敢承印了。以后我连续出版了《聊斋志异选讲》《中国古典文学论文集》《鲁迅散论》《袁中郎研究》《中国近代文学作家论》《中国新文学渊源》《子产评传》,最近还出版了由我主编的《中国近代文学史》。

1970年代末到80年代,我在文学研究的方向上发生了一些变化,这就是由现代文学转向近代文学。

我之最早写近代文学方面的文章,始于1940年代。当时我写的《中国现代文学史》里边的第一编,即为《清末民初的文学》,不过讲得比较简单,而且认识还不免停留在表象上。到了50年代中期,由于毛泽东发动了批判胡适的运动,我当时就选定了批判胡适《五十年来中国之文学》这一题目。胡适这篇文章,是应《申报》馆成立50周年纪念的邀请而写的,而那50年恰恰属于近代史范围。批判胡适的立场、观点与方法,不能不了解他在文章中所评述的文学现象,阅读研究各个流派的作品及有关文献资料。从研究中得出,胡适的史学观是属于唯心主义的英雄史观,他的立场乃是地主资产阶级的,在文学观上,乃是自然主义与形式主义。批胡的文稿约3.5万字,最初发表于《开封师院学报》的创刊号上,后又收入《中国古典文学论文集》。

由于我发表了批判胡适的文章,系领导拟让我开"近代文学史"课。但当时高等学校的教学计划没列这门课,因而很长时间没有开成,不过却引起了我对近代文学研究的重视。后来对这一时期的作家与作品,作了比较系统的钻研,陆续在国内刊物上发表了一些对这一时期的作家评论的文章。从龚、魏、康、梁,直到章太炎,共18家,即龚自珍、魏源、黄遵宪、严复、康有为、谭嗣同、梁启超、章炳麟、刘师培、苏曼殊、林纾、王国维、吴沃尧、曾朴、李伯元、刘鹗,另外还有钱玄同和胡适。以后辑为《中国近代文学作家论》,1984年3月由河南人民出版社印行。

由于对中国近代文学的研究,于是上溯至晚明文学,下推至"五四"文学革命,把近300年的中国文学与学术思想,作了比较系统的考察与研索。认为晚明的李贽,实为中国学术思想史上一个伟大的革命家。在当时封建统治时代,他首先批判程朱派理学,进而大胆地批评孔子,说孔子思想不应被视为千古评判是非的标准。这种言论在当时真可谓冒天下之大不韪。结果他终于为封建统治阶级视为妖妄,予以逮捕,而自杀于狱中。

公安三袁,宗道、宏道、中道兄弟,都曾师事李贽,特别是宏道,最为李贽所赏识。由于他们兄弟在李贽的影响下,思想得到解放,所以在文坛上,以中郎为首,反对前后七子的复古主义。中郎提倡文学创作在内容上要"抒写性灵",在方法上要"信腕直寄",反因袭,主独创。加上当时与他们同调的如陶望龄、雷何思、江进之等的响应,一时形成了一个文学革新运动,于是陈腐的因袭的创作风气为之一变。明末文坛上的领袖钱谦益,在他辑的《列朝诗集》中,对中郎当时转移文风的功绩,大加赞扬,说:"中郎之论出,王李之云雾一扫,于是天下之文人才士,始知疏瀹心灵,搜剔慧性,以荡涤摹拟涂泽之病,其功伟矣!"

李贽倡导的反封建的思想革命,与公安派袁中郎倡导的文学上反复古主义的文学革新会合起来,形成了晚明文化革命的高潮。在这股进步思潮影响下,在中国文坛上,从晚明到清中叶,出现了市民文学,是戏曲与小说的黄金时代,前者如汤显祖的《牡丹亭》、洪升的《长生殿》、孔尚任的《桃花扇》,后者如晚明冯梦龙、凌濛初的"三言""二拍",清初蒲松龄的《聊斋志异》,吴敬梓的《儒林外史》,直到乾隆时期曹雪芹的《红楼梦》与李汝珍的《镜花缘》。我们从这些杰出作品的思想内容上来分析,都无不与晚明这股革新的思潮一脉相承。他们反对传统的封建礼教,反对封建等级制,主张男女婚姻自由,揭露批判不合理的科举制度,以及封建官吏对人民的压迫与剥削。

这种进一步追求平等自由的民主思想,与清中叶输入中国的西方资产阶级民主主义思想互相渗透,互相印证,形成了汹涌澎湃的潮流,因而出现了晚清梁启超所倡导的文学改良运动。但由于反封建与反复古文学的不彻底,到了"五四",才又爆发了一场伟大的文化革命运动。

在以上的分析理解下,我决定把"五四"文化革命的渊源,上溯到晚明,于是我陆续写出了八篇论文,即《李贽与晚明思想解放及文学革新运动》《十七世纪初中国文学革新运动的倡导者——袁中郎》《晚明的文化革新运动与中国十七、十八世纪的文学》《清代朴学家的反程朱思想与先进的文学观》《清代桐城派的兴起、发展与衰竭》《晚清西学的输入与中国近代文学的发展》《晚清的排荀、批孔与五四的思想革命》《晚清文学革新与五四文学革命》。这八篇文章，汇集成册，以《中国新文学的渊源》为名，由河南人民出版社在1986年出版。

清代朴学家在学术思想与文学思想上，上承晚明的文化革新运动，加上西学的输入，从而有了晚清维新派的文学改良，最后终于导致了"五四"文化革命的爆发。在中国学术界，对"五四"文化革命的渊源，过去还没有人加以探索与论述，我认为这在我平生著作中是比较有个人独到之见的，是具有开创性的作品。这部书印的册数才2000多册，社会上的读者尚少，但我认为我的看法，将来一定会得到一般有识之士的认同的。

1982年，在开封举行了第一次全国性的关于近代文学的讨论会。我在会上宣读了我的论文《恽敬的古文文论及其与桐城派的关系》。《文学遗产》的编辑卢兴基参加了这个会，会后他把这篇文章拿走，发表在该刊1984年第3期上。

1984年在杭州举行了全国第二次近代文学学术讨论会。与会同志感到高等学校要开近代文学史课，首先须有一部较为详细的能反映这门学科研究新成就的中国近代文学史，于是由我约请了上海师大王杏根、华南师大钟贤培与河南大学关爱和等同志，在一起商讨该书编写事宜，并简单商讨了章节的设置。后来由关爱和整理拟出了一个编写大纲。1986年3月，在河大举行了该书编写会议，会上大家推举我任主编，并由国内几个大学的与会者组成了编委会,推关爱和、王杏根、张中担任该书上、中、下三编的责任编委,并把全书各章分配到参与编写的几个同志。全书完稿后,交由河南大学出版社印行。

1986年,上海书店编辑部拟编纂一部《中国近代文学大系》,总编辑范泉来函通知我,让我担任散文卷的主编。我回信答应了。不久,范泉到开封商谈编辑事宜。散文卷将有百余名作家的代表作品入选,共分四册,每册50万字,商定由我组织编选人员,成立了个编委会。经过两年的努力,基本上完成了编选工作。导言由我写出了初稿,继由任亮直进行补充与修改,修改后的导言已送往上海书店。书稿不久也将派专人送去。

另外,我把继《鲁迅散论》之后所写的关于研究鲁迅的论文(特别是1981年鲁迅诞生100周年纪念时期写的较多),辑为《鲁迅散论二集》,同时还把近年来所写的关于古典文学的论文,辑为《中国古典文学论文集续编》,前者尚未找到接受的出版社,后者已交与河南大学出版社。

(本文系任访秋自述,原标题为《治学五十年回顾》。)

## 第二节 从同适斋,到不舍斋

著名学者、文学史家任访秋先生(1909—2000)一生以教书与著述为业,在中国文学史以及思想史、学术史等多个学术领域辛勤耕耘,成果丰硕。尤其是在打通古代、近代、现当代文学畛域,梳理晚明至"五四"文学发展源流方面宏论迭出,多有创获。

先生晚年病目，未及将著述一一订正整齐，而不少著作也已绝版多年。为使任访秋先生著述完璧于世，保存和继承先生留下的宝贵学术遗产，自2006年起，刘增杰教授遂有编辑《任访秋文集》之倡言。此后，十数名中青年学者分工合作，历时三年，完成了《任访秋文集》的校勘整理工作。在皇皇十几卷、洋洋五百万言的《任访秋文集》付梓印行之际，刘增杰教授又嘱我代笔，为文集作一序言。爰和既忝列先生门墙，晚年又侍奉先生左右最久，自当从命。然先生著述博大精深，非晚学后辈所能详尽。拜读文集，略呈感想，以期阐发先生学术精髓于万一。

## 一、风雨兼程的学术生涯

如果以1929年入北师大读书为起点，到1996年因视力急剧减退不能再进行写作为终点，任访秋先生的学术生涯，持续了近70年。70年间，从青年时期，仰慕胡适、钱玄同治学成就，把自己在北师大两三平方米的书斋命名为"同适斋"，到晚年有感于岁月不居，时光如流，不舍昼夜，而把在河南大学的书斋称为"不舍斋"，在学术的道路上，先生勤勉地走了一生。当我们从文集中读到1996年10月21日最后一篇日记"凭我的记忆，摸着写……"时，每个人都会为之动容。以学术为业的任访秋先生，经历了旧中国的战乱、饥饿、迁徙无所和新中国的反右、"文革"、思想改造等风雨历程。从同适斋到不舍斋，先生走过的是一条风雨兼程的学术道路。

任访秋先生出生在河南南召县梁沟一个书香门第。父亲任尚贤是晚清廪生，曾参加乡试，不果，以教家馆为生。先生从小随父亲读四书、《左传》,并翻阅《三国演义》《水浒传》《聊斋志异》等文学书籍,逐渐产生了对文学的喜爱。1923年,先生离开家乡,到开封的省立一师读书。省立一师是当时河南的名校,经费充足,教师待遇高,能从南北各大学聘请学有专长的教师任教,并形成了思想与学术自由的良好校风。先生到省立一师读书的第一学期,即由著名历史学家嵇文甫先生担任国文教师。将要毕业时,嵇先生又担任他们的中国文学史课程教师。来到省会城市,使先生有机会接触许多新文学作家如鲁迅、周作人、胡适、叶圣陶、冰心等人的作品,阅读到《小说月报》《语丝》《文学周刊》《创造周刊》等文学杂志,得到许多新鲜的感受和启发。在国文老师的鼓励下,先生开始在商务印书馆发行的《学生杂志》上发表《杨柳与文学》等文章,并与同学白寿彝等人成立文学团体晨星社,编辑出版《晨星》半月刊,在半月刊上发表过评论茅盾《蚀》三部曲的文章。

1929年秋天,任先生考取北平师范大学国文系,有机会聆听沈兼士教授的"文字学",吴检斋教授的"经典叙录",钱玄同教授的"国音沿革""经学史""说文研究"等课程,又到北大听胡适教授的"中古思想史"课程,感到眼界大开。尤其是对钱玄同打破经学家门户之见,把经学看作真伪并存的历史资料加以运用的通达开阔,胡适对中国学术,不论是哲学还是文学,都有自己的真知灼见,深感钦佩。这一时期,先生把自己的书斋命名为"同适斋",即表达了引钱、胡为楷模,从事学术研究的志向。

当时北师大教师授课大多没有印发的讲义。先生在大学一年级时,偶尔领到一份桐城姚岳编选的《论文名著集略》,其集唐宋八家，中经明代的归震川，清代的方苞、姚鼐、梅曾亮、曾国藩等，最后为吴汝纶，共十八家的古文论著为一册。先生以此为线索，在图书馆翻阅各家文集，用近一年的时间，写作了约四万言的《古文家的文论》，发表于《师大国学丛刊》第十卷第一期。这应该是先生从事学术事业的开始。

进入二年级后，先生参加了《师大国学丛刊》的编辑工作，学术兴趣逐渐转移到明代公安派的研究上。先生在北京图书馆把凡是晚明文坛上与三袁兄弟有关的文人集子都借出来阅读，在此基础上，写出了《中郎师友考》《袁中郎评传》等文章，在《师大国学丛刊》《师大月刊》等杂志上发表。

进入三年级时，先生考进了北京大学国学研究所。当时的北大国学研究所招收研究生，报名不限学历，只需递交论文，经审查认为具备研究能力后，再进行学业知识和外语的笔试。先生被录取后，选定的研究题目为"元白研究"，导师为沈尹默先生。研究所的导师并不给学生上课，主要的联系方式是书信交流。通了几次信后，沈先生去天津做河北省教育厅厅长了，先生忙于完成学业，与导师也便失去了联系。

1933年，先生大学毕业后到洛阳河南省立第四师范教书，给学生开设"中国文学史""国学概论"等课程。中国文学史课最初用别人编写的本子，后来先生感到不够满意，就自己编写讲义。收入本文集中的《中国文学史讲义》即是这一时期的作品。《中国文学史讲义》的编写，使先生有机会通读先秦以来各个时期代表作家的原著，视野大为开阔。1935年，先生忽然接到北大研究院的通知，说研究所已改为研究院了，原来注册的研究生须到学校学习。先生便辞去教职,到北大国学研究院文学研究所读书。重到北大后,先生的论文题目改为"袁中郎研究",指导教师为周作人。先生此后多次到八道湾周作人家借书请教,在原来研究的基础上,完成了毕业论文《袁中郎研究》。1936年暑期,先生顺利完成了毕业论文答辩。论文答辩委员会由五人组成:主任委员胡适,副主任委员周作人、罗常培,清华大学教授陈寅恪、俞平伯为校外委员。论文答辩顺利通过。论文答辩完成后,研究院同时毕业的几名学生在中山公园来今雨轩请校长蒋梦麟、所长胡适和导师周作人等吃了一顿饭,并摄影留念。

1936年暑期后,先生仍回洛阳教书。在完成《中国文学史讲义》后,又写作了约五万字的《中国小品文发展史》。1940年,先生接到河南大学的聘书,来到因躲避日寇而流亡办学的河南大学文学院所在地豫西嵩县潭头镇,此后先生五十余年的学术生涯便与河南大学结下了不解之缘。当时河南大学文学院院长是嵇文甫,文史系主任是张邃青,两人都是先生在一师读书时的老师。先生来到河南大学后,为学生开设"中国文学史""古代散文选"课程。从1941年起,又开设"中国现代文学及习作"课程。

任先生在潭头时,家眷被安排在南召老家。因开设"中国现代文学及习作"课程的需要,先生在随迁的河大图书馆里,居然找到了五四时期倡导新文化运动的陈独秀、胡适、鲁迅、周作人、刘半农等人的著作,及《新青年》《新潮》等大量20世纪二三十年代的刊物。先生每天在上课之余,沉浸于对这些书籍和报刊的研究中,自己感觉好像又上了几年研究院。1944年5月,先生的《中国现代文学史》上卷请嵇文甫作序,由前锋报社出版,印了2000册,是学术界最早的中国现代文学史著作。可惜下卷因战争中的流亡迁徙未能印出。之后,先生随河南大学流亡辗转于洛阳、西安、宝鸡等地,著有《中国文学批评史》一书,从先秦到明末,存稿约十四万字。抗战胜利后,学校迁回开封,先生与教育系、外语系的同人办过一个《师友》月刊,并由师友社出版了《中国文学史散论》。1948年6月,河南大学迁往苏州。1949年7月,又从苏州返回开封。因缺乏安定的生活,先生的学术研究也时断时续。其间,先生曾有去兰州的西北师范学院任教的想法。黎劭西先生也回函同意他到西北师院任职,但因为张邃青、嵇文甫先生挽留而未能成行。

新中国成立后,百废待兴。高校所面临的主要任务是以马克思主义的立场、观点、方法为统领,编写出新的教材。河南大学中文系开设的"中国文学史""中国现代文学史""文艺学"课程由李嘉言、任先生和张长弓共同讲授。三门课的教材分别由三人分段编写。其中《中国文学史讲授提纲》于1951年由新华书店印行。这部书提纲的编写,先秦、两汉部分由张长弓担任,魏晋至五代由李嘉言担任,宋元明清则由先生担任,这是新中国成立后尝试用新观点编写并最早出版的古代文学史著作。辩证唯物主义和历史唯物主义对从旧中国到新中国的学者来讲,是新鲜而充满活力的理论和方法。毛泽东《新民主主义论》和《在延安文艺座谈会上的讲话》中的观点,如批判与继承问题、评价作品的政治与艺术标准问题、人民立场和历史进步意义问题等,成为新旧转折历史过程中一代学者解释文学史现象、评判历史人物的思想准则和治学方法。这些思想准则和方法不同于胡适、钱玄同、周作人等人的理论。在历史唯物主义理论的指导下,很多弄不清、说不明,知其然而不知其所以然的历史与文学现象,有了合理的归纳和解释。先生认为:"这本提纲的印行,标志着我在治学方法上的一个大的转折。"

1950年到1957年,是先生学术研究上比较多产的时期。由于初步掌握了新的思想与方法,他对比较熟悉的古典文学,经常有着与前人不同的看法,能够发前人之所未发。对于现代文学,也可以做出新的审视和评价。先生在古典文学方面发表的学术文章,收入1956年长江文艺出版社印行的《中国古典文学研究论集》;而在现代文学方面,则以1944年未能出版的《中国现代文学史》下册为基础,形成了《中国现代文学论稿》(开封师范学院函授教育处,1957年4月印行)。1957年,先生被错划为右派,写作与发表论文成为不可能的事。直到1964年,他才开始试探性地在学校学报上发表《龚自珍文学略论》《吴敬梓的学术思想》等文章。这些有关古典文学的论文,与1956年长江文艺出版社的《中国古典文学研究论集》的文章一起,于1980年辑为《中国古典文学论文集》,1982年由中州书画社出版。"文化大革命"中,先生作为"反动学术权威",被批斗和劳动改造自然是少不了的。直到1972年,大学恢复教学活动,先生才重拾旧业,开始给学生讲授"鲁迅作品选"。先生有关鲁迅思想和作品的文章,辑为《鲁迅散论》,1981年由陕西人民出版社出版。

1978年,在右派冤案被彻底改正之后,先生出任河南大学中文系主任,不久到北京参加全国文代会,后又被推为全国政协委员、河南省政协副主席,各种社会与学术兼职也纷至沓来。随着政治生命的复苏,先生的学术研究也进入了一个收获期。这一时期先生学术研究的最大变化,是把研究重点移到了中国近代文学领域,取得了一系列标志性成果,并由近代上溯至晚明,探求"五四"文化革命的渊源,学术界称之为"中国新文学渊源研究"。

中国近代文学史是指1840年鸦片战争后到1919年五四运动之前近80年间的文学发展历史。这80年间,中国文学完成了由古典向现代的过渡与转型,而过渡转型时期的文学,蕴含着许多有重大意义的学术课题。先生注意"五四"新文学渊源的研究,始于1944年的《中国现代文学史》。《中国现代文学史》第一编,即为"文学革命运动的前夜",探讨的便是清末民初的政治、思想与文学。20世纪50年代,先生写作过批评胡适《五十年来中国之文学》的长篇文章,文章涉及近代一些作家的评论问题。60年代初,中文系主任李嘉言先生拟请先生开设"近代文学史"课程。为此,先生比较系统地研读了近代作家的作品,写作了研究龚自珍、黄遵宪等作家的论文。1980年前后,陆续在国内刊物上发表了对龚自珍、魏源、黄遵宪、严复、康有为、谭嗣同、梁启超、章炳麟、刘师培、苏曼殊、林纾、王国维、吴沃尧、曾朴、李伯元、刘鹗、钱玄同、胡适等人的研究成果。这些成果辑为《中国近代文学作家论》,1984年由河南人民出版社出版。

在中国近代文学的研究取得进展后,先生又把"五四"新文化运动的思想革命与文学革命的源流追溯至晚明,陆续写作了《李贽与晚明思想解放及文学革新运动》《十七世纪初中国文学革新运动的倡导者——袁中郎》《晚明的文化革新运动与中国十七、十八世纪的文学》《清代朴学家的反程朱思想与先进的文学观》《清代桐城派的兴起、发展与衰歇》《晚清西学输入与中国近代文学的发展》《晚清的"排荀"、"批孔"与"五四"思想革命》《晚清文学革新与"五四"文学革命》。这八篇文章构成了一部完整的学术力作《中国新文学渊源》，1986年由河南人民出版社出版。先生自己也认为《中国新文学渊源》是他生平著作中比较有个人独到之见、具有开创性意义的论著。

1982年9月，中国社科院文学研究所和河南大学举办的第一届中国近代文学学术研讨会在开封召开。会议选择在开封召开，是对先生在近代文学研究方面影响的一种肯定。次年，先生又参加在北京召开的中国近、现、当代文学分期问题讨论会。1988年，中国近代文学学会成立时，先生与钱仲联先生、季镇淮先生共同被推为学会顾问。1984年在杭州召开的第二届中国近代文学学术研讨会上，与会同志感到高等学校要开设近代文学史课程，需要编写一部能够反映这门学科研究新成就的中国近代文学史教材。于是，先生约请几所高校的同志，商量编写《中国近代文学史》事宜，先生被推为主编。1988年，该书由河南大学出版社出版。1986年，上海书店拟编纂一部《中国近代文学大系》，范泉先生约请先生担任散文卷主编。散文卷共分四卷，每卷50万字，历时两年左右完稿，1992年出版。散文卷导言由先生执笔完成。

先生致力于中国近代文学研究的同时，并未忘怀中国古代文学。1980年代以后，先生相继在河南人民出版社出版了《中国古典文学论文集》(1981年)、《〈聊斋志异〉选讲》(1981年)，在上海古籍出版社出版了《袁中郎研究》(1983年)，在中州古籍出版社出版了《子产评传》(1987年)，在河南大学出版社出版了《中国古典文学论文集续编》(1990年)。

先生从学生时代就有记日记的习惯。"文革"期间，先生参加劳动改造，夫人马鸿毅在数次抄家后，惧祸而将先生几十年的日记烧毁。先生现存的日记是1970—1996年间的，约九十万字。1992年前后，先生因随女儿生活，辗转于开封与郑州两城市之间。在郑州女儿家时，因不能带太多的书前往，也就无法继续读书写作的生活了，先生为之十分苦恼。他在1992年1月4日的日记中写道："到此之后，什么也没做，真是蹉跎岁月，如此下去，何以得了。须要振奋精神，在学术领域再拼搏一番。"在1994年3月14日的日记中写道："近来视力急剧减退，一般书中的文字都分辨不清，非常可怕。现在只有吃点药，不知能否增加一点视力。"3月15日的日记中写道："随便翻翻过去看过的书。有时背诵过去能熟背的诗，如《长恨歌》《琵琶行》等，以消磨时光。"先生的学术研究工作，因目疾日趋严重而被迫中止。

## 二、贯通古今的学术视野

任访秋先生七十年的学术活动，以古今贯通、中外兼融的学术视野和献身学术、辛勤劳作的学术精神，在古典与现代之间建立了坚实的学术立足点，并取得了骄人的学术成绩。

在北师大与北大读书期间，任访秋先生初步确立了致力于学术的人生志向。在先生的心目中，亲历过"五四"新文化运动的钱玄同、胡适、周作人是值得仰慕的。这样一代学者用思想魔棒点触各自的研究对象时,都会产生出奇异的不同于前人的思想火花。年轻学子对这种学术境界自然是心向往之。以胡适、钱玄同、周作人为楷模,坚持"五四"新文学的学术立场,成为同适斋主的学术目标。

在北师大读书期间,先生经常给《新晨报》副刊投寄一些研究性的短文,一是在省立一师养成的习性使然,二是每月可获得五六元的稿酬,能够赖以果腹。稍后先生参与《师大国学丛刊》的编辑工作,更有发表研究成果的阵地了。一年级时,先生即埋头读书,空余时间都是在图书馆中度过的。他用将近一年的时间,系统阅读古文各家的文集,写成了四万余字的论文《古文家的文论》,在《师大国学丛刊》上发表。此后,又经常到府右街北京图书馆善本阅览室借阅有关晚明三袁的集子,写成一系列的文章,在《师大月刊》等杂志发表。心无旁骛地从事学术研究,成为其最坚定的人生选择。

先生在师大发表的论文,大多是兴致所至的学术习作。而真正的学术研究,还是从北大研究生期间写作《袁中郎研究》开始的。任先生对袁中郎及明代公安派的注意,起源于周作人为俞平伯的散文集《燕知草》所写的跋文中关于"中国新散文的源流,我看是公安派与英国的小品文两者所合成"的论断。先生在读了袁中郎的有关资料后,写成了《袁中郎评传》一文,对袁中郎和公安派在晚明文坛上的贡献进行评述。此时任访秋先生是大三的学生,并因借阅袁小修的《游居柿录》而到苦雨斋拜访周作人。到北大读研究生后,因为导师选择了周作人,也就自然将

《袁中郎研究》作为毕业论文题目。《袁中郎研究》分论述和年谱两个部分。论述部分共三章:第一章谈中郎以前明代文学思潮的趋向,主要描述分析前后七子的复古主义主张。第二章谈中郎的思想与文学。先生以为中郎早年师事李贽,后又与泰州学派交往密切,集儒、释、道诸家思想于一炉,从道家得到解放,从佛家得到自由,两种精神施诸文学,才产生了他所倡导的文学革新运动。中郎能免去复古派"贵古贱今"的弊端,反对模拟,打破格套,主张取法自然,抒写性灵,看重小说戏曲和民间歌曲,其诗文作品信腕信口,卓然自立,加上袁氏兄弟及其追随者的推波助澜,李贽、汤显祖、沈德符、冯梦龙、凌濛初等的遥相呼应,形成了16世纪末17世纪初发生在我国文坛上以公安派为代表的文学革新运动。17、18世纪文坛上出现《聊斋志异》《儒林外史》《红楼梦》等文学杰作,正是晚明文学革新运动收获的硕果。第三章谈明末以来对中郎文学功罪的评判。先生认为,新文学运动显然是受西方科学民主思潮影响而起的,但明末文学革新运动,为"五四"新文学提供了一个"世界之思潮"之外"固有之血脉"的例证。"五四"新文学的成功,意外地完成了对明末文学革新运动价值的再发现。

在洛阳任教期间,任先生出于教学的需要,着手编写《中国文学史》讲义。文学史的写作,在20世纪20年代以后,为很多学者所重视。用当下的学术眼光,为有文字记载以来的中国文学写史,是中国现代学术体系建立过程中的一项重要工程。《中国文学史》第一节开宗明义讲"什么是文学史":

> 文学史乃是记载人类活动的东西,它应具的条件,应该

是：一，说明文学的变迁及其盛衰的情况。二，研究文学盛衰的所以然。三，考证作品的真伪与产生的时代及作者身世与所处的环境。四，评出文学的价值。

从先生的《中国文学史讲义》中，我们可以感受到这项工程的筚路蓝缕，感知20世纪30年代末先生对文学史写作的雄心壮志。先生把文学史的研究分为专家的研究、流派的研究、断代史研究、通史的研究。先生认为通史的研究最难：

> 以中国文学历史之悠久，文体之碎杂，作者之林立，能够把它一一容纳在一部书里，就光正确已是极不容易，更不要说能够有什么特见卓识了。因为这个缘故，就近年所出版的中国文学通史来看，几乎连一部令人满意的作品都没有，不过有的虽然见解稍偏，但毕竟还有独到之处，可资参考。至于那些专事抄袭，不加检择的，多半荒谬芜杂，简直是不值一读。

正是出于对当下文学史的不满，先生试图自己写作一部文学史讲义。讲义中把中国文学史的发展分为八个时期：第一期，上古至夏商；第二期，周至秦；第三期，汉至隋；第四期，唐；第五期，五代至宋；第六期，元；第七期，明清；第八期，民国。先生描述民国文学发展概况道：

> 这一期可以看出旧文学一部分之衰老死亡，而平民文学所用之语体之抬头。中间经过一度长时期辩论争执，终于语体占了优势，而独霸了文坛的诗词古文，同那些装腔作势的戏曲，雕琢堆砌的小说，都被摒弃，而不为一般人所称道。新文学运动之后，又继之而有新写真主义与写实主义

之争,又继之而有大众语之争,此均足证明文学之演进,与时代是如何密切的关系。

任先生近三十万字的《中国文学史讲义》,充满着学术的锐气和真知灼见,也体现出鲜明的"五四"新文学的立场。

这种"五四"新文学立场在先生1944年出版的《中国现代文学史》上卷中得到充分的展现。这部书写作于抗战流亡期间,是我国最早的中国现代文学研究的专门著作。上卷共分三编,第一编为"文学革命的前夜",主要论述清末民初的政治、思想与文学。第二编为"文学革命运动",主要论述"五四"文学革命的始末,对这次文学革命的总检讨,及伴随着文学革命运动而来的诸如整理国故、国语统一等问题的研讨。第三编为"新文学的萌芽与成长",主要论述五四时期诗歌、小说、戏剧等文体所取得的成绩及文学研究会、创造社、语丝社等文学团体的活动。

在论及清末民初思想与文学时,先生认为,清末民初思想界,大致可分为四派:一是严复所介绍的西方学术。严复以《天演论》为起点,把西方民主与科学的思想介绍到中国,成为提倡民主与科学精神的第一人。二是康梁的变法维新思想。梁启超推翻旧文化、建设新文化的努力,为结束旧时代、开辟新时代立下了汗马功劳。三是章炳麟的反儒、排满思想对"五四"反孔教运动产生了直接的影响。四是张之洞的"中学为体、西学为用"的思想,对当时的中西之争、新旧之争起到了调和的作用。清末民初,是文学界一个过渡的时代。在诗歌上,已无新的路径可走。变来变去,总逃不出古人的窠臼。这时比较有点特识的作家,像黄遵宪等人,已经有意地要打破旧的束缚,期待着建造一个新的诗坛。小说方面,那些从谴责而趋于黑幕的作品,也到了山穷水尽的地步,似乎也非得另转一个方向不可。因为整个环境的剧变,古文骈体已不能够适应时代的需要,于是才产生出像梁任公散文那样极端解放的新文体。翻译因为林纾、严复、周氏兄弟运用古体和古文,影响力大大减退。这些变化都构成了一种过渡。黄公度的诗、梁任公的文,都是一种改良。他们觉得旧的不行,但还没有把旧的整个推翻而重新建立新的勇气。五四文学革命,使得破旧立新的夙愿得以实现。

把五四新文学运动与中国文学史上韩愈所领导的复古运动、明代公安派所倡导的文学革新运动相比,先生认为他们都比不上五四新文学运动规模来得大。五四新文学运动,"不但是把文言推翻而代以白话,而且把旧有的文学上的格律都打破了;这还不算,小说,同戏曲,简直是根本截断了旧的源头,而整个的迎接了西洋的潮流。至于内容上巨大的变化,那更是前人所梦也梦不到的事"。先生在论述五四新文学运动产生的远因和近因时认为,五四新文学运动产生的远因有五:一是旧文学之弊已达到极点。诗不出涪翁,词不出梦窗,文不出方姚,辗转祖述,终难脱去前人窠臼。二是时代已变,旧文学已不能适应新时代的需要,不能适应现代人表达情感的需要。三是言文一致的要求愈来愈强烈并深入人心。四是对方言的重视与研究,助推了国语文学的发展趋势。五是受西方文学观的影响,人们看重文学的社会作用、艺术价值,小说、戏曲的地位不断提高,世人不以"小道"来看待文学。五四新文学发生近因,则是《新青年》所倡导的思想革命。思想革命一方面对西方的民主、科学思想积极推介,同时,又以民主与科学精神为根据,对中国传统的政治思想、宗教以及风俗、习惯等作全盘的破坏。思想革命与文学革命,成为一而二二而一的事,文学有了新的思想而更加充实,思想有了文学而传播愈速。新文学对旧文学的破坏,体现在不模仿古人,废律废骈俪,不用典,不用滥调套语。新文学的建设在形式方面主张建设国语文学,在内容方面主张建设人的文学。国语文学与人的文学,成为五四新文学的双翼。

任访秋先生《中国现代文学史》上卷的学术贡献是多方面的。一是对"现代文学"这一概念的使用。其上限以五四新文学为起点,是明确无误的。至于下限,任先生1957年以《中国现代文学史》下卷为基础而写成的《中国现代文学论稿》,则将现代文学的下限延长至第二次全国文代会之后,是包含当代的。二是作者对五四新文学与晚清文学之间的继承与发展关系,给予了较多的关注,使晚清文学与五四文学的前后呼应更合乎历史发展的实际。这种"欲说五四,探源晚清"的做法,在早期现代文学史著作中,是慧眼独具的。这也为先生晚年治晚清文学留下伏笔。三是对思想革命与文学革命如影随形、相互支撑、相得益彰关系的描述,深得以"提倡新道德,反对旧道德;提倡白话文,反对文言文"为旗帜的五四新文化运动的精髓。四是把五四新文学形式与内容的特质概括为国语文学与人的文学,高屋建瓴,简洁明快,同时也鲜明地体现了同适斋中人的文学史立场。

在论述文学创作分期时,《中国现代文学史》把"五四"以后的文学创作分为五个阶段:一是初期试作的时代(1918—1921);二是自然主义与浪漫主义的时代(1922—1926);三是自由主义与社会主义的时代(1927—1932);四是写实主义、新写实主义与民族主义时期(1933—1937);五是抗战文艺的时代(1938—1944)。上卷对文学创作的评述,截至第二个时期的1926年前后。虽然因战争,下卷未能在当时及时出版,但我们已能从以上分期中,清晰地看出先生对"五四"以后文学创作概况的整体把握。

先生在20世纪40年代还有两部著作,应引起研究者的注意。它们是《中国文学批评史》《中国文学史散论》。中国文学批评史作为中国文学史学科的一个分支,20世纪30年代起引起中国学者研究兴趣。任先生40年代在河南大学教书时写作的《中国文学批评史》,约14万字,未及出版,这次根据手稿收入到文集之中。我们可以从这部书中看到任先生对中国文学批评史的有关思考。关于文学批评的产生及类别,先生认为:

> 文学批评之产生,无论中外,其时间总是晚于文学作品。照例是有了传诵一世的作品之后,一般学者第一步为明白此作品之内容及其价值,进一步为明白此类作品之所以产生,及其与人生之关系起见,于是文学批评遂因之产生。

先生引英国学者关于文学批评的13种分类,以为中国的文学批评分类,以考证的批评、历史的批评、比较的批评、主观的批评、客观的批评、道德的批评、印象的批评居多。论及文学批评与文学演变之关系,先生以为:

> 文学批评与文学作品,就关系上说,是互为影响互为因果的。盖批评之产生,最初由于对流行作品之分析与归纳,

其结果批评之倾向常与一时作品之风尚相应合,故文学批评之转移,恒随文学之趋向为转移……至批评、创造中间相互影响之枢纽,又常在后者。

吾等研究中国文学批评之演变,应把握其所以演变之枢纽。此枢纽为何?一曰文学本身之趋向,二曰时代思潮之演变,及其所以演变之故,可以知其大略矣。

《中国文学史散论》是先生1946年结集出版的古典文学论集。先生在自序中谈到自己文学史的研究由博转约的认识过程时说:

提起《中国文学史》,不免就回忆起远在中学读书的时候,就对它抱着很浓厚的兴趣。及至进了大学,竟毫不犹豫地选了这门学科,作为个人终身致力的目标……过去曾一度的发奋要写出一部《中国文学史》来。那时是一空依傍,泛览着一些名家作品。为的避免为旧说所囿,往往自己觉得对某人有着相当认识了,这才再拿前人的见解,来与个人的相参证。书是写成了十之七八,统共不下四十万字。但是后来,停了一个相当时期以后,自己对这部稿子不知怎样的,竟渐渐厌恶起来。觉得疏略谬误之处极多,而创获发明之点太少,于是把它问世的念头,也就因此打消了。基于这样的经验,使我深深感到要想写一部像样的文学通史之不易。对这门学科要想真正有点贡献的话,非得把范围缩小,从事于窄而深的研究不可。自此不敢再去贪多务得,从事于大规模的尝试,而开始着手于专家的研究。

先生发奋写作的文学史当指《中国文学史讲义》。从广博的文学通史到窄深的专家研究,显现了先生学术目标的自我调适,也折射出"五四"以来中国学术界分门别类、务为专家趋势的形成。

新中国成立后,"五四"以来的中国现代文学研究引起了越来越多学者的重视。先生此时出任河南大学中文系现代文学教研室主任,对全国正在进行的中国现代文学史编写的讨论,发表了不少个人的见解。1951年,李何林、蔡仪、老舍、王瑶四位先生共同拟定的《中国新文学史教学大纲》发表。任访秋先生把四位先生的教学大纲与自己写作的现代文学史大纲比较,在《新中华》杂志上发表《对中国新文学史教学大纲的商榷》一文。文章对大纲的商榷有以下几个方面:一是四位先生所写的大纲第一章"目的与方法"的写作过于原则而不够具体。二是第二章"五四时期的口号论争"应放在文学史的叙述中,没有必要专设。三是现代文学的分期可分为三个时期,即第一时期,文学革命的前夜,是旧民主主义的文学改良运动;第二时期,从文学革命运动到延安文艺座谈会,这一时期已开始步入了新民主主义的文学革命运动阶段;第三时期,从座谈会到第一次文代会,新民主主义的文学革命运动获得了基本的成功,开始走上了建设之路。这种分期与四位先生的大纲略有不同。四是大纲中第一编第一章标题为"五四前夕的文学革命运动",把"文学革命"局限于"五四"以前,这是需要考虑的。文学革命与五四政治运动是互为表里、互相推动的,不应分割。五是大纲中设专节讨论"1923年中国青年几位作者的主张",以为邓中夏等人提倡为革命服务,深入生活,表现现实,有暗合文艺的工农兵方向之处。

先生则认为,这些人的主张主要是提倡表现人生和现实,与文艺的工农兵方向有着相当大的距离,不宜相提并论。任先生1951年还在《新中华》上发表了《谈谈五四文学革命运动在思想上的领导问题》。文章依据毛泽东主席的《新民主主义论》,对李何林《近二十年中国文艺思潮》中把新文学运动看作资产阶级领导的革命运动的有关论述,提出了商榷。

任先生上述对中国现代文学史的理解,都融会于他的《中国现代文学论稿》中。这部著作与1944年出版的《中国现代文学史》上卷相比,注重新文学与晚清文学、中国古代文学的渊源,注重新文学所受到的西方文学与苏联文学的影响,注重社会思潮、学术思潮与文学发展的关系等学术传统被保留下来,而变化主要表现为:一是在分析中国现代文学运动思潮时,越来越多地强调无产阶级思想在中国现代文学史发展中的领导地位。二是在考察现代文学作家作品思想内容时,越来越多地强调人民立场和工农兵方向;三是在讨论作品的艺术成就时,越来越多地突出社会主义现实主义创作方法的优势地位。这些变化,都带有新中国成立后学术界接受并运用新思想、新观念的印痕。

任先生在新中国成立后主要做中国现代文学史的教学与研究工作,但同时也承担了与李嘉言、张长弓合作的《中国文学史讲授提纲》宋元明清部分的编写任务。先生对于古典文学,仍不能忘情,时常有一些古典文学研究方面的成果发表。1956年,长江文艺出版社将先生1951年到1955年间所写的关于屈原、司马迁、《桃花源记》、《红楼梦》、《聊斋志异》、黄遵宪、古典文学中的"典型"与"幽默"等问题的8篇论文编辑为《中国古典文学研究论集》出版,其中的5篇又和先生1956年到1966年间所写的11篇古典文学论文,由河南人民出版社于1981年辑为《中国古典文学论文集》出版。收入《中国古典文学论文集》中的16篇论文,唐前的7篇,宋元后的9篇。先生在后记中写道:"宋元以来的市民阶级的文学,从思想上看,有许多是进步的。从艺术上看,有许多达到了前无古人的高峰。"对宋元后的市民文学的关注,应是新中国成立后先生古典文学研究的着力点之一。

收入《中国古典文学论文集》中的《关于袁中郎和他所倡导的文学革命运动》一文中指出,袁中郎和他所倡导的文学革命运动,在思想上反对程朱理学,要求自由解放;在文学上,反对形式主义,主张打破一切陈腐的格律,要求真实地反映现实生活,以及时代的精神和面貌。我们要想了解17、18世纪中国文坛上有进步倾向的文学创作,如《聊斋志异》《儒林外史》《红楼梦》等,必须追溯到16世纪末公安派的文学革新运动才行。清末梁启超、黄遵宪等所倡导的文学革新运动,也有与其一脉相承的关系。此文写作于20世纪60年代,它奠定了先生此后的基本学术取向和路径。收入《中国古典文学论文集》中同样写作于20世纪60年代前后的《略论〈金瓶梅〉中的人物形象及其艺术成就》《〈今古奇观〉的思想与艺术》《吴敬梓与〈儒林外史〉》《龚自珍文学略论》《章太炎的学术思想与革命精神》《胡适〈五十年来中国之文学〉的批判》,先生都在梳理着由晚明而至晚清,由晚清而至"五四"的思想与文学的发展轨迹。

先生20世纪80年代出版的古典文学论著还有《袁中郎研究》《〈聊斋志异〉选讲》《子产评传》。《袁中郎研究》是先生读北大研究生时的毕业论文,论文答辩通过后,被存放于箱底。20世纪80年代初,先生重新加以修正与补充,1983年由上海古籍出版社出版。经补充修正的《袁中郎研究》共14万字。河南人民出版社1981年出版的《〈聊斋志异〉选讲》是先生20世纪60年代初选定的。共选了25篇,每篇后的注释部分由先生的儿子任光完成,讲析部分由先生完成。1987年中州古籍出版社出版的《子产评传》,是根据先生1943年前后由前锋报社印行的《子产》增修而成的。旧作生新枝,一是显示先生旺盛的学术精力和不舍昼夜的学术精神;二是出版业的复苏和对学术著作的支持,使得旧作修增之后有了重新出版的可能,这是20世纪80年代科学春天到来的结果。任访秋先生在1985年所写的《关于个人治学的回顾》一文中说道:"党的十一届三中全会召开后,知识分子不仅得到了解放,同时也出现了一个科学的春天。从1980年后,就整理旧稿和写作新的论文近百万字。特别是在治学领域上有了新的开拓,就是对中国近代文学的研究。"

1990年,先生把自己20世纪30年代初涉学术领域时及80年代后期写作的古典文学论文,取名为《中国古典文学论文集续编》,交由河南大学出版社出版。《续编》的成书,先生抱着"与其过而弃之,无宁过而存之"的想法,是一种拾遗整理的工作。其中《贾谊论》《司马相如论》《曹植论》《阮嗣宗论》《嵇叔夜论》是早年的学术习作。《继承灿烂的祖国文学遗产》《简论中国文化遗产中的民主思想的产生与发展》,是晚年应杂志社之约而写,《龚自珍与晚清诗坛》《从〈歧路灯〉看作者李绿园的思想》《〈三国演义〉与正统论》是应学术会议之邀而写,《近现代

## 第五章 自述他述，金针度人

学者论治学方法》《关于个人治学的回顾》是为学生讲课而写。

任先生自20世纪80年代起，专心于中国近代文学的研究。这种研究重心的转移，首先是他学术研究领域的自然扩大和延伸。先生研究五四新文学的源头，总是从晚清说起，而先生对中国古典文学的研究，又特别青睐于明清市民文学的发展与流变。中国近代文学研究，是先生古典文学与现代文学两个领域的研究水到渠成的打通与融合的结果，也是20世纪80年代中国近代文学学科意识成熟与自觉的结果。1982年9月，全国第一届中国近代文学学术会议在开封召开；次年，关于中国近、现、当代文学分期问题的学术讨论会在北京举行，中国近代文学成为一个独立学科的呼声越来越多地引起学术界的注意，先生把学术研究的兴趣转入中国近代文学，也是要以自己的努力，支持这一学科的发展，而在实际上，先生自然成为这一时期中国近代文学学科的开拓者和学术旗帜。

1982年结集、1984年出版的《中国近代文学作家论》，是先生从事近代文学研究的第一部力作。先生在此书的《后记》中，首先详细叙述了个人自20世纪40年代以来对近代文学留意和涉猎的学术过程。其次谈到《中国近代文学作家论》所选取的作家："在嘉道时期，除龚自珍外，又选了魏源。在同光时期，于维新派则选了康有为、梁启超、谭嗣同、严复、黄遵宪；于革命派则选了章太炎、苏曼殊、刘师培；至于在政治上比较保守，而在文学观上有其正确的一面的如王国维；在对西方文学进行大力绍介，于当时文坛产生了一定积极作用的如林纾，也作为论述对象。而于晚清的小说家，将其中影响较大的选了曾朴、李伯元、吴沃尧、刘鹗等四人。"以上共计16位近代作家,附录中收入胡适、钱玄同两位"五四"作家及《晚清文学思潮的流派及其论争》一文。《后记》的最后,先生对未及论述的作家如秋瑾、柳亚子、曾国藩等人,文学流派,如风行一时、有重要影响的同光体、桐城派、选派等,提出应给予足够的重视和研究,认为只有这样,才能展示文学史发展的全貌。

《中国近代文学作家论》在写作方法上采用生平、思想、创作、文学地位这样一个大致相同的结构方式。写作于1963年的《龚自珍》,在论及龚自珍创作对后世的影响时,先生认为,龚的诗文忧国忧民,愤世嫉俗而要求打破成规革新一切,是嘉道时期内忧外患交相煎迫下先觉者的思想,因此他的诗文在风格上诙诡谲怪,踔厉风发,在形式上打破一切清规戒律而趋于解放,从而在思想上与艺术上都成为近代文学的先驱。与龚自珍文学史地位相仿的是梁启超。任先生的《梁启超》一文认为,以前的文学史家对梁启超所领导的晚清文学革新,仅仅看作一种对文体枝节性的改良,没有把它看作一种有意识有目的的配合维新变法而产生的文学革新运动,因此,对梁启超在晚清文学史上的地位的估计,自然不能恰如其分。梁启超领导的文学革新运动,在内容与形式上,都做了五四文学革命运动的先导,给五四文学革命提供了宝贵的借鉴。至于胡适,先生认为他20世纪20年代以后的政治立场是应该得到批评的,而他在五四文学革命运动中的功绩则不应该一笔抹杀。胡适提倡新文学反对旧文学,提倡新道德反对旧道德,同当时《新青年》杂志社中其他革命者并肩战斗,给中国文学史开辟了一个新的历史时代。他后来写作的《白话文学史》，描述国语文学是二千年中国文学的重要组成部分，巩固了文学革命的成果；其提倡的"整理国故"运动，开创了一个资产阶级文化的新时代。此书论及章太炎、严复、林纾、钱玄同的文字，也多是宏论新见迭出。

收入《中国近代文学作家论》附录中的《晚清文学思潮的流派及其论争》一文，曾发表于1982年第2期的《社会科学战线》，此文代表了先生在近代文学作家论基础上对近代文学思潮流派发展轨迹的宏观思考。论文在分别点评了近代作家梁启超、严复、章太炎、刘师培、柳亚子、鲁迅、周作人、林纾、王国维的思想与文学贡献之后指出，晚清十几年间，各种文学思潮流派的论争交锋，此起彼伏，其发展变化有以下几个方面的特点：一是每一次文学革新思潮与流派的形成，其倡导者都在不同程度上接受了西方文学思想的影响，并用新的价值观评判中国旧有文学，以扬长避短、革心洗面的努力，使之适应新时代新形势的要求。外来文化与文学的影响，是推动晚清革新文学思潮流派形成和发展的巨大动力。二是思想解放与文学革新总是如影随形，桴鼓相应，没有思想上的解放，就不可能出现文学上的革新。晚清文学思潮流派的面貌之所以迥异于过去，是因为近代科学与民主思想的输入，对中国的思想界产生了前所未有的巨大冲击和解放。三是从晚清文学思潮与流派的发展规律来看，在政治上要求革新的，往往在文学上也要求革新，如梁启超；在政治倾向上趋于保守的，文学上也往往因袭前人的规矩准绳，如林纾。四是晚清各思潮流派，其代表新的倾向的有对儒家思想持批判态度，根据中国文学的发展，指出中国文学将来必然走上言文合一的道路，提高文学戏曲的文体地位，促进小说、戏曲的空前繁荣这样几个共同的特点。晚清从时间上说虽然甚为短暂，但由于思想上的解放，因而展现出了一幅"百家争鸣"的新图景。

由近代作家的个案研究到晚清并上溯至晚明文学思潮研究，先生1982年出版的《中国近代文学作家论》和1986年出版的《中国新文学渊源》显示着这一变化。先生在20世纪30年代研究袁中郎及公安派文学，关于李贽对公安派的影响有所论述。后来读嵇文甫《左派王学》一书，进一步理解了李贽在"左派王学"中的地位，李贽反程朱理学而进一步对孔子的是非观提出异议与批评，在晚明思想界是有振聋发聩的意义的，李贽所倡导的思想革命与公安派反前后七子的复古主义文学运动，以及小说、戏曲等市民文学的高涨，形成了晚明以至清代中叶的文学革命。对晚明以来的市民文学，先生在20世纪五六十年代，曾就"三言二拍"、《聊斋志异》、《红楼梦》、《儒林外史》等发表一系列的研究文章，并试图写作一部中国17、18世纪的文学史，从晚明写到清乾隆中叶，描述这个阶段反映市民思想的市民文学的发展，但种种原因，未能实现。1982年，先生招收第一届近代文学专业研究生，因开设专业课的需要，先生便下定决心，把晚明文化革新运动与五四文化革命运动之间的中国学术思想的演变与中国文学的发展联系起来进行考察，这便有了《中国新文学渊源》的成书。先生在书的《前言》中写道："本书的目的，即在于论述阐明从晚明到'五四'近三百年来中国进步的文学思潮发展的路径。"

在《中国新文学渊源》一书中，考察是循着思想与文学两条线索进行的。从学术思想来看,晚明"左派王学"的反程朱理学,特别是李贽提出孔子之是非为不足据,的确是石破天惊之论。清代朴学家反程朱理学,最初认为程朱派学者对经典的注释不够正确,远远不及汉儒;到了戴震,则揭露"去人欲,存天理"的程朱理学祸及社会与民众。这种批程批孔的思想暗流,在晚清西方民主思想输入的背景下,经梁启超、谭嗣同、夏曾佑、章太炎等近代思想家的推波助澜,终于形成了"五四"反孔教的运动,在"打倒孔家店"的浪潮中,李贽的著作、思想得到了褒扬和回应。

从文学的发展来看,李贽的天下至文,皆出于童心,"诗何必古选""文何必先秦"的思想影响了公安派袁氏兄弟。公安派主张抒写性灵,信腕直寄,反对前后七子复古主义,并对小说、戏曲等市民文学大加褒扬。明清出现的《牡丹亭》、"三言二拍"、《聊斋志异》、《红楼梦》等戏曲小说作品中贯穿着主情主义,提倡婚姻自由,反对封建等级制度等市民意识和思想。清代朴学家中,焦循重视戏曲小说,有"一代有一代之所胜"之说,影响晚清王国维、刘师培甚大。李汝珍创作《镜花缘》,俞樾亲自动手改编小说,晚清龚自珍崇尚心力,梁启超主张文体革命,提高小说、戏曲的地位,这些都构成了五四新文学的民族文化渊源。晚明以来的反孔教与反复古主义文学,再加上晚清从西方输入的科学、民主等学术思想及文学观,两者汇合,形成了五四思想革命与文学革命的思想与理论基础。《中国新文学渊源》最大的学术意义是梳理描述了晚明至晚清、五四思想与文学嬗变轨迹,并将先生早年和晚年所致力的两个研究领域,通过这种学理上的梳理联结起来，给人一种始于曲径通幽，终而豁然开朗的阅读感受。这种古、近、现代贯通式的研究成果，也让先生充满着求仁得仁的快乐。

《中国新文学渊源》出版后，先生还主持了《中国近代文学史》教材与《中国近代文学大系·散文集》的写作与编辑工作。这一阶段所写的有关近代文学方面的论文，如《龚自珍与晚清诗坛》《近现代学者论治学方法》等，收入《中国古典文学论文集续编》之中。

先生的鲁迅研究也是厚重和极富有特色的。先生1923年入开封省立一师学习时，便读过鲁迅先生的《呐喊》，后又读《语丝》，读《热风集》《华盖集》，对鲁迅作品有了初步的了解。1929年，先生到北京读书时，鲁迅先生已定居上海。针对文艺界对鲁迅的不恭之辞，先生以"霜枫"的笔名，在报上发表了《我所见的鲁迅与岂明先生》，对周氏兄弟进行比较性的论述，被列入"拥周派"的言论中。1932年，鲁迅到北师大演讲，先生曾到和平门外校本部听讲。1936年鲁迅逝世，先生写作《中国传统思想的叛逆者——嵇康、李贽与鲁迅》一文，以表纪念。1941年，河南大学进步师生举办鲁迅先生逝世五周年纪念会，先生写作了纪念歌词在会上演唱。1944年出版的《中国现代文学史》，对鲁迅的小说与杂文作了专题论述。先生此后有关鲁迅的论文，分别收入《鲁迅散论》《鲁迅散论续集》中。

先生收入上述两书的研究文章可分为以下几类：一是纪念性和作品评论一类的文章，如为纪念鲁迅先生逝世二十周年而作的《伟大的文学家、思想家和革命家鲁迅先生的一生》，《〈野草〉的思想与艺术》《〈希望〉浅析》等,这类文章显现着先生对鲁迅的敬仰和对作品的热爱。二是鲁迅与同时代及不同时代的思想家、文学家的比较性研究,如《鲁迅与胡适》《鲁迅与蔡元培》《鲁迅与晚清几个作者——严复、梁启超、章太炎》《鲁迅与龚自珍》这类文章,在比较中凸显鲁迅的思想路径与创作特质。三是把鲁迅放在近现代思想史和文学思潮史宏大背景下,考察鲁迅存在的意义和贡献,如《试论晚清第二次文学运动》《试论晚清以来中国知识分子的几次分化》《中国文学划时代的作品——论鲁迅五四时期小说伟大的历史意义》。这类文章高屋建瓴,帮助读者理解鲁迅"战士"与"旗手"的时代与历史定位。

70年的治学经历,在中国古代、近代、现代几个历史阶段和思想史、学术史、文学史数个研究领域,任访秋先生辛勤地耕耘着,愉快地收获着。从同适斋到不舍斋,先生学术道路的每一步,都是扎实厚重而富有创获的。

## 三、求真与明变的学术维度

作为文学史家,任访秋先生70年的学术著述是十分丰厚的。从先生留下的学术著述中,观察体味先生是如何在古今中外的文化矩阵中,选取并形成自己的思想与学术领域的,其学术思想与方法又经历了怎样的发展与嬗变,是一项具有学术史意义的工作。

任先生读书与初涉学术的年代,是"五四"之后的年代。后"五四"时代,是中国现代学术体系初步形成的时期。"五四"前后欧风美雨的荡涤,中国学者世界视野的逐渐扩大,加上中国现代高等教育制度的建立，使中国学术有可能从经学研究和家法、门户之见的旧套子里走出，学科结构和知识形态发生着巨大的变异、解构与重建。1923年，先生到省立一师学习，从国文教师嵇文甫那里，培养了对文学的兴趣。而嵇文甫开设的"中国文学史"课，用的教材就是胡适的"白话文学史"。1929年，先生到北师大学习，对钱玄同摆脱今古文两派的门户之见，把经学原典还原为真伪并存的历史资料的治学精神和勇气，甚为感佩。同时，先生又到北大听胡适的《中国哲学史》课程，对胡适提出的哲学史的撰述应以明变、求因、评判为三大目的，以"求出各位哲学家一生行事、思想渊源沿革和学说的真面目"为根本功夫的理论也是首肯心折。两位大师"研究问题，输入学理，整理国故，再造文明"的学术倡导与实践，对立志以学术研究为毕生事业的任访秋先生有着重要的影响。任先生在《师大国学丛刊》上发表的第一篇学术论文，开宗明义，阐明在古文已成为历史的腐臭之物的情况下，研究古文家文论的意义在于：一是古文在文坛上坐第一把交椅一千余年，其兴盛和衰歇的原因值得探讨；二是研究中国文学，目的在"真"在"整理"，因此，对文学史上的重要理论，不管是好是坏，是正确是谬误，都应"去还它一个本来面目"。把"求真""还它一个本来面目"作为"研究问题""整理国故"的出发点，这正是当时学术界的基本精神，也自然成为同适斋主初始的学术目标。

"还历史本来面目"的"求真"过程不易，达到明变、求因、评判的治史目的更难。在古今接续、中外会通中明变，从社会思潮变迁、学术思想传承中求因，构成了同适斋主治学的第二重目标。先生1935年发表在《师大月刊》上的《论文学中思想与形式之关系》一文,从赋、古文、小品文、白话文四种文体的发展,孔子与庄子、陶潜与谢灵运、杜甫与李白、李攀龙与袁宏道、林纾与胡适十个作家的创作中,探求文学内容与形式的关系。论文结论有二:一是中国文学的发展,大体受儒、道、佛三家影响而形成不同的面目。儒家之文典雅而不免于矫饰;佛教之文华丽而易陷于雕琢;道家重真、重自由,对文学创作的影响最为积极。二是思想为治文学史者最不应忽视的东西。它不但在支配着文学的内容,而且形式的变革也完全操握在它的掌中。讲文学史而丢掉思想,是无法来解释作品形式变革之所以然的。这种倚重思想史、学术史解释文学史的理路和方法,渐渐为同适斋主所熟练掌握和运用。

同适斋主"求真"与"明变""求因"双重目标的完美结合,体现在1936年的《袁中郎研究》、1937年前后的《中国文学史讲义》和1944年的《中国现代文学史》的写作中。《袁中郎研究》上编为论述,下编为年谱。年谱部分对袁中郎的行止、交往、著述进行了详尽的考辨,体现了还原求真的原则。论述部分对明代文学思潮的趋向、中郎的思想与文学、明末以来对中郎的评价等方面进行了考察,描述了明末文学与五四文学的精神呼应,突出了明变、求因、评判的原则。上下编结合,更使研究显得扎实平稳。《中国文学史讲义》试图通过个人的努力,勾勒上古至民国文学的发展脉络,作者深知工作的艰难,在论治文学史之方法时说:

> 我们现在来从事于这样烦难的工作,只要能用科学的

方法,小心审慎地去研讨,虽不能说能发前人所未发,至少"可以无大过矣"。所谓科学的方法,不外是客观的,以证据为依归,我们研究作家的身世,有可信的史料我们来引用,否则宁可阙疑,绝不以讹传讹。对作品的真伪,应依辨伪的通则,去考证它的产生时代。其次是注意文体演变的说明,与时代背景的解释,对作家绝不存崇拜英雄的心理,去夸大的推尊,应着实的解释作品所以产生的必然性。

大概过去研究文学的总免不了门户之见,常常是入主出奴,尊骈俪的必菲薄古文,尊唐诗的必菲薄宋诗。至于尊唐宋古文同尊宋诗的,其訾议骈俪同唐诗,自不必说了。我们要极力避免这种习气,要具有独特的精神,不依附古人,同时又必须持一种客观的态度,能实事求是,既不阿附此,更无须攻击彼,能够这样,才可以达到我们所希望的"真"与"信"的目的。

"科学"的治史方法,坚持"真"与"信"的治史目的,构成了同适斋主处理烦难学术问题的内在凭借。

先生写于1944年的《中国现代文学史》也是一部在通读晚清、"五四"报刊、名家文集基础上的潜心之作。建立在求真基础上的评判,充满了真知灼见。先生把晚清与"五四"联结,称之为过渡时代:

这一切都象征着这是一个过渡的时代……旧的制度与思想之不适于新时代,已是不成问题的了。文学又何尝不是这样呢?黄公度的诗,梁任公的文,不都是改良吗?他们只不过觉得旧的不行,但还没有把旧的整个推翻,而重新建立新的勇气。但能够这样,就已经是难得而可贵了。时代是渐进的,所以发展到一个相当的时期,革命运动,就终于爆发了。

其评价五四文学革命倡导与实施的意义说:

文学革命,是我国文学史上的一个划时代的运动,就以往的文学史来看,文体虽是常常的在变动着,但大半是不自觉的,无意识的,一方面因袭着旧的规范,一方面创造着新的形式。就中比较看,争执得最烈的,是唐代韩昌黎的复古运动,同明代公安派的革新运动。但他们都比不上这一次的规模来得伟大。因为他们所争论的只不过是形式上的问题,至于这次,不但是把文言推翻而代以白话,而且把旧有的文学上的格律都打破了;这还不算,小说,同戏曲,简直是根本截断了旧的源头,而整个的迎接了西洋的潮流。至于内容上巨大的变化,那更是前人所梦也梦不到的事。

这段话既把五四文学革命放在中国文学史的长河中,以凸显它在文体变革、语言变革、思想内容变革方面独特的价值和意义,同时也指出五四文学革命中西方思想潮流的影响。古今与中外,始终是任访秋先生把握五四文学革命的两把尺子。

论及五四文学革命与思想革命的关系时,任先生指出:

打倒传统思想,与文学革命工作,是一而二二而一的事。新的文学……必须有新的思想内容,才能充实。同时,新的思想,也必须有新的文学形式,才能传播愈速……这次文学革命之能成功为一种运动,是基于思想革命。而思想革命之所以发生,则由于介绍民治主义与科学。

正是以民主、科学的思想革命为底蕴,文学革命才能摧枯拉朽,一举而获得成功。

作者以"后五四时代"学者的眼光,解读五四新文学的发生发展,作出了"求真""明变"的努力。书中论及"五四"与晚清文学的联系时说:

> 从戊戌到五四,当中十几年间,中国文化是渐进的,在蜕变,而舍旧而谋新。直至五四,时机成熟,因此趋新舍旧之动向,才算达于最高潮,由此而遂转入一新时代。尽管初期的维新者,到后来竟一变而为守旧者,像康有为同严幼陵等,因为他们没认清这种新思潮演进的全部历程,所以才不免于大惊小怪。实际五四的种子,都是他们过去播下的。不过到这时,才算开花,才算结实就是了。

这种"欲说五四,溯源晚清"的做法,得到了历史学家嵇文甫的赞同。嵇先生在此书的《序》中写道:

> 其实文学革命本由长期孕育而来。当初几个倡导者都是从整个文学进化史上,找出他们的理论根据,认为这一次文学革命是历史的必然。他们的工作,实际上是和清末文学界发展的趋势,一系相连的。大概文至梁任公,诗至黄公度,已经在旧文学中来了个彻底大解放,接近着国语文学的边缘。严几道、林琴南的翻译,虽然他们仍使用着古文,虽然林氏后来竟成为反对文学革命的代表人物,但实际上他们都作了新文学运动的先驱。历史上的因果是错综倚伏的,只要把清末文学界的动向细细加以研究,就知道五四以来的文学革命实非偶然。

## 第五章 自述他述，金针度人

从《袁中郎研究》讲到《中国现代文学史》，先生初步形成了自己的治学路径和方法。其1989年写作的《五十年来在治学上走过的道路》一文把同适斋时期称为学术活动早期、中期：

早期。从1929到1933年，在治学上，注重选题，然后根据题目搜集有关资料，对资料进行分析比较，从中企图有所发现，然后把它系统化、条理化，把根据有关资料的研究所得，予以整理，写成论文。较早发表于北师大《师大国学丛刊》中的《古文家的文论》与发表在北平《新晨报》副刊的《边塞诗人吴汉槎评传》《刘师培的文学论》，可作此期的代表作。

中期。受清代朴学家及五四时期胡适、钱玄同等学者治学方法的影响，学习了他们的重证据，斥臆断，以及客观地分析评论、务期有所创见的"实事求是"精神，来解决学术上的问题。我在北师大读书时听钱先生的课，在北大研究院读书时接受胡适的指导，受到深刻影响。后来在北大研究院写的毕业论文《袁中郎研究》即根据上述治学精神而写成的。

新中国成立后，唯物史观在学术界深入传播。学术界尝试用唯物史观和辩证唯物主义，观察分析中国历史和文学。像学术界其他文史工作者一样，任先生在使用新方法进入文学史的研究时，充满着探索求真的精神，也收获了意料之外的快乐。

1952年印行的《中国文学史讲授提纲》和1956年印行的《中国现代文学论稿》《中国古典文学论集》是任先生运用辩证唯物主义和历史唯物主义观点、方法进行中国文学史研究的最初尝试。把任先生负责编写的《中国文学史讲授提纲》元明清部分，与任先生20世纪40年代个人写作的《中国文学史讲义》的元明清部分相比较，变化主要有两点：一是20世纪50年代本不再讲宋以后的诗与古文，而重点讲宋以后的小说、戏曲。二是在小说、戏曲作品的论述中，更多地使用人民情调、阶级意识等概念，强调人民大众立场和阶级诉求。《中国现代文学论稿》在《绪论》中专设"学习现代文学的方法"一节，以为学习现代文学的方法有四：一是坚持辩证唯物主义和历史唯物主义的观点、方法和无产阶级的立场，这是有史以来最进步的科学方法。二是采用对具体作品进行具体分析的方法。文学史工作者应该对研究的对象进行具体的分析，从内容到形式，从思想性到艺术性，给以正确的说明和评价。不能盲目照抄别人的论断，流于公式化或者教条主义的分析和批评。三是对作家的分析研究，首先要注意他所处的时代，这样才能更好地了解作品的内容与形式，了解作品的社会意义与历史意义，评判作家的贡献和地位。其次要了解作家的世界观和政治态度，并与当时历史发展的方向相印证。四是以人民大众的需求与利益为作品评价的最重要标准。《中国古典文学研究论集》中对屈原爱国主义思想的解读，对司马迁《史记》现实主义创作精神的分析，《对于王瑶先生〈晚清诗人黄遵宪〉一文的意见》中阶级分析方法和人民立场评价标准的运用，我们都能从中感受到先生在唯物史观与古人的知人论世、清儒的实事求是、"五四"的求真明变等治学方法兼容并包方面所作出的努力。

1957年以后，先生被迫中断了学术研究工作，此后不久，又是十年"文革"。"文革"中,先生研读鲁迅。生活之书与鲁迅之书的教益,使先生运用新思想、新方法的熟练程度大大提高。1980年,先生把新中国成立后到"文革"前写作的古典文学论文辑为《中国古典文学论文集》。其在《后记》中谈及古典文学研究的方法问题时,认为古典文学的研究,首先是批判继承问题。进行文学与文化建设,就要对古今中外的文学、文化遗产借鉴继承,剔除其糟粕,吸取其精华。其次对古典文学的评价标准,应坚持思想标准第一,艺术标准第二。思想标准中首先看其对待人民的态度如何,然后看其在历史上有无进步的意义。文学作品的艺术性也是十分重要的,提高文学作品的艺术水平,是避免文学公式化、概念化、政治说教的唯一道路。最后是要把文学作品放在一定历史范围内加以考察,进行分析比较,不孤立片面地看待问题,才能得出全面正确的结论。

这也正是先生特别看重1980年后完成的《中国近代文学作家论》《中国新文学渊源》的原因。《中国近代文学作家论》是作家研究,先生选取近代最有代表性的十几位作家,考证其身世、作品,说明作品的渊源、流派及价值,以散在的、个体的作家论,折射出中国近代文学史发展的基本轮廓。《中国新文学渊源》是思潮与流派研究。它通过思想与文学的两条线索,将晚明与"五四"近三百年的文学精神作了连接,描述了三百年间文学中的"固有之血脉"和"外来之影响"的交锋交汇。两书打通的不仅是先生自20世纪30年代即孜孜以求的明末与"五四"两段文学史,打通的还有古人、清儒、"五四"学者、唯物史观治学方法的壁垒,从而进入一种"随心所欲不逾矩"的学术自由境界。先

生在1989年所写的《五十年来在治学上走过的道路》一文,谈及新中国成立后的学术活动时说道:

> 建国后学习了马克思列宁主义的经典著作以及毛泽东的哲学论著,特别有一个时期系统地钻研了鲁迅后期的论著,在立场、观点、方法上又深受鲁迅的启发,因而能较为顺手地运用新的阶级观点以及辩证唯物论与历史唯物论去分析学术上的各种问题,深感得到这一锐利的武器,应付学术上的问题,随时随地大都能够得到较满意的解决。这时看过去一些旧时代学者的论著,觉得未免陷入皮相之见,很少能鞭辟入里的。我用新的观点、方法写出的书,有《中国古典文学论集》、《鲁迅散论》、《中国近代文学作家论》、《中国新文学渊源》等。特别是《渊源》一书,自信为个人的创获。

这种自信,来自先生不断的自我完善和锲而不舍的辛勤耕耘。

## 四、亲情友情中的学者情怀

收在文集中的《感旧集》是先生写于1989年前后回忆师友与亲人的文字,时年先生八十岁。《感旧集》有《我的朋友》一文,文中写道:

> 中国古代把朋友作为五伦之一。这说明人生活在社会上不能没有交际,因而也不能没有朋友。一个人从童年、青年、壮年,直到老年,都不可能块然独处。随着年龄的增长,社交方面也随之而发生变化,朋友也因之增多起来。从古至今,朋友有着多种多样,有道义之交,也有势利之交。前

者以道义，时间久而弥坚，以至生死不渝。而后者不过彼此利用，时过境迁而成路人。这在复杂的社会生活中，是在所难免的，也无须兴什么人心不古之叹。

先生在文中记述了几位年轻时期即志同道合，一生相互帮助的朋友，他们是一师时期的徐缵武、罗梦册，大学时期的李静之，研究生时期的商鸿逵。八十岁忆友，字里行间，充满着沧桑之感。

《感旧集》中更多的文字是对师长的回忆。嵇文甫、张邃青是先生一师时期的老师，两位学有所长的历史学家，给了先生很多学术的启蒙。先生1940年到河南大学任教时，嵇是文学院院长，张任文史系主任，两人在学术和道德上的崇高威望，使当时的文学院超然于派系争斗之外，为文学院发展营造了良好的学术氛围，功德无量。先生对大学时期的老师印象最深的是钱玄同、吴承仕、徐祖正、黎锦熙。钱玄同是国学大师章太炎的弟子，五四新文化运动的先锋，他提出的"桐城谬种，选学妖孽"的论点，影响极大。他开设的"国音沿革""经学历史""说文研究"等课程，任先生听课时都有详细的笔记。钱先生一方面继承清代皖派治学的方法和精神，同时又受西方科学与民主思想的影响，在很多方面超越了清代朴学家。他批判汉学家"凡古必对，凡汉必好"的观念，打破经学研究中的门户之见，站在历史的立场上，研究经学的本来面目，主张"考古务求其真""致用务求其适"，是五四时期学者的典型代表。

北大研究生时期的老师有胡适、周作人。先生在北师大读书期间，曾到北大听过胡适的"中古思想史"课程。1935年先生读研究生期间，胡适是北大文学院院长，兼国学研究院文学研究所所长。胡适身为中外闻名的大学者，对学生却和蔼可亲。先生当时写过一篇《袁中郎与李卓吾》的文章，请胡适批阅，胡非常赞赏，写了批语，并推荐到天津《益世报》文学副刊发表。先生研究生毕业时，胡适担任答辩委员会主任委员。新中国成立后，先生因与胡适有一段师生关系而受到冲击，写过两篇学术文章，分别批判胡适。先生认为，胡适在中国文化史上，值得注意的有两件事：一是参加新文化运动，二是提倡整理国故运动。两者既有联系，又有区别。就新文化运动而言，胡适在美留学期间，就有改革中国文学，用白话文代替文言文的主张。1917年他在《新青年》发表《文学改良刍议》，引起陈独秀的注意，不久又有钱玄同、刘半农等人的响应，以后逐渐发展，形成了波澜壮阔的文学革命运动。在文学革命中，胡适的《历史的文学观念论》、《建设的文学革命论》、《易卜生主义》、诗集《尝试集》、话剧《终身大事》产生了巨大的影响。对于新文化运动，胡适以为当以"研究问题，输入学理，整理国故，再造文明"为出路，因而有了"整理国故"的主张。在"整理国故"的实践中，胡适一方面试图厘清清代学者治学的优点与不足，并将清代学者研治文字学、校勘学、考订学的方法，与西方逻辑学中的归纳法、演绎法进行比较，总结出"大胆假设，小心求证"的治学箴言；同时又引入西方学者的观点与方法，将其运用于中国哲学史、中国文学史研究中。在中国文学方面，胡适致力于白话文学史编写和元明以来章回小说的考证。胡适在"整理国故"的努力中，开创了"五四"之后一个新的学术时代。

北大另一位对任先生产生巨大影响的是周作人。任先生青年时代因《语丝》而知道周作人,因读周作人《〈燕知草〉跋》而知道明末公安派的小品文,后又因研究袁中郎而与周作人有了师生之谊。周当时是知名作家、北大的教授,其1928年为辅仁大学所作的演讲《中国新文学的源流》,把中国文学史的发展看作"言志""载道"两派此消彼长的过程,并在《〈燕知草〉跋》中盛推晚明公安派的小品文,认为中国的新散文是公安派与英国散文二者的合成,这些论点引起任先生对晚明文学的兴趣。读研究生时,他便选择《袁中郎研究》作为论文题目,选择周作人作为导师。课题研究中,先生多次向知堂老人请教,有时周以书信作答,可惜这些书信在抗战中损失。如何看待抗战时期周担任华北伪组织的教育督办一事,先生1988年著《忆知堂老人》一文写道:

> 知堂老人之所以晚节不终,据我的推断,其原因一是他思想上存在的民族失败主义。他把当时的中国比作晚明,明代的结局是亡于满州。至于蒋介石政权,已是腐败透顶,而他又看不到也不相信共产党领导的人民抗日力量,所以他认为亡国是不可避免的。这就是他附逆的根本原因。二是他自称他思想中有两个东西,(一)叛徒,(二)隐士。这话倒也符合实际。在"五四"时代,他是一个中国封建传统思想的叛徒。当时他曾提出思想革命的口号,为提倡民主与科学,在新文化运动中作出了杰出的贡献。但到20世纪30年代,面对阶级斗争、民族矛盾日趋激化的时候,他便躲进书斋,逃避现实,变为隐士。从他的散文集的名字从谈虎

到谈龙,以至后来谈草、木、虫、鱼,就充分可以说明了,而最后终于堕落为民族的叛徒。三是家室之累。他的负担很重,离开北平,生活困难较多。

如何评价知堂老人的一生?先生以为:

"五四"时代他参与文化革命的功绩是不应抹杀的,而他的散文自成一派,也影响了不少晚辈作者;至于在介绍东欧文学与日本文学方面的贡献,除鲁迅之外,很少可以与之相比的,因而在文学史上,应该给他一定的地位。而后来的投敌叛国,则是任何人也难以为其辩解的历史铁案,当然也是他个人一生中最惨痛的一幕悲剧。

此可谓知人之言。

《感旧集》中还有一些文字是写家庭的。先生1909年农历八月出生于河南南召县梁沟村,父亲任尚贤,清末秀才,一度在家乡做些公共管理事务,更多的时间是钻研中医,在地方义务行医。母亲姓高。先生在家最小,上有两个哥哥、两个姐姐。夫人马鸿毅,陕西米脂人,十几岁随哥哥到南开女中读书,后考入北平大学女子文理学院,与先生好友李静之的夫人同窗。先生在李静之处见到容貌美丽、谈吐爽快的马鸿毅后,顿生倾慕之意。九一八事变后,先生参加南下请愿团,途中在车站购物与马小姐邂逅,回北平后便有了频繁的交往。1932年夏,先生与马小姐在王府井大街的一家餐馆举行了订婚仪式,马先生自此开始了与任先生68年相濡以沫的生活。先生1989年所写的《我的婚姻》一文说:

同鸿毅的结合,转眼已五十多年了。现在我的大女儿秋子,已五十五岁了。半个多世纪以来,经历了抗日战争、解放战争。我们东西播迁,从城市到农村,从农村到城市,历尽了人间的艰辛。但我们有着深厚的爱情基础,所以能相互体谅,同休戚,共患难。鸿毅性格上的温柔与坚强,使她在坎坷曲折的人生道路上虽饱尝了苦难,受尽了劳累,而从无怨言。在她处处体贴照抚下,我才得以在学术上有所创获,在学术界稍有声誉。同时,孩子们由她抚养,都已大学毕业,成家立业。在这些地方,我不能不对她的性格与品质,表示由衷的敬佩,并以此感到无比幸运。

先生2000年7月在开封病逝后,师母也病重不起,一年后撒手人寰。两位老人被子女安葬在黄河之畔,守望着黄河两岸的故乡,继续着他们未曾中断的对话。

收入文集中的约90万字的日记,起于1970年,止于1996年。1970、1972、1974年的日记都是片段。1970年的日记名为《农场日记》,专记先生在农场的学习和劳动改造情况。1972年的日记题为《北京日记》,记述了因学校恢复招生,先生暑假期间去北京走访的情况。先生在北京拜访了冯友兰、吴组缃、王瑶、白寿彝等人。1974年的日记记载了先生的学术活动,大多与评法批儒有关。1978年先生的日记由《武昌日记》《桂林日记》两部分组成,先生的武昌、桂林之行,与中南地区高校联合编写《中国现代文学史》有关,而教育部也来函,请先生到北京参加北大、师大编写的《现代文学史》资料审稿会。同年,先生招收的第一届研究生到校学习。

先生1979年以后的日记恢复正常。1979年,先生右派问题彻底平反，出任中文系主任，被选为省政协常委，到北京参加民盟代表会议和全国文代会，先生的学术活动和社会活动骤然增多。先生记全国文代会闭幕式情况道：

> 继而周扬同志讲话，承认了五六年把丁玲、陈企霞打成反党集团是错误的，五七年所划的右派绝大部分是划错了的……同时宣布为丁、陈两同志平反，并向她们以及57年经他手所划的文艺界的右派如艾青、冯雪峰、秦兆阳、刘宾雁、王蒙等同志表示道歉。这时群众热烈鼓掌，说明了大家对他的承认错误是赞扬的。

我作为学生向任先生问学的记载，出现在1980年的日记中。1980年6月，在中文系大三读书的我和李慈健、王宛盘响应中文系的号召，参与学生学术论文写作活动，计划研究柳亚子，到先生家请教。先生当年6月2日的日记中记载："王宛盘与两位七七级同学来，他们想写柳亚子，问是否值得写？我答以当然值得写。"得到先生的鼓励，我们用一个暑假的时间，完成了《柳亚子简论》的初稿送先生审阅，先生9月19日的日记中记载："看王宛盘三人写的《柳亚子简论》，并加上评语。"此文后来在《河南师大学报》上刊出，这也是我们正式发表的第一篇学术论文。在先生的激励下，我以《谭嗣同文学略论》、李慈健以《南社文学思想初探》作为毕业论文题目，开始了中国近代文学的研究。1981年下半年，先生开始为1977级毕业班开设中国近现代文学专题课。先生12月26日的日记写道：

> 上午给七七级上最后两节课。第一节课结束时，《梁启超》还余部分未讲毕。课间休息时，有位同学让给他们以临

别赠言。当第二节课把《梁启超》讲完时,还剩半个钟头,于是给他们以临别赠言。告诉他们要有雄心壮志,在实现自己的目的时要有锲而不舍的精神。同时还谈一些读书研究应注意的几个方面:一是有所专,但又不能只看一方面的书。知识面要宽一点,只有这样,才能作到参照比较。二是要勤于学有心得,即能写短文就写短文,要有一个长期积累过程,最后才能融会贯通。

1982年春,我成为先生当年唯一的研究生入校学习,先生开始给我及上届研究生开设清儒治学方法课程。从此我便有机会跟随先生,亲闻謦欬,见识了七十余岁老人的辛勤与繁忙。当时先生正在写作《中国近代文学作家论》的有关文章,我们摘录1982年3月14日到3月21日一周的日记,以说明先生的工作节奏。

周日:昨天下午和晚上,因太累以致晚上睡不着觉,吃了安眠药。晚陈韶麟夫妇来,陈送来了他的毕业论文。

周一:写《康有为论》的思想部分。

周二:写《康有为论》的思想部分。

周三:看陈韶麟论文。下午写《康有为论》,将思想部分结束。

周四:写《康有为论》的诗歌部分。

周五:写《康有为论》的诗歌部分。上午,给研究生关爱和、陈韶麟两同学讲近代学者论清儒治学方法,从9点讲到11点半。

周六:上午在学校小礼堂听校领导传达中央三个文件。下午写《康有为论》诗歌部分，思路甚为迟滞［张］如法送来我写的《胡适论》的校样，明天下午来取，时间紧迫，于是马上校对，至晚7时许校毕。

周日：上午继续写《康有为论》诗歌部分，至下午写毕，并拟出散文部分的大纲。

读到这些，我们似乎可以明白先生晚年为何把自己的书斋称为"不舍斋"了。多思与勤奋是先生学术成功的重要阶梯。

先生自1978年招收第一届研究生后，与研究生的交往，便成为他生活中的重要内容。对研究生的培养，包括研究生入学考试，给研究生上课，修改研究生的论文，带研究生参加学术会议、访学，与研究生的谈话，研究生的毕业论文答辩等，先生的日记中都有记载。对研究生学术方向的选择，工作与生活的安排，先生都花费了很多心血。同时，每位研究生对先生的关怀和宽容也心存感激，以父辈事之，尊敬有加。日记中先生给研究生上课的记载，截至1992年，此前一年入校的研究生是晋爱荣、刘宝亮、王勤滨、姚小雷等人。1992年以后，先生视力减退很快，不再能随心所欲地阅读，使先生甚感烦恼。多年形成的写作、教学的生活节奏，也因此被打破。1998年河南大学中国现代文学博士点获批，我们向先生报告，先生十分高兴。但可惜的是，先生的健康状况，已不能再允许他亲自给博士生授课了。

对于学生，先生是宽厚和宽容的。1984年，我随任先生到杭州参加中国近代文学会议，会上，几所高校提出编写一本近代文学史教材，并推先生作为主编。按照分工，绪论由先生来写，先生也写出了初稿。1985年前后，学术界正流行新观念新词语,我便心血来潮,约袁凯声、解志熙共同写作了一个用新观念新词语表述的《中国近代文学史》绪论,这给先生出了个难题。先生1987年12月15日的日记中写道:"爱和来,送来他所写的文学史前言。认为我写的不够全面,他拟让他写的代替我写的。对此事,我须很好的考虑来处理。"

1988年《中国近代文学史》出版时,用了我们所写的绪论。先生在1989年6月11日的日记中写道:"在家看《近代文学史》中的《前言》,系别人执笔。我近来看年轻同志的文章,其用语,许多为我们所未曾用的。但新的语言与词汇比较更准确,更能说明问题,说明我们在行文上未能改进,还因袭过去的一套,主要是读新的东西不多,未能立意向新的风尚学习,今后应当力矫此病。"先生的上述两则日记,我是在写作此文时才看到的,我为自己当年的冒失莽撞感到羞愧,又为先生的虚怀若谷深感敬佩。这也正是先生的伟大之处。

先生晚年生活,有一巨大创痛,这便是1983年底正值壮年的大儿子任光遭受意外,失去了站立行走的能力。任光是先生四个孩子中唯一学习中文,又在先生身边,可以帮助先生工作,照料先生生活的人,罹此大难后,反要先生照顾,这给先生带来极大的精神压力。先生1991年10月29日的日记中写道:"翻阅过去的日记,光儿受伤为八三年,转而将近十年了。由于伤残,给他一生事业打击极大,而我同鸿毅在生活、工作中也深受影响。这件不幸的遭遇,只有归之于命运,否则无可解释。"

先生很少有诗,1989年先生有《八十自述》云:

光阴如飞矢,倏忽已八十。却顾所来路,亦慰亦叹息。

弱龄从父读，经书略能记。继而入小学，成绩前列居。直至研究院，振翅尤奋翼。硕学曾亲炙，名家为我师。中国文学史，源流已备悉。古典近现代，论著多成帙。观点与识解，颇受士林誉。执教五十年，桃李满华域。子女已成人，各自有所长。夫人虽年迈，家务仍独当。深愿天假年，继续发余光。

1990年8月28日《夜里醒来，成诗二首》云：

电光石火催人老，齿豁头童面枯槁。著述纵使闻海内，蜗角浮名何足道。

平生祈慕是庄、老，嗣宗渊明亦我好。荣名富贵等浮云，疏食饮水无烦恼。

诗言志，先生之诗，庶几近之。

任访秋先生的品德、文章，对我们来说是一笔丰厚的文化遗产。从事文集整理的十几位中青年学者，或是亲聆先生教言的弟子，或是未能登堂入室的再传弟子。整理出版先生的文集，是后辈学人应尽的责任，也是学习继承先生学术精神和学术思想的最好方式。河南大学首任文学院院长冯友兰诗云："智山慧海传真火，愿随前薪作后薪。"先生逝矣，先生的皇皇巨著与我们同在，先生的学术精神与日月共存。立志愿作后薪之诸君，相将勉力于智山慧海真火的传递之中，这也许是对先生最大的慰藉！

（本文系关爱和为《任访秋文集》所作序言。）

# 后　　记

　　写作这本传记,主要依据的是十三卷《任访秋文集》。阅读这套文集时,我会在心底勾勒自己理解的任先生精神肖像。当我把这幅精神肖像与《任访秋先生纪念集》《从同适斋到不舍斋——任访秋先生的学术思想及其承传》及众多回忆文章中的任先生叠加对照时,能够感受到一些动人的同中之异与异中之同。谢谢这些饱含真情的忆旧文,是它们丰富深化着我对任先生的认知,使本书简笔绘就的这幅精神肖像,在轮廓和线条上有所参照、有所校正,不致失真。

　　从篇幅看,这本传记只是一本小书;而真实真诚,是这本小书的追求。为什么这么说呢?在正文的写作中,本书运用了一些文学手法和修辞,但这些文字停留在烘托和映衬的层面。书中写到的诸多事迹均有所本,我所做的努力,是用传记的方式把它们叙述出来,把任先生坎坷而勤勉的一生呈现给读者。这不是一本学术研究专著——虽然它可能带着学术的严肃面孔,而是一本面向校园、面向社会的读本。本书或可作为研究的参考,但其定位应当是普及。本书未必能达到雅俗共赏的效果,但这是写作者努力的方向——它使我想起出版社对包括本书在内的这套传记丛书写作的期望:可读性。

　　可读性意味着不必过分学术化。文学语言虽然可以为写作增色，但过度的想象却不适宜。传记毕竟不同于传说。任先生一生，经历过很多艰难，但作为一名学者，从年轻的同适斋主到年迈的不舍斋主，他大部分时光还是在教室与书房中度过的。即使身处波澜起伏的时代，任先生也努力使自己沉浸在平静的书桌旁，思考、写作。要将这些日子写得生动，还真需花费创作的心思。而任先生是著名的文学史家，他的著述与精神又岂能不谈？本书第二章从外部观察任先生各个阶段的写作，其中穿插有或长或短的故事，而把严肃的对他学术精神的"介绍"专门留给第三章。至于第一章和第四章，一讲述任先生的生平，一讲述任先生的师友亲朋和教育教学。这本小传没有按照时间顺序从生到死的路子走，而是沿着生平、著述、精神、师友的结构展开，表现出在体例上的创新尝试。

之所以说第三章是对任先生学术精神的"介绍"，是因为任先生的学术精神在其弟子那里已有很好的提炼与总结，这些提炼总结经过反复斟酌，已具共识与公认的性质，本书理应有所遵循。2013 年，《任访秋文集》问世之时，师承任先生的关爱和先生曾撰长文为序，其中对任先生学术精神的概括十分精当。

2018 年秋至 2021 年夏，我在河大文学院读博，关爱和老师是我的导师。本书入选河南大学"夷门传薪学人传"丛书，则是胡全章老师的功劳。其实，任先生的传记由关老师或胡老师来写，会有更加完善更加深入的呈现，但胡老师把这样一个任务交给我，给予我充分的写作自由，两次以学术之传承相勉励，有他的良苦用心。像我这样的"90 后"，尤其是在河大学习的青年，应当铭记河大近现代文学研究传统之由来。时光不居，岁月如

## 后记

流,任先生渐渐远去,我们需要再一次回到任先生那里,在学术中找到自己安身立命的根本,找到自己精神和心灵的栖息地,守护这一片净土,守护这一种信仰,守护这一份永恒。这是我在写作中感受到的,也是愿意透过本书与大家分享的。

我没有见过任先生,因此在写作过程中,只能利用文字资料,所以本书对我而言并不易做。好在《任访秋文集》收录了任先生的日记,使写作有了很好的依凭。现在想来,如果任先生留下音像资料,或者我多去采访任先生的亲友,这本小书也许会更加温馨一些。然而,由于本书的写作恰在我读博期间,集中精力写作的时候不能分心,又不欲延误交稿的时间,采访的事终未实现。写作者的态度虽然谨慎,然学有未逮,书中不足在所难免,对此,还请朋友们不吝指正。

这本小书,我负责写出一个初稿,修改和配图则要感谢胡老师。我知道其中的繁琐,因而倍觉胡老师的严谨与他对书稿的重视。本书作为河南大学"夷门传薪学人传"丛书之一种,得到了河南大学人文社科研究院与河南大学出版社的大力支持;河南大学出版社的时娇编辑,为本书调整图文,规范格式,沟通字句,付出很大心力。在此向上述机构与时编辑表示最衷心的感谢!同时也向一直以来关心本书写作与出版的朋友们说一声:谢谢!

李向阳<br>2022 年 7 月 16 日